Laura Trompette

KATERS WUNDERSAME REISE

Laura Trompette

KATERS wundersame REISE

Roman

Aus dem Französischen
von Isabella Bautz

DIANA

MIX
Papier aus verantwortungsvollen Quellen
FSC® C014496

Verlagsgruppe Random House FSC® N001967

Deutsche Erstausgabe 12/2018

Die Originalausgabe erschien 2017 unter dem Titel
C'est toi le chat bei Pygmalion, Paris

Redaktion: Antje Steinhäuser
Umschlaggestaltung: t. mutzenbach design, München
Covermotiv: © Shutterstock/Yorrico/illustratordreame/
Yoko Design/Curly Pat
Satz: Leingärtner, Nabburg
Druck und Bindung: GGP Media GmbH, Pößneck

Printed in Germany
ISBN 978-3-453-35994-9

www.diana-verlag.de
Besuchen Sie uns auch auf www.herzenszeilen.de
Dieses Buch ist auch als E-Book lieferbar.

»Katzen sind wie Papier, sie zerknautschen leicht.«

Guy de Maupassant

Für Harold, wo immer du sein magst.
Für Émilie und Caro, für alles, was ihr wisst,
und für alles, was wir sind.

1

Der Pelzige

Was für ein widerlicher Gestank! Eine Mischung aus feuchter Streu, dreckigen Socken und toten Mäusen. Hätte ich gewusst, dass ich an diesem schmutzigen, überfüllten Ort landen würde, hätte ich mir die Katzenwäsche zu Hause gespart. *Igitt.*

Au! Pass doch auf, du Idiot. Ja, du verstehst nicht, was ich hier miaue, aber es ist verdammt noch mal unhöflich, mir auf den Schwanz zu treten!

Ich weiß nicht, wie ich in diesen Vorstadtzug gekommen bin, aber ich möchte schleunigst wieder hier raus. Ich fühle mich wie in Feindesland, wie Mowgli im *Dschungelbuch*.

Das ist Carolines und mein Lieblingsdisneyfilm.

Ich hätte riechen müssen, dass etwas faul war, als meine Eltern heute Morgen vollauf mit dieser Rotznase beschäftigt waren, ohne mir die geringste Beachtung zu schenken. Natürlich fragte ich mich, warum Patrick und Caroline weder mein Kissen noch mein Spielzeug oder mein Futter einpackten, obwohl wir für zwei Wochen ziemlich weit weg in den Urlaub fahren sollten. Aber ich war auf die patschenden Hände des Dreikäsehochs konzentriert, die mir immer wieder gegen den Strich fuhren, und hatte also andere Sorgen. Deshalb ließ ich mich auf die Rückbank des Taxis verfrachten, zwischen Caroline und das kleine Ungeheuer, und hielt ein Nickerchen, ohne mir weiter Gedanken zu machen.

Ich öffnete kurz die Augen, als wir am Flughafen ankamen und in der Schlange am Check-in-Schalter standen, dann gab ich mich wieder meinen Träumen von köstlichen Fischlein hin. Die Flossen und Blubberbläschen der kleinen roten Dinger, die zu Hause in ihrem Glas im Kreis schwimmen, beschäftigten mich wohl recht lange. Denn als ich aufwachte, war da keine Warteschlange mehr, und auch keine Caroline und kein Patrick, nicht mal mehr das quäkende Etwas im Kinderwagen. Nur die offene Transportbox, ohrenbetäubender Lärm von Schritten und mein armer steifer Körper.

War Patrick zum Rauchen rausgegangen und hatte den Rest der Familie im Schlepptau? Hatte Caroline den Zwerg zur Toilette gebracht? Mussten sie vor einer Gefahr fliehen und hatten mich nicht rechtzeitig warnen können?

Es dauerte einige Minuten, bis ich begriff, dass sie ohne mich abgereist waren. Und noch einige weitere lange Minuten, bis ich zu dem dramatischen Schluss kam: Sie haben mich ausgesetzt!

Wie konnte Caroline, die mich so lieb hatte, bevor ihr kostbares Kind geboren wurde, mir das antun, mir, ihrem »allerliebsten Figaro«? Drei Winter hatten wir zusammengekuschelt verbracht, zwei Sommer lang hatten wir im Garten den Mäusen aufgelauert, und all die gemeinsamen Morgen bei Milch und schwarzem Kaffee. Selbst Patrick, der beim Anblick einer Spinne kreischt, bewunderte meinen Mut gegenüber ihren haarigen Beinen und lernte mich schätzen. Zwar befürchtete er anfangs, ich würde ihm seine Caroline »stehlen«, doch dann sah er ein, dass ich ihm seinen Platz nicht streitig machte. Zu dritt war alles möglich.

Aber nicht zu viert. Dieser verflixte kleine Scheißer hat mir mein Leben gemaust.

Stundenlang schleppte ich mich durch Korridore, bis ich einen Zug entdeckte, der mich, wenn ich meinem Fernsehwissen trauen darf, ins Stadtzentrum zurückbringen wird, irgendwohin. Ich kenne nur wenige Orte in Paris, weil wir in einem Vorort wohnen, in Yerres. Aber da ich meine Caroline hin und wieder zu Freundinnen begleitete, weiß ich, dass eine zentrale Station »Châtelet – Les Halles« heißt. Deshalb kauere ich hier auf einem Sitz und warte darauf, dass dieser Name auf einem Schild auftaucht.

Ein Glück, dass ich lesen kann. Ah, ich höre euch schon denken: »Unmöglich, so ein Quatsch.« Aber es stimmt. Alle meine Artgenossen sind in der Lage, wenigstens ein Kinderbuch zu entziffern, auch wenn ihr Menschen in eurem hartnäckigen Überlegenheitskomplex nicht einmal ansatzweise etwas von unserer Intelligenz ahnt. Wir brauchen nicht eure Erlaubnis, um unsere einsamen Mußestunden zum Lernen zu nutzen.

Plötzlich will mich ein junger Typ voller Tattoos von meinem Platz verjagen, doch eine alte Dame, die mich wohl niedlich findet, hält ihn davon ab. Das stimmt mich kurzzeitig ein wenig versöhnlicher, obwohl ich alte Leute eigentlich nicht riechen kann.

Die mal vernichtenden und mal verwunderten Blicke der anderen um mich herum lassen mir das Fell zu Berge stehen. Ich sollte erwägen, mir ein Schild um den Hals zu hängen: »Verlassener und äußerst zorniger Kater«.

Andererseits … vielleicht sollte ich froh sein, nicht auf einer Autobahnraststätte an einen Laternenpfahl gebunden worden zu sein.

Was für ein Hundeleben!

2

Paul

»Alles Gute zum Geburtstag, Prinzessin«, rufe ich und schwenke meine beiden jüngsten Kreationen.

Louise blickt zu mir auf, wenig überzeugt. Zum Glück kann ich mich auf den Enthusiasmus ihrer Nanny Rachel verlassen.

»Wow! Eine Saint-Honoré-Torte und ein Kuchen in Judy-Form. Deine geliebte Judy aus *Zoomania!*«

»Danke, Papa, das sieht toll aus.«

»Diesen bekommst du, weil du sieben Jahre alt wirst, und diesen, weil du schon eine richtige kleine Feinschmeckerin bist. Ich konnte dir ja schlecht eine reine Zuckerbombe backen.«

»Stimmt. Du bist spitze und Spitzenbäcker!«

»Genau. Jetzt puste die Kerzen aus!«

»Rachel, hilfst du mir?«

»Okay. Eins, zwei, drei!«

In der Wohnküche nehme ich meine Schürze ab und atme einmal tief durch. Ich weiß, dass ich Louise niemals wirklich genügen werde, aber ich tue mein Bestes. Die Sonntage ohne Aurélia sind unbestreitbar die schwersten Tage der Woche.

Während Rachel die beiden Kuchen anschneidet, gehe ich in mein Zimmer und hole die Geschenke, die ich ganz oben im Schrank versteckt hatte.

»Papa, wo bleibst du?«

»Ich komme, mein Spatz.«

Ihre Augen leuchten auf, als sie den Geschenkeberg in meinen Armen sieht. In diesen Momenten wird sie für einen kurzen Augenblick wieder zu einem normalen Kind. Neugierig und aufgekratzt.

»Sind die alle für mich?«

»Nein, eins ist für dich. Die anderen sind für das Nachbarsmädchen.«

»Ha ha! So ein Quatsch«, sagt sie entrüstet.

»Natürlich sind die für dich. Du kannst sie nach dem Essen aufmachen, okay?«

»Okay. Der hier ist voll lecker, Papa. Was tust du da noch mal rein?«

»Schlagsahne, Brandteig, Blätterteig und Konditorcreme.«

»Mjam.«

Lächelnd wische ich ihr etwas Sahne von der Nase.

Plötzlich verfinstert sich ihre Miene.

»Papa, ich habe jetzt zum dritten Mal meine Kerzen ohne Mama ausgepustet.«

»Ich weiß, mein Herz. Aber sie ist im Mama-Paradies und schaut dir zu.«

Ich glaube weder an Gott noch an das Paradies. Doch für Louise greife ich seit drei Jahren auf dieses Mittel zurück. Seit Aurélia uns verlassen hat, seit eine jäh verlaufene Meningitis sie uns innerhalb von 48 Stunden entriss.

Wir waren so glücklich, wir hatten alles. Liebe, berufliche Erfüllung, Familie und eine gemütliche Wohnung in unserem Lieblingsviertel in Paris. Und dann, plötzlich, riss man uns eine Gliedmaße aus, ohne Vorwarnung.

Doch ich sollte heute nicht an meine Wut denken. Es ist Louises Tag.

»Willst du diese Woche wirklich nichts mit deinen Schulfreundinnen machen?«

»Nein.«

Sie verschließt sich komplett. Ich verstehe nicht, warum ich immer einen wunden Punkt treffe, wenn ich dieses Thema anspreche. Hat sie Angst vor dem Schulbeginn in zehn Tagen, wenn sie nach dem Vorbereitungsjahr in die erste Klasse kommt?

Im Kindergarten hatte sie eigentlich viele Freunde. Seit der Grundschule ist sie Einzelgängerin. Ich sehe nur hin und wieder ihre Freundin Ella. Dieses Jahr würde ich gern noch andere kennenlernen. Damit ich das Gefühl habe, dass sie in einer Gruppe Kind sein kann, wenn auch nur eingeschränkt. Ich möchte, dass sie Spaß hat und sich im Einklang mit ihrem Umfeld entwickelt.

Doch für den Moment kann ich die Frage nicht vertiefen. Mit ihren gerade sieben Jahren lenkt sie geschickt vom Thema ab.

»Papa, darf ich jetzt die Geschenke aufmachen? Ich habe aufgegessen.«

»Ja, nur zu. Nein, warte. Erst Hände waschen.«

»Na gut, wenn du willst.«

Ich hebe sie hoch und wirbele sie im Kreis, damit sie wieder richtig lächelt, ganz ungetrübt. Es funktioniert, und das beruhigt mich. Als ich ihr die Seife reiche, bespritze ich sie ein wenig mit Wasser, tue aber so, als sei es aus Versehen.

»Hey, du hast mich begossen!«

»Wie einen Pudel?«

»Pff! Nein, wie Vaiana auf ihrem Boot!«

»Na, solange du nicht vereist bist wie Elsa, ist ja alles gut.«

»Papa?«

»Ja?«

»Gehen wir bald ins Disneyland?«

»Ja, versprochen.«

»Darf Rachel mitkommen?«

»Natürlich.«

Rachel zwinkert mir zustimmend zu, und Louise setzt sich an den Tisch, auf dem die Päckchen liegen. Es geht ans Papieraufreißen. Ihre Verzauberung ist fast vollkommen. Ich glaube, ich liege mit den Geschenken richtig. Brandaktuelle Stifte, ein Zeichenheft, eine Malpalette, Farbtuben, Disney-Sammelfiguren, Judy als Kuscheltier und ein Armband-Bastelset.

Louise springt mir in die Arme.

»Das ist noch nicht alles, mein Spatz. Das größte Geschenk ist im Keller.«

»Echt? Wie groß?«

»Das siehst du dann. Zieh dir Schuhe an, wir gehen runter.«

»Okay!«

Rachel hilft ihr beim Anziehen, während ich die Schlüssel suche.

Ich betrachte Louise, wie sie auf und ab hüpft, in ihrem schottischen Faltenrock, mit ihren langen kastanienbraunen Haaren, ihren blauen Augen und ihrer Porzellanhaut. Sie ist schön, meine Tochter.

»Fertig!«, ruft sie triumphierend.

Zu dritt fahren wir mit dem Aufzug in den Keller.

Als ich unten die Tür von Verschlag Nummer 41 öffne,

schlägt Louise sich vor Freude beide Hände vors Gesicht. Sie kann es ganz offensichtlich kaum fassen.

»Oh! Ich freue mich so!«

»Dann freue ich mich auch.«

Ich trage die Staffelei in die Wohnung. Ihr seliges Lächeln ist eindeutig mein Geschenk des Tages. Sie malt und zeichnet so gern, dass sie seit eineinhalb Jahren fast ihre gesamte Freizeit damit verbringt. So wie es bei mir mit dem Kochen war, auch wenn ich ein paar Jahre älter war als sie, als ich begann, mich dafür zu interessieren. Ich war etwa elf.

Meine Eltern wollten, dass ich Medizin studiere, sie hatten Angst um mich wegen meiner kulinarischen Besessenheit. Lange hatten sie noch gehofft, ich würde mich von Töpfen und Tellern abwenden, doch sie legten mir keine Steine in den Weg. Schließlich halfen sie mir sogar, mein eigenes Restaurant zu eröffnen. Es tröstete sie, eine Dermatologin zur Schwiegertochter zu haben. Sie waren stolz auf uns.

So wie ich stolz auf meine Tochter bin. Sie hat Talent, Feingefühl, Geduld, unglaubliche Fingerfertigkeit und bereits eine lebhafte Fantasie.

Natürlich mache ich mir nichts vor. Ich weiß, dass die Welt, die sie sich auf dem weißen Blatt erschafft, die Wirklichkeit verdrängen soll, die nicht für sie gemacht zu sein scheint. Oder der sie zu entfliehen sucht.

*

Als Rachel gegangen ist und Louise schläft, schenke ich mir einen Whisky ein und warte auf meinen besten Freund, Gustave. Ich lernte ihn vor Jahren kennen, als ich mein Restaurant plante. Er hatte im Marais gerade seine Saftbar eröffnet. Wir waren zufällig dort eingekehrt, weil Aurélia Lust auf einen fruchtigen Imbiss hatte. Ich war siebenundzwanzig Jahre alt, Aurélia sechsundzwanzig, und Gustave achtundzwanzig. Wir spürten sofort eine Verbindung, und so redeten wir über das Viertel und unsere jeweiligen Läden und beschlossen, uns wiederzusehen.

Von außen mochte unsere Freundschaft erstaunlich scheinen. Eine Dermatologin in der Ausbildung, ein junger Koch mit Ambitionen und ein exzentrischer Unternehmer. Zwei Heteros, verliebt seit dem Abi, und ein Schwuler, der sein tägliches Recht auf Spaß, Freiheit und neue Genusserlebnisse einfordert. Doch den Willen, unsere Projekte durchzuziehen und das Leben in vollen Zügen zu genießen, hatten wir gemein. Unsere Verbundenheit war stärker als alle Konventionen.

Gustave unterstützte mich sehr beim Aufbau meines Restaurants, dem *Décalage horaire*. Er war immer da, bei Lachanfällen und Rückschlägen. Ein wahrer Freund, trotz seinem nicht ganz einfachen Charakter. Verrückt, unangepasst, abgehoben und sehr direkt. Eine Stimmungskanone, die morgens mit gesunden Säften und fetttriefenden Croissants auf der Baustelle auftauchte. Aber auch eine Schulter zum Anlehnen. Ich weiß nicht, wie ich es ohne ihn geschafft hätte, als Aurélia von uns ging. Einunddreißig, das ist kein Alter zum Sterben. Innerhalb von zwei Tagen zu sterben, ohne Aufschub, ohne Hoffnung, ohne auch nur Zeit zum Hoffen zu haben.

Ich hatte meinen Körper verlassen, war vom Schmerz gelähmt. Ein Zombie ohne Kontrolle. Unfähig, mich um irgendetwas zu kümmern. Sie fehlte mir jede Sekunde.

Ich konnte mir ein Leben ohne sie nicht vorstellen. Ohne meine treue Gefährtin, meine Seelenverwandte. Man hatte mir eine Hälfte amputiert, und ich verlor das Gleichgewicht.

Außerdem war da dieses ständige Schuldgefühl, das Gefühl der Machtlosigkeit. Ich hatte geschworen, auf sie aufzupassen, sie auf ihrem Weg zu beschützen. Ich hatte mein Versprechen gebrochen. Ich hatte nichts tun können gegen die Meningitis. Schlimmer noch, ich wusste nicht einmal, dass man an Meningitis immer noch sterben kann, erst recht nicht im Erwachsenenalter.

Gustave war für Louise da, in seiner Rolle als ihr Wahlonkel. Und für mich, als ich mein Bett nicht mehr verließ, als ich nichts mehr von meinem Restaurant wissen wollte. Ich glaubte, ich würde nie wieder aufstehen. Er half mir, eine Gliedmaße nach der anderen anzuheben, nach und nach, Monat für Monat. Und dann richtete ich mich auf, denn die Liebe zu einem Kind gibt einem unvorstellbar viel Kraft. Ich musste für zwei stark sein, für sie. So wie Aurélia es gewesen wäre, wenn der Tod mich als Ersten geholt hätte.

Ich sagte mir, ich dürfe nicht zweimal meine Pflicht verletzen.

Aurélia fehlt mir immer noch jede Sekunde, aber ich habe den Gedanken akzeptiert, dass sie in Louise weiterlebt. Jeden Morgen sehe ich ihr Lächeln durchschimmern, das hilft mir, weiterzumachen.

22 Uhr. Das ist seine Zeit.

»Hey, mein Freund!«

»Na? Du hast ja nasse Haare. Wo kommst du denn her?«

Er wirft seine Sporttasche aufs Sofa und schnappt sich meinen Rest Whisky.

»Ich habe spät trainiert und dann noch jemanden getroffen. Komme gerade aus der Dusche.«

»Ah ja. War es gut?«

»Mega. Ein bartloser Hüne. Da stehe ich gerade voll drauf.«

»Wieder ein Grindr-Date?«

»Ja. Wie war Louises Geburtstag? Hat ihr die Staffelei gefallen? Echt blöd, dass ich das verpasst habe.«

Gustave arbeitet sonntags, ich habe da frei, so wie auch am Donnerstagnachmittag.

»Ja, sie war sehr angetan. Es war schwer, sie ins Bett zu kriegen, sie wollte alles heute ausprobieren.«

»Ist doch super. Ich habe ihr ein Mäntelchen gekauft. Ich lege es hier hin, gib es ihr morgen. Dann hat sie noch etwas länger Geburtstag.«

»Danke, Gus. Das ist lieb.«

»Und ich will ein Foto, okay?«

»Versprochen. Darf ich dir etwas zu trinken anbieten? Mein Glas hast du ja schon geleert.«

Wir prusten los.

»Ja. Noch mal das Gleiche? Lieber kein Durcheinander – ich habe gestern Abend schon leicht übertrieben.«

»Geht klar.«

Gustave schließt sein Handy an meine Anlage an und startet eine Electro-Lounge-Playlist, in gemäßigter Lautstärke.

»So, mein Freund, wir müssen reden. Deine Tochter ist jetzt sieben Jahre alt, du wirst bald sechsunddreißig.«

»Übertreib mal nicht. Ich bin vor vier Monaten fünfunddreißig geworden.«

»Sei kein Erbsenzähler, sonst nenne ich dich Paulchen.«
»Untersteh dich!«
»Komm, setz dich.«
Ich weiß, was jetzt kommt, ich schweige und tue so, als hantierte ich in der Küche. Ich habe keine Lust auf dieses Gespräch.
»Hallo? Erde an Paul?«
»Ich komme. Aber erzähl mir lieber von deinem Abend.«
»Nein. Du kannst nicht vor allem davonlaufen.«
Er legt mir die Hand aufs Bein.
»Bitte, hör mir zu. Du bist groß und weißt gar nicht, wie schön du bist mit deinen betörenden grünen Augen, deinen Muskeln und deinem Engelsgesicht.«
»Hör auf.«
»Aurélia hätte sicher nicht gewollt, dass du sie bis ans Ende deiner Tage beweinst. Sie hätte gewollt, dass du lebst. Sie kam nicht dazu, es dir zu sagen, und das ist vielleicht auch besser so, weil sie keine Zeit hatte zu verstehen, dass es vorbei war.«
Ich schwanke zwischen den Impulsen, ihm eine reinzuhauen, meine Tränen fließen zu lassen und ins Bett zu gehen. Aber er macht weiter, hält jetzt meinen Arm fest, weil er spürt, wie die Wut in mir aufsteigt. Die Wut, in der sich mein Sehnen, die nicht weichen wollende Traurigkeit und die Verdrängung äußern.
»Wenn es dir passiert wäre, hättest du gewollt, dass sie ihr Gefühlsleben komplett abhakt? Dass sie sich in ihrer Arbeit vergräbt? Nein. Du hättest gewollt, dass sie dich in ihrem Herzen bewahrt und sich wieder fängt. Du hättest das Beste für sie gewollt, so wie sie das Beste für dich wollte.«

»Du gehst mir echt auf den Sack!«

Die Worte kommen nicht so heraus, wie ich sie meinte, aber er soll einfach still sein.

»Das ist mir egal. Es ist drei Jahre her. Ich möchte nicht, dass du durchs Leben irrst, ich möchte, dass du lebst. Deshalb habe ich dich bei drei Apps angemeldet.«

»Bitte?«

Ich glaube, ich spinne.

»Ja, mein Freund. Happn, Tinder und Once.«

»Tickst du noch richtig?«

»Du sagst immer, du hättest keine Zeit, jemanden kennenzulernen. Also habe ich eine Lösung für dich gefunden.«

»Scheiße, Mann, ich will keine Frau, klar?«

»Ach ja? Du willst dein Leben lang mit eingezogenem Schwanz und versiegeltem Herzen herumlaufen? Tolles Vorbild für deine Tochter.«

»Lass Louise da raus.«

Ich springe auf. Am liebsten würde ich irgendetwas zerschlagen. Ich halte mich zurück, weil ich weiß, dass er es nur gut meint, aber es ist, verdammt noch mal, mein Leben! Ich verstehe nicht, warum er mich derart überrumpelt. Solange das Restaurant läuft und Louise in den bestmöglichen Verhältnissen aufwächst, erfülle ich meinen Teil des Deals.

»Paul, bitte. Ich sage ja nicht, du sollst morgen jemanden treffen. Aber öffne dich etwas. Das ist wichtig. Wenn ich dir nicht in den Hintern trete, traut sich sonst niemand. Dabei wünschen dir alle, dass du diese Hürde überwindest. Glaub mir. Kannst du wenigstens in Betracht ziehen, mit einer anderen Frau zu schlafen? Auch wenn es vor Aurélia nur eine andere gab. Nur zum Auspowern. Sieh es als Ventil zum Abreagieren. Dafür ist es auch gut.«

»Du nervst. Ich gehe ins Bett.«

»Das ist jetzt kindisch. Aber geh nur. Ich weiß, du brauchst Zeit zum Nachdenken. Überschlaf die Sache einfach mal.«

»Ja, genau. Gute Nacht. Zieh die Tür zu, wenn du gehst.«

3

Der Pelzige

Ich habe eine Stinklaune. Ich schleppe meinen struppigen Pelz durch die erdrückende Menschenmenge in Les Halles und suche verzweifelt den Ausgang. Ich sterbe vor Hunger und bin auf Caroline-Entzug. Könnte ich doch nur dieses manipulative Baby in der Luft zerfetzen! Aber das geht ja nicht. Also lasse ich die letzten Wochen Revue passieren, während ich mich zwinge, eine Pfote vor die andere zu setzen.

Wieso habe ich es nicht kommen sehen? Der Krieg mit dem Zwerg beschäftigte natürlich meine gereizten Neuronen, aber so etwas Großes hätte ich doch riechen müssen. Ja, gut, ich habe den Arm »Seiner Quengelnden Hoheit« ein wenig angekratzt, aber das Biest hatte mich am Schwanz gezogen und ins Ohr gebissen! Ich habe mich nur verteidigt, und Caroline schien das verstanden zu haben. Patrick hatte mich auch kaum bestraft.

Offenbar waren sie sehr gut darin, sich zu verstellen. Ich habe nicht mal gehört, dass sie über mein schreckliches Urteil gesprochen hätten.

Endlich draußen. Ich atme auf, als ich Tageslicht erblicke, und murre wieder, als ich den Nieselregen auf meinem Fell fühle. Das hat mir gerade noch gefehlt. Wie soll ich einen Menschen dazu bringen, mir eine angemessene Mahlzeit zu servieren, wenn ich völlig zerzaust meine Schlechtwettermiene zur Schau trage? Ich muss mich beruhigen und Unterschlupf suchen.

Ich laufe weiter und halte kurz vor einem seltsamen Mann inne. Seine Lumpen stehen ihm ebenso schlecht wie seine Verzweiflung. Er scheint am Rande der Welt zu leben, mit seinem imaginären Freund, den er ohne Unterlass volllabert. Es ist ein trauriges Schauspiel. Warum ist er so allein?

Werde ich enden wie er?

Diese Schreckensvision beruhigt mich immerhin in einer Hinsicht: Wenn dieser nach Alkohol stinkende Tattergreis es schafft, seine Schüssel jeden Tag mit Münzen zu füllen, müsste mir mit meiner natürlichen Eleganz beim Fischhändler doch immer ein reichliches Mahl bestellt sein.

Mit hungergeplagten schweren Schritten setze ich meinen Weg fort. Um die Straßenseite zu wechseln, folge ich dem Strom der Passanten. Wenn sie alle gleichzeitig losgehen, heißt das sicherlich, man sollte vermeiden, es anders zu machen. Inzwischen werde ich nicht mehr vom Regen durchnässt, aber ein Blick zum Himmel bestätigt mir, dass es bald den nächsten Guss geben wird. Ich sehe es positiv: Bestimmt ist jetzt der Dreck aus dem Zug von mir abgewaschen.

Während ich mich zwischen den Pfützen auf dem Kopfsteinpflaster durchschlängele, stelle ich fest, dass mein Näschen kitzelt und eine Flüssigkeit absondert, die nichts Gutes verheißt. Oh nein! Ich darf nicht krank werden! Wer soll mich denn pflegen, mich in eine Decke hüllen, mir erlauben, in seinem Bett zu schlafen, und mich mit Streicheleinheiten überhäufen, um mir die bitteren Medikamente zu versüßen?

Sicher nicht diese hässliche Eule mit ihrem karierten Einkaufsroller. Die Stilpolizei hätte sie längst verhaften sollen.

Caroline hätte das kriminelle Objekt mindestens vergraben. Doch Caroline ist nicht hier. Sie ist ab jetzt nie mehr da. Diese Streunerin hingegen wühlt in Mülleimern und klebt mir seit zehn Minuten an den Pfoten. Eines ist sicher: Sie schaut nicht *CSI*. Denn dann wüsste sie, dass diskretes Beschatten ganz anders aussieht als ihre bescheuerte Treibjagd.

Sie hat es nicht verstanden: Unter keinen Umständen werde ich zur drogensüchtigen Straßenkatze, die auf einem Stück Stoff – oder Plastik – sitzt, um die gleichgültige Menge zu erweichen. *Du kriegst mich nie, du entwendest mich nicht meinem Schicksal, das, zugegeben, seit vierundzwanzig Stunden an meinen Nerven zerrt, aber sonst nur wunderbar und schillernd sein kann. Denn ICH weiß, dass ich es wert bin.*

Ich laufe schneller, achte nicht auf meine gereizten Ballen, die so langes Traben nicht gewöhnt sind, und hänge meine Verfolgerin ab.

*

Die Nacht ist über die Stadt hereingebrochen, die sich mit Laternen und fahlem Neonlicht wehrt. *Verkatert* noch mal, ich mag die Dunkelheit nicht. Ich schlafe immer neben einer Lampe oder einem Apparat, auf dem Zahlen dahinziehen, der blinkt so und die Finsternis bekämpft.

Was? Spart euch die spöttischen Gesichter!

Es ist keine Schande, die Nacht zu fliehen, selbst wenn

man im Dunkeln sehen kann. Ich bin schließlich erst vier Jahre alt. Und jetzt kommt mir nicht damit, dass das in Katzenjahren schon achtundzwanzig sind. Ich verstehe diesen absurden Vergleich nicht. Bald sagt man mir noch, wie alt ich in Lemurenjahren bin, oder in Schwalben- oder Goldfischjahren.

Apropos Fisch: Das ist vielleicht mal ein leerer, glupschiger Blick, der sich gut in der Auslage eines Fischhändlers machen würde. Diese Augen scheinen wie starr gehext. Ihre tollpatschige Besitzerin – die fast auf mich getreten wäre – hat einen Mann mit nur wenig ausdrucksvollerer Miene untergehakt. Menschliche Schatten, die von Stunde zu Stunde mehr werden und mir wenigstens eine visuelle Beschäftigung bieten, während ich mich nach einem Kissen sehne oder nach einem Sofa oder nach einem Stückchen Decke. Nach einem Stückchen irgendetwas.

In meinem Unglück wird mir klar, dass ich immerhin dem Winter entgangen bin. Man hat mich zwar ausgesetzt wie einen gemeinen Köter, aber wenigstens ist es Ende August. Und es ist einfacher, ein wenig Wasser zu finden, um der schwülen Hitze zu trotzen, als ein Dach, um nicht elendig zu erfrieren.

Ich versuche dennoch mein Glück in einer lauten Bar. Keine Frauen weit und breit, nur Kerle. Dicht an dicht. Ich schlüpfe zwischen den Beinen hindurch.

»Seit wann gibt es im Marais streunende Katzen, verflucht? Verschwinde, kusch! Ich bin allergisch. Du bist echt eklig, mit deinen nassen Borsten. Hau ab!«

Der Fußtritt, der mein Hinterteil streift, bringt mich einem Herzinfarkt nahe. Wie kann dieser beschickerte Trottel es wagen, mich zu treten? Und warum verteidigt mich niemand? Ich habe Schönheitswettbewerbe gewonnen! Hier stimmt wirklich gar nichts mehr. Gestern rief man noch meinen Namen, und heute beschimpft man mich als streunende Katze? Ist die Welt ganz und gar verrückt geworden?

Ich verbiete meinem Gehirn, den Schmerz in Emotion umzuwandeln. Schließlich bin ich kein kleines Kätzchen mehr, ich werde nicht heulen.

Mir meiner Machtlosigkeit bewusst – anders als Bolt, dieser dämliche Disney-Hund, der glaubte, er könne die Bösen mit seinen Superkräften besiegen –, mache ich auf den Hinterpfoten kehrt, mit dennoch leicht angelegten Ohren.

In einem von einer Straßenlampe schwach erleuchteten Hauseingang lasse ich mich zwischen einem Karton und einer gelben Mülltonne nieder. Für den Augenblick akzeptiere ich meine schmähliche Niederlage und diese unleugbare Tatsache: Zum ersten Mal in meinem Leben werde ich draußen nächtigen.

4

Paul

Louise schlingt ihr Frühstück herunter, ich bringe sie gleich zu meinen Eltern. Meinerseits entdecke ich, dass Gustave Dating-Apps auf meinem Handy installiert hat. Ich könnte ausrasten. Das ist total übergriffig! Er hat Passwörter ausgewählt, sie auf einem Post-it notiert und auf den Sofatisch geklebt.

Ich schließe alle Anwendungen, schreibe ihm aber keine gepfefferte Nachricht. Ich will mich nicht am Montagmorgen mit ihm anlegen, bevor ich in die Woche starte.

Erst recht nicht in der Woche unseres Hochzeitstages. Aurélia und ich wären am Mittwoch dreizehn Jahre verheiratet gewesen. Ich erinnere mich an den Tag, als sei es gestern gewesen. Aurélia war einundzwanzig, trug ein hinreißendes Korsagenkleid und einen Dutt, der ihren zarten Nacken und ihr kastanienbraunes Haar phänomenal in Szene setzte.

Ich schaue Louise an, sie hat definitiv die Anmut ihrer Mutter geerbt.

Sie spielt mit ihrem Anhänger, den Blick ins Leere gerichtet. Der Anhänger enthält ein Foto von den beiden. Ich hatte ihn ihr ein paar Monate nach der Tragödie geschenkt und gesagt, auf diese Weise sei ihre Mama immer bei ihr, wenn sie sie brauche. Es zerreißt mir das Herz, dass das in diesem Moment wohl der Fall ist.

Ich versuche, sie abzulenken, und mich gleich mit.

»Möchtest du noch einen frischen Orangensaft?«

»Nein, danke. Ich habe genug, Papa.«

»Weißt du, Gustave war gestern Abend noch hier.«

»Ja?«

»Ja. Du hast schon geschlafen, aber er hat ein Geschenk für dich auf die Kommode im Flur gelegt.«

»Oh, wie lieb von ihm.«

»Willst du es auspacken?«

»Ja!«

Sie reißt das Päckchen auf, und ihre Augen leuchten, als sie den beigefarbenen Trenchcoat sieht. Schon wieder eine schicke Marke, ich werde Gustave gleich doppelt die Ohren lang ziehen. Sein Herz ist groß wie ein Kürbis, aber er macht nur, was ihm gefällt. Dieser Esel. Hundertmal habe ich ihm gesagt, er soll Louise nicht so teure Sachen kaufen, weil sie schnell herauswächst und er sich ruinieren wird. Doch er stellt sich taub. Hundertmal habe ich ihm auch schon gesagt: Ich will niemanden kennenlernen, ich will Aurélia nicht verraten. Auch da stellt er sich taub.

Ich sollte vielleicht meine Taktik ändern. Ihm entgegenkommen und ihn dann auf einem anderen Terrain festnageln. Etwa so: Ja, klar, Mann, ich verabrede mich. Und nach dem Date erzähle ich dann, wie sehr diese Sache schlafende Dämonen geweckt hat. Ihm sagen, ja, klar, kauf Louise ruhig sauteure Kleidung. Und ihm dann erzählen, dass sie ihr auf der Straße geraubt worden ist, zum Glück ohne Gewalt, aber traumatisiert ist sie trotzdem.

In zwei Etappen zum Sieg, indem ich das Problem verlagere. Auf seine Empfindsamkeit abzielen, mit List, ohne ihn frontal anzugreifen.

Das ist ein lohnender Gedanke.

»Er ist wunderschön, Papa. Kann ich Gustave anrufen, um mich zu bedanken und ihm ein Küsschen zu geben?«

»Ja, mein Spatz, aber erst heute Abend in Ruhe, okay? Jetzt pack deine Sachen, und ich dusche noch schnell, und dann geht's auf zu Oma und Opa, und für mich zur Arbeit.«

»Du bist der Chef. Du kannst kommen, wann du willst, eigentlich.«

»Wer hat dir das denn erzählt? Der Chef muss mit gutem Beispiel vorangehen, Prinzessin.«

»Das war Mama. Sie hat immer gesagt, du bist … hm … ›der seriöseste Typ, den sie kennt‹. Und dass es halb so wild ist, wenn wir am Samstagmorgen noch im Bett kuscheln, weil du ja schließlich der Chef bist.«

»Das ist ja allerhand. Aber wenn Mama das gesagt hat, hatte sie bestimmt ein bisschen recht. Und jetzt, hopp hopp! Ich will dich erst wiedersehen, wenn du alle deine Sachen unterm Arm hast.«

Sie läuft in ihr Zimmer und kommt wie der Blitz zurück.

»Kann ich eine größere Tasche mitnehmen, für meine Malsachen?«

»Ja, nimm meine, in meinem Schrank, linke Tür, unten.«

Sie murmelt meine Angaben vor sich hin, damit sie sich nicht vertut.

*

Unter der Dusche denke ich wieder an den Schulanfang am nächsten Mittwoch. Ich hoffe wirklich, dass Louise sich mit dem Gedanken anfreundet. Es hat ihr noch nie so widerstrebt, nach den großen Ferien zurückzugehen.

Letzten Freitag haben wir ihre Schulsachen gekauft, und sie hat nicht mal gelächelt, als wir Ranzen und Mäppchen aussuchten. Zum Glück fanden wir letztlich ein Sortiment mit Feen-Motiven. Nur diese kleinen magischen Wesen schaffen es in jeder Lage, sie aufzuheitern. Louise glaubt, dass es sie wirklich gibt und dass Aurélia eine Fee im Mama-Paradies ist.

Ich mache mir Sorgen um sie, auch wenn ich versuche, kein überängstlicher Gluckenvater zu werden. Aurélia wollte, dass Louise stark, selbstbestimmt und kämpferisch wird. Die Saat ihrer Erziehung darf ich nicht verkümmern lassen. Ich weiß ja, dass Louise weiterhin mehrmals pro Woche mittags oder abends ihre vier Großeltern sehen wird, dass meine Schwägerin Clémence noch immer die Zeit finden wird, mit ihr zum Zeichnen in den Park zu gehen, und dass meine Tochter das Ende der Ferien und des Hauchs von Freiheit verkraften wird.

Aber ich hoffe, sie fügt sich in ihre neue Klasse ein und versteht sich mit ihren Kameraden. Findet neue Freundinnen. Ich habe gelesen, dass ein Kind mit Gleichaltrigen verkehren muss, um sich zu entfalten. Vor allem, wenn es keine Geschwister hat. Ich wünschte, wir hätten die Zeit gehabt, ihr das zu geben. Ich als Einzelkind habe das immer als großen Mangel empfunden.

*

Auf dem Motorroller konzentriere ich mich gleichzeitig auf den Verkehr und Louises kleine Hände, die sich wie üblich an mir festklammern.

Ich mag unsere Rituale. Die Momente, die wir im Alltag teilen. Ich bin froh, sie jeden Morgen dort hinbringen zu können, wo sie hinmuss, und sie am Nachmittag wieder abzuholen. Zwar kann ich nur selten mit ihr zu Mittag oder zu Abend essen, aber ich bin ein Papa, der vor und nach der Schule da ist. Es gibt mir ein gutes Gefühl, dass ich ihr diese Präsenz bieten kann.

Sie fliegt meinen Eltern in die Arme, die mich vor ihrem Haus begrüßen, und ich fahre schnell weiter, um vor dem Mittagsservice noch kurz einzukaufen.

Als ich beim Restaurant ankomme, halte ich kurz vor der Fassade inne. Aurélia hatte die Wanduhr mit multipler Anzeige bei einem Trödelhändler aufgetan. Sie sollte die verschiedenen Zeitzonen in meinem Restaurant *Décalage horaire* symbolisieren.

Das Konzept ist simpel: Sie haben keine Zeit für einen Wochenendtrip oder einen Urlaub? Dann machen Sie einen Ausflug für die Dauer eines Dinners.

Es gibt sechs Minisalons, getrennt durch Wände und Türen, durch die meine Kellnerinnen und Kellner inzwischen sehr diskret ein und aus gehen. Sechs Salons für sechs Städte, und vier Tische pro Salon für etwa fünfzig Gedecke. Wenn man ankommt, klingelt man als Erstes, als besuche man Freunde zum Essen, dann holt man am Empfang sein Ticket und betritt die gewählte Kulisse: Paris unterm Sternenhimmel, New York im Sommer, 35 Grad Celsius auf den Seychellen, Venedig – Stadt der Liebe, Moskau im Schnee und Bali – zwischen Tempeln und Reisfeldern.

Die Farben der Wände, Böden und Decken jedes Salons sind auf den jeweiligen Ort abgestimmt. Die Musik – als leise Untermalung –, Möbel und Gerüche auch. Bei den Gerichten auf der Karte gilt ein anderes Prinzip:

Es gibt zwar Spezialitäten aus jedem der sechs Länder, aber man kann sie essen, wo man möchte. So kann man in Moskau traditionelle französische Küche genießen, in Italien einen Burger oder auf den Seychellen ein Nasi Goreng.

Die Gelüste des Magens gehen nicht immer mit denen der Augen einher.

Die Idee fand nach und nach Anklang bei Freunden der Gastronomie und des Reisens. Ich stehe in mehreren Restaurantführern, werde als Geheimtipp in Paris empfohlen und erhielt sogar das »Zertifikat für Exzellenz« von TripAdvisor.

So kann ich es mir erlauben, fünf Kellner und vier Leute in der Küche zu beschäftigen, mich selbst nicht eingeschlossen. Einen Souschef, der auf Patisserie spezialisiert ist, mich aber an jedem Posten vertreten kann, wenn ich mal nicht da bin. Einen Beikoch für die Warmspeisen und eine Beiköchin für die Kaltspeisen. Und einen Tellerwäscher, der die Gabe besitzt, uns zu erheitern, ganz egal, welche Stimmung herrscht.

»Hallo, Chef!«

»Hey, Sophie.«

Sophie ist eine meiner Kellnerinnen und abwechselnd mit Véronique für den Empfang zuständig.

Sie ist neunundzwanzig und arbeitet seit acht Jahren für mich. Sie hat sich immer eine weniger professionelle Beziehung zwischen uns gewünscht, was Aurélia gelegentlich zur Verzweiflung brachte. Die beiden konnten sich nicht ausstehen. Damals hat mich das amüsiert. Seit Aurélias Tod habe ich noch mehr Abstand zwischen Sophie und mich gebracht. Dennoch hat sie hin und wieder vorgeschlagen, wir könnten ja mal ausgehen, als ob ich mich jetzt, da der Platz frei ist, für sie interessieren würde.

Da hat sie meinen Sinn für Loyalität aber unterschätzt. Wenn es auf der ganzen Welt eine Frau gibt, die ich niemals anfassen werde, dann sie. Ich habe zu großen Respekt gegenüber Aurélia. Außerdem zieht mich Sophie persönlich überhaupt nicht an. Dafür ist sie aber ein Arbeitstier, und ihre rigorose Effizienz macht sie zu einem wesentlichen Element des Restaurants.

In der Küche sind alle schon bei der Arbeit. Ich schärfe meine Messer, ein Geschenk von Aurélia zum Dreißigsten.

Es ist an der Zeit, Messer und Löffel zu schwingen. Heute Abend habe ich zwei besondere Gäste. Rachel und Louise nehmen im Licht der Seychellen ein amerikanisches Dinner ein.

Véronique, eine Kellnerin, deren Herz weicher ist als ein gutes Rinderfilet, freut sich immer, meine Tochter zu sehen. Sie hat selbst vier Kinder, hegt aber eine ganz besondere Zuneigung für Louise.

Das beruht auf Gegenseitigkeit. Véronique ist »Tante Véro« für sie.

5

Der Pelzige

Ich konnte mich nicht dazu durchringen, in einem Karton zu schlafen. Ich zog der Pappe den Beton vor. Das bereue ich jetzt am Morgen. Ich habe kaum ein Auge zugetan, zwischen dem Geschrei all der Spinner, dem Gehupe, meinem Magenknurren und der Müllabfuhr, die mich beim ersten Tageslicht aufscheuchte.

Auf der Suche nach einem zarten Gemüt, das ich um die Kralle wickeln kann, ziehe ich durch die Straßen. Die Sonne gibt sich mehr Mühe als gestern, mein Körper findet langsam zu seiner eigentlichen Anmut zurück, und mein Entschluss nimmt Form an. Ich muss mein Leben in Ordnung bringen.

Mein rosa Näschen mit der schwarzen Umrandung ließ Caroline auf den ersten Blick dahinschmelzen, genau wie mein weiß und tabby gezeichnetes Fell.

»Was ist ›tabby‹?«, fragt ihr? Schwarz-grau getigert, ihr Banausen.

Ein attraktives Äußeres ist oft schon die halbe Miete, oder? Und ich bin mehr als nur ein Playboy-Kätzchen. Ich weiß, wie man Türen öffnet, Mäusekadaver sammelt, wenn die Viecher sich ins Haus verirren, den Fernseher anschaltet, um der erdrückenden Langeweile zu entgehen, und – manchmal – wie man Zuneigung heuchelt, um mehr Futter zu bekommen. Ich werde nicht obdachlos bleiben, sonst wäre ja für meine Artgenossen, die weniger gesegnet sind als ich, jede Hoffnung verloren.

Zwei Zielpersonen habe ich schon ausgemacht. Die Inhaberin des kleinen Supermarkts und die blonde Friseurin. Nach sorgfältigem Abwägen scheint mir letztere, mit ihren etwa vierzig Jahren, die bessere Wahl zu sein. Sie wirkt zugänglicher für einen Annäherungsversuch. Definitiv machtlos gegenüber meinem Charme.

Ich leite die Phase der Verführung ein.

Laszive Schwanzbewegungen, Kulleraugen à la Shreks Gestiefelter Kater, Schnurren und herzzerreißendes Miauen. Ich ziehe alle Register. Während dieser hoch professionellen Nummer muss ich feststellen, dass Schuster vielleicht die schlechtesten Schuhe tragen, aber Friseurinnen auf jeden Fall am schlechtesten frisiert sind. Peinlich! Mein Frauchen wäre nie ungefönt auf die Straße gegangen, und ihre Koloration begann am Ansatz, nicht in den Spitzen. Ich habe so viele Stylemagazine im Fernsehen gesehen, dass ich alle Schönheitsgeheimnisse kenne, auch wenn das Mädchensache ist. Meiner Männlichkeit tut das keinen Abbruch.

»Du bist ja zuckersüß! Komm her. So eine schöne Katze wie dich habe ich ja noch nie gesehen.«

Die Gute ist bei anderen also ebenso wenig objektiv wie bei sich selbst. Ihre Kunden können einem leidtun. Ja, ich bin wunderschön, aber momentan bin ich auf 30 Prozent meines Potenzials reduziert. Auch gut, wenn ihr das reicht: Ich bin derart ausgehungert, dass ich schon gierig auf die Tauben schiele. Ekelhaft.

Fünf Minuten später befinde ich mich im Friseursalon.

*

Nach einem verdienten Nickerchen stelle ich die Ohren auf. Ein mir wohl bekanntes Klongklong ist erklungen: Katzenbrekkies, die in eine Schüssel fallen. Die Blondine, die laut den Angestellten wohl Sylvie heißt, hat also für mich eingekauft. Juchhu! Zu Tisch!

Trinken. Essen. Und wieder von vorn, bis mir schlecht wird, damit ich für kommende Strapazen gewappnet bin. Schnurren, um mich lieb zu zeigen, und mich dann wieder auf den weißen Teppich im Schaufenster legen, dessen Ausblick eine hübsche Ablenkung bietet.

Ich habe meinen Rhythmus gefunden.

»Ich hoffe, er pisst nicht auf den Boden!«, meckert eine kleine Dicke mit hässlichen Bildern auf den Unterarmen.

Nein, du dumme Pute, ich riskiere doch nicht, Unterschlupf und Vorratskammer zu verlieren, die ich gerade erst gefunden habe. Ich bin schlauer, als du denkst. Und außerdem trage ich wenigstens keinen Ring in der Nase wie ein Ochse.

Es macht mich wahnsinnig, dass die Menschen mich nicht verstehen. Sie werden niemals meine Schlagfertigkeit würdigen.

Wie auch immer, niemand scheint auf ihren dämlichen Kommentar einzugehen. Ich mache einen Buckel, strecke mich vornehmst und lege den Kopf auf die Vorderpfoten, um allgemeines Wohlwollen hervorzurufen. Eine Katze, die still ist, ist eine Katze, die jeder mag. Ich werde sicher nicht ewig hier Quartier beziehen, aber als Übergangslösung ist es mehr als passabel.

Eine alte Dame mit Gehstock begrüßt die Mädels, nachdem sie mühevoll die Eingangsstufen erklommen hat. Ihre schrille Stimme malträtiert meine Ohren, sie beschwert sich, dass sie nicht zur verabredeten Zeit frisiert wird. Und so fällt ihr Augenmerk auf mich. Habe ich ein Glück!

Alte Leute sind langsam, stinken und reden zu viel.

Ich werfe ihr zur Abschreckung einen verächtlichen Blick zu, doch das ist ihr *schnurrz*. Sie scheint von mir begeistert zu sein, und im Grunde kann ich sie verstehen. Ich sehe allmählich wieder besser aus. Aus dem Augenwinkel beobachte ich Sylvie. Ihr Gesicht verrät mir, was sie denkt: Wenn ich die ungeduldige Kundschaft beschäftigen kann, habe ich einen Mehrwert. Also nutze ich die Situation aus und schubbere mich an den Beinen der parfümstinkenden Alten. Wenn sie das für Zuneigung hält, ist das schließlich ihr Problem. Doch als sie beginnt, von meinem Nacken bis zum Schwanzansatz zu streichen, vergesse ich ihre Stimme, ihren Geruch und ihr Alter. Ich gebe mich hin. Mit so einer Krauleinheit kriegt man jeden Kater rum.

Etwas später kippt die kleine Dicke einen Korb mit Lockenwicklern um. Die Dinger rollen in alle Richtungen über den Boden. Instinktiv springe ich auf, bereit, mich auf die tänzelnden Teilchen zu stürzen. Doch mein Verstand sagt mir, du darfst nicht auffallen! Ein Gewissenskonflikt.

Ja, Überraschung, Leute, ich habe ein Gewissen.

Ich entscheide mich für den Mittelweg: Ich laufe hin, fange einen Ausreißer ein und lege ihn Sylvie zu Füßen. Eins zu null für den Kater gegen das Mädel mit den bunten Armen.

*

Es hat mir fast gefallen, die Nacht allein im Salon zu verbringen. Keine tatschenden Kundinnen, keine verstreuten Haare, kein brüllender Staubsauger oder Fön. Und reichlich Futter. Sylvie fiel es natürlich nicht ein, das Licht anzulassen, aber die Straßenbeleuchtung erfüllte diesen Zweck durch das Fenster hindurch. Ich konnte entspannt die Augen schließen.

Das Gemeinschaftsleben beginnt am Morgen ganz gemächlich. Sylvie ist die erste und schmust ausgiebig mit mir. Gern würde ich sagen, dass mir das *schnurrz* ist, aber irgendwo zwischen Wut und Enttäuschung steckt auch ein bisschen Traurigkeit, die von neuen Händen gelindert werden will. Von unbekannten Händen.

Die Angestellten haben alle dieselbe Routine: Sie kommen rein, sagen Guten Morgen, ziehen ihre Jacke aus, stellen ihre Handtasche in den Schrank im Hinterzimmer, halten ihre Hände kurz unter den Wasserhahn, kommen zu mir oder rufen mich, um mich zu streicheln (außer die kleine Dicke mit dem Nasenring), waschen sich noch einmal die Hände und schenken sich Kaffee ein.

Die erste Kundin des Tages ist brünett, riesengroß (ihr Kopf schwebt so weit oben, dass mir fast schwindelig wird), gekleidet wie im Modemagazin und außergewöhnlich schön. Ihre Stimme ist sanft, fast melodisch. Ohne mich eines Blickes zu würdigen, setzt sie sich mit Eleganz und Stil auf den Stuhl, schlägt die Beine übereinander, nimmt eine Teetasse von Sylvie entgegen und erklärt, dass sie gern ihren sehr schicken, asymmetrischen Bubikopf nachschneiden lassen möchte.

Leicht enttäuscht darüber, dass diese faszinierende Bohnenstange mir keinerlei Beachtung schenkt, schlängele ich mich bis zu ihren lackierten und elegant beschuhten Nägeln vor. Immer noch keine Reaktion, sie ist auf ihr Gespräch mit Sylvie konzentriert und fixiert sich im Spiegel. Ich wage eine leichte Berührung mit den Schnurrhaaren und einen Stupser gegen ihren Knöchel. Sie weicht abrupt zurück, völlig entsetzt, fängt sich dann aber wieder.

»Du bist ja eine nette Katze, aber ich bin allergisch, also weg mit dir, husch, husch.«

So ungerecht.

Ich hatte sie für würdig befunden, wir hätten ein schönes Paar abgegeben. Wie kann man gegen mich allergisch sein? Ich bin doch keine Mücke oder ein banales Staubkorn oder Pollen! Dann hat sie mich wohl nicht verdient.

Die kleine Dicke packt mich, setzt mich auf den Teppich und befiehlt mir, mich nicht von der Stelle zu rühren.

Blöde Kuh.

Ich nehme wieder meine Brave-Katze-Position ein, Kopf zwischen die Pfoten, und sehe zum Zeitvertreib den Hunden auf der Straße zu. Wie manche von denen rumlaufen, ist wirklich zu komisch. Nein, also mal im Ernst, unglaublich, diese Miniwesten, Stachelhalsbänder, grellbunten Leinen und rosa Schleifchen! Fehlt nur noch, dass sie sich eine Feder in den Hintern stecken. Manche Tiere sollten ihren Herrchen wirklich mal was erzählen. Wie kann man sich derart lächerlich verkleiden lassen? Wobei, wenn ich es mir recht überlege, ist das eine sehr hündische Einstellung. Diese ständige Unterwerfung, die Zunge allzeit zum Schlabbern bereit und ein treues Herz. Wenn die wüssten, dass die Menschen sie niemals genauso lieben werden, wenn die wüssten, dass es Carolines und Patricks gibt, die ihr Tier verlassen, ohne auch nur zurückzublicken. Sie würden die Clownskostüme zerreißen, in denen sie bei diesem Wetter sicher furchtbar schwitzen, so wie die kleine dicke Tätowierte, wenn sie um einen Haarschopf herumwuselt.

*

Tag drei unserer Wohngemeinschaft. Ich fühle mich wieder putzmunter und unwiderstehlich.

Die Schmerzen, die meine bewegte Reise vom Flughafen hinterlassen hatten, sind nur noch eine unliebsame Erinnerung. Ich beginne sogar, meine Lust zu zügeln, mich dem reichlichen Nahrungsangebot hinzugeben. Ich muss auf meine Figur achten. »Fette Katzen sind abstoßend«, hat Patrick immer gesagt.

Ich leide unter extremem Bewegungsmangel.

Sylvie beäugt mich, während ich mich mit ausgefahrenen Krallen zwischen den Ballen putze. Sie wirkt niedergeschlagen, nicht so fröhlich wie an den letzten beiden Tagen. Daher lausche ich dem bedrückten Redefluss, der zwischen ihr und ihrer Lieblingsmitarbeiterin (nicht die blöde Kuh) hin und her schwappt.

»Seit zwei Tagen versuche ich, ihn zu überreden, aber es ist nichts zu machen, er bleibt dabei, dass es schlecht für sein Asthma ist. Hier macht es auf Dauer zu viele Probleme. Aber ich will ihn nicht wieder auf die Straße setzen. Ich dachte wirklich, mein Mann würde nachgeben, so ein Mist …«

»Das ist echt blöd, es ist hart. Das Katerchen ist ja so niedlich. Wir finden eine Lösung, mach dich nicht fertig.«

Das Pech klebt an mir wie eine Zecke. Hier werde ich offenbar nicht alt. Dabei hatte ich wirklich alles gegeben, damit Sylvie mich lieb gewinnt. Und wenn ich mir ihre betretene Miene so anschaue, habe ich es wohl auch geschafft.

Ich gebe auf: Ein wenig dösen ist einfacher, als zu überlegen, was mich heute, morgen oder jedenfalls sehr bald erwartet. Ein langhaariger, schwarz gekleideter Typ voller Silberschmuck stürmt in den Laden. Das ist ein Zeichen, mein Startsignal für die Reise in das Land, wo es Goldfische regnet und Katzen nicht ausgesetzt werden. Schlafen ist allemal besser, als sich diesen Horror mit ansehen zu müssen.

6

Paul

Ich kann nicht glauben, dass ich es wirklich tue. Mit einer Frau etwas trinken gehen, an einem Donnerstagnachmittag, bevor ich zum Abendessen mit Louise nach Hause fahre.

Ich beschloss es gestern, ganz spontan, damit Gustave mich endlich in Ruhe lässt. Wenn ich nicht wenigstens einmal so tue als ob, schickt er mir als Nächstes die Mädels gleich ins Restaurant.

Dennoch gehe ich nur widerwillig dorthin und verfluche mich für diesen Einfall. Zwei Tage lang beschäftigte ich mich eingehend mit den Apps, damit ich glaubwürdig rüberkomme, als einer, der sich Mühe gibt. Damit ich ein paar Anekdoten zum Besten geben kann. Ich entschied mich für Tinder, da es mir benutzerfreundlicher erschien als die beiden anderen, und begann mit drei Frauen zu chatten. Schnell hob sich eine deutlich von den anderen ab. Anaïs, brünett, einunddreißig, Violinistin. Ich dachte, wenn ich mir schon ein unwillkommenes Treffen antue, dann wenigstens mit einer ungewöhnlichen Person, die etwas Interessantes zu erzählen hat. Um weder selbst in die Enge getrieben zu werden, noch sie in die Irre zu führen, denn sie kann ja schließlich nichts dafür, gab ich bereits den zögerlichen Witwer mit leicht schwierigem Charakter, der nur für eine unverbindliche Verabredung bereit ist. Kurz gesagt, ein ziemlich spleeniger Typ. Ich frage mich sogar, warum sie überhaupt zugesagt hat. Dass ich Vater bin, habe ich verschwiegen, da ich nicht gern mit Unbekannten über Louise spreche.

Ich treffe sie auf der Terrasse einer Bar in der Rue des Archives. Es wundert mich nicht, dass sie bereits am Tisch sitzt, da ich eine gute Viertelstunde zu spät bin. Ich lächele und entschuldige mich der Form halber, aber ohne große Überzeugung. Sie ist hübsch, keine Frage. Ziemlich so wie auf ihren Fotos.

Doch dann fängt sie unglücklicherweise an zu reden.

Ihre näselnde Stimme ist eine Zumutung. Ihr Redeschwall auch. Wie kann man Musikerin sein, mit Sinn für Rhythmus und Klang, und sich dennoch auf diese Weise ausdrücken?

Eine Stunde später stehe ich kurz vor dem Überbrodeln, aber ich halte mich wacker. Anaïs ist nett. Wahrscheinlich fühlte sie sich zur guten Samariterin berufen, als sie mit mir chattete. Sie dachte, sie könne mich reparieren. Mir tausend Fragen stellen, mit halbem Ohr den lakonischen Antworten lauschen, und lang und breit ihre Meinung zu verwitweten Männern erörtern. Ich bin ihr Versuchskaninchen. Mir kommt sie eher vor wie eine Hobbypsychologin, nicht wie eine Violinistin. Oder gleich wie eine manische Voyeurin, die Gesprächsstoff für ihren nächsten Mädelsabend sucht.

Ich gebe auf. Ich schaue auf die Uhr und sage, ich müsse los, um das Abendessen für meine Tochter zu kochen.

Ich lasse die Bombe platzen.

Zu meinem Leidwesen bringt sie das kein bisschen aus der Fassung, im Gegenteil. Dabei sind Frauen in ihrem

Alter, die von einer eigenen Familie träumen, doch meistens keine Fans von Männern mit Kindern. Aber ihr ist das egal. Die Information steigert ihr Interesse nur noch. *Wie heißt sie? Wie alt ist sie? Hast du ein Foto? Oh, es muss ja so hart für sie sein. Und für dich auch. Die Mutter zu verlieren ist schrecklich.* Bla bla bla.

Nach einer Viertelstunde schneide ich ihr das Wort ab, ich halte es nicht mehr aus. Ich sage ihr, dass es ein Fehler war. Dass ich noch nicht bereit bin. Und ich beglückwünsche mich selbst dazu, ihr nicht meine Nummer gegeben zu haben.

Ich verdrücke mich. Ich hole mehrmals tief Luft.

Nie wieder.

*

»Und, und, und?«, brüllt Gustave ins Telefon.

»Und gar nichts. Die Hölle. Sie war krankhaft neugierig und hat in meinem Hirn nach pikanten Details gestochert.«

»Du bist fies. Wahrscheinlich war sie einfach nur interessiert.«

»Nein, es war eine dilettantische Psychoanalyse. Ihre Stimme war unerträglich, ihre Gedankengänge erschütternd platt, und ihr ganzes Wesen einfach scheißfreundlich.«

»Okay, okay. Sie war nichts für dich. Es war ja erst die Erste. Es wäre zu einfach gewesen, wenn es gleich gefunkt hätte. War sie denn körperlich anziehend?«

»Nein, ich kann das nicht voneinander trennen.«

»Das solltest du lernen. Lass den Wortschwall über dich ergehen, und locke sie in dein Bett, einfach zum Entspannen.«

»Ich bin nicht wie du.«

»Wie ich? Such dir einfach gleich ein Sexdate, eine Frau, die offen ist, ohne Verpflichtungen, die nur einen One-Night-Stand will, dir aber gefällt. Kein Druck, nur Spaß. Okay? Na, los, *next one!*«

»Nein, nicht okay, ich lasse es ganz bleiben, und du hörst bitte endlich auf, mir damit auf den Wecker zu fallen. Ich habe es versucht, dir zuliebe, es hat nicht funktioniert. Basta.«

»Machst du Witze? Es *versucht?* Mit einem einzigen Date? Quatsch mit Soße. Ich suche die Nächste aus. Deal?«

Er wird mich nie in Frieden lassen.

»Ich esse jetzt mit Louise. Wir reden später weiter, ja?«

»Ja, sicher. Ich habe dich drei Jahre lang schlummern lassen, aber jetzt legen wir einen Gang zu.«

»Du nervst. Schönen Abend noch, Gus. Kümmere dich lieber um DEIN Liebesleben.«

»Mecker, mecker, du wirst mir eines Tages noch danken!«

Angesichts dieser Entschlossenheit muss ich grinsen, wenn auch leicht entnervt.

*

Ich drücke Louise an mich. Meine Tochter ist sehr groß für ihr Alter, aber ziemlich schmal. Seit zehn Minuten schluchzt sie in meinen Armen, sie kommt gar nicht mehr zu Atem. Ich streichele ihr übers Haar und rede leise auf sie ein. Ich verfluche mich selbst dafür, dass ich, anders als Aurélia, nicht singen kann, um sie zu beruhigen.

Ihre ständigen Albträume machen mir langsam Sorgen. Es ist schon das zweite Mal diese Woche und kam in den letzten Monaten häufig vor. Mitten in der Nacht fängt sie an zu schreien und bleibt dann völlig stumm, bis sie endlich wieder einschläft, oft in meinem Bett.

Heute beruhigt sie sich nicht.

»War es so schrecklich, mein Herz?«

Sie nickt, zwischen zwei Heulkrämpfen.

»Magst du mir nicht erzählen, was du geträumt hast?«

Kein Laut, keine Bewegung, sie klammert sich nur noch etwas fester an mich.

Ich hebe sie hoch und trage sie und ihr Judy-Stofftier in mein Schlafzimmer.

Als ich sie links neben mich lege, lockert sie ihre Umklammerung. Allerdings hört sie nicht auf zu weinen.

Ich muss einen Weg finden, sie abzulenken. Ich überlege kurz; zwar kann ich selbst nicht singen, aber es gibt ja Leute, die darin sehr begabt sind. Ich nehme mein Handy und wähle eine Playlist mit Schlafliedern aus, auf Englisch, damit sie sich nicht auf die Worte, sondern nur auf die Melodien konzentriert.

Sie hält inne und starrt mich an.

»Wir hören ein bisschen Musik zum Einschlafen, in Ordnung, mein Spatz?«

Sie nickt. Ich kuschele mich an sie, und sie klammert sich wieder fest.

Wir haben jeder unsere schwachen Momente, aber wenigstens sind wir nicht allein.

7

Der Pelzige

Wenn man in einem Käfig sitzt, ob aus Plastik oder Stoff, ob mit oder ohne Decke, ob einer »putzipu« macht oder nicht, es geht einem darin schlecht. Würdet ihr euch wohlfühlen, wenn man euch in einen vergitterten Kasten sperrte? In so etwas wie einen Sarg? Das erwähnte Gitter macht das Gefühl der Unfreiheit auch nicht erträglicher. Es ändert nichts an der Tatsache, dass ihr euch nicht bewegen könnt. Nun, ich bin in genau dieser Situation. Schöner Mist.

Sylvie ist traurig, aber entschlossen. Sie ist vorbereitet und hat mich gegen meinen Willen in diese Kiste gestopft.

Ich muss feststellen, dass sie noch nie eine Katze hatte: Im Takt ihrer klappernden Absätze geht es auf und ab wie auf der *Titanic*.

Mir kommen die morgendlichen Brekkies wieder hoch.

Ich fixiere einen entfernten Punkt auf dem Bürgersteig. Diese Technik habe ich mir in den Filmen abgeguckt, in denen Eltern ihren Sprösslingen auf der Rückbank immer dazu raten.

Einige lange Minuten später falle ich beinahe in Ohnmacht, als mir aufgeht, dass wir Motorroller fahren werden. Mein Gefängnis steht jetzt auf Sylvies Knien und ist mit einem Gurt an sie geschnallt. Von so nah habe ich Autos quasi noch nie gesehen. Der wilde Reigen der Blechungeheuer lässt mir den Magen in die Knie sacken.

Ich versuche, nicht wie behämmert herumzuschlackern, weil mir, genau wie Sylvie, daran gelegen ist, mich auf dem verdammten Zweirad zu halten. Eine Stuntman-Karriere hat mich noch nie gereizt.

Die Fußgänger an der Ampel begaffen mich schamlos, die Autofahrer lachen oder wundern sich, aber Sylvie hält ihren Kurs. Gott sei Dank, lässt sie sich nicht beirren. Doch erst, als sie ihre Möhre abstellt, wage ich aufzuatmen.

Als sie den Schlüssel abzieht, entfährt mir ein Seufzer. Wir haben den gefährlichen Motorenwirbel überlebt, auf den ich meinesteils gern verzichtet hätte.

Dumm, wie ich bin, glaube ich, das Schlimmste sei überstanden. Da versetzt mir der Schriftzug »Tierarztpraxis« einen weiteren Schlag. Hilfe! Sylvie geht strammen Schrittes auf die bonbonfarbene Klinik zu, während ich mit aller Kraft in meinem Käfig in die entgegengesetzte Richtung strebe. Recht betrachtet ist Rollerfahren noch hundertmal besser als Tierarzt.

Doch natürlich habe ich keine Chance. Wir bewegen uns nicht rückwärts, sondern vorwärts.

Ich habe diese Termine schon zu Carolines Zeiten gehasst. Dabei meinte sie es ja nur gut: »Wir müssen dich gegen äußere Gefahren schützen, Figaro«, bla, bla. Aber heute habe ich allen Grund zur Beunruhigung. Ich fürchte um mein Leben. Werde ich nach einer tödlichen Spritze im Eisfach landen? Ein Gnadentod? Sie werden es besprechen, in der Überzeugung, dass ich nichts verstehe, sie werden sagen, es sei das Beste für mich, und ich werde alles mitbekommen.

Ich gehe die Wände hoch, wenn es sein muss. Keine Chance. Ich habe das schon so oft gehört. Ich werde kämpfen – so leicht kriegen sie mich nicht!

Wir gehen rein.

Sylvie stellt mich auf den großen Metalltisch in Doktor Saxophones Behandlungsraum. Wer nimmt ihn mit diesem Namen denn bitte ernst? Wie auch immer, endlich wird das Gitter geöffnet.

Eingehende Untersuchung, ich mache keinen Mucks. Ich muss gesund erscheinen, körperlich und geistig. Ein physisch und psychisch gesundes Tier tötet man nicht so leicht wie eine durchgeknallte Bazillenschleuder. Ich lasse alles geschehen, den behandschuhten Finger im Maul, die Fummelei an meinem besten Stück, das Gegen-den-Strich-Fahren … Als die große Hand mich loslässt, gebe ich ihr sogar einen kleinen Kopfstüber, um zu zeigen, wie brav und cool ich bin.

»Ein feiner Kater. Für einen Europäer ist er ziemlich schick.«

Sie spekulieren über meine mutmaßliche Vergangenheit und meine ungewisse Zukunft. Sie malen sich sogar aus, wie ich mich als Familienkater machen würde. Offenbar wirke ich wie eine entspannte kinderliebe Katze, die auch einer älteren Person gut Gesellschaft leisten könnte. Da haben sie sich aber geschnitten. Ich hasse Kinder und den Geruch von alten Leuten. Ich mag es ästhetisch.

Wenn ich mein Schicksal also wieder an das eines Menschen binden sollte, dann muss dieser Mensch jung und kinderlos sein und einen guten Geschmack haben.

Sylvie drückt mich fest, überschüttet mich mit entschuldigenden Küsschen, bedankt sich noch einmal beim Tierarzt und verschwindet dann für immer aus meinem Blick. Sie war sehr lieb, aber nicht gerade die Hellste. Ich fange mich schnell wieder. Schließlich habe ich die Trennung von Caroline und Patrick überlebt, da werde ich doch jetzt nicht sentimental.

*

Vierundzwanzig Stunden später erweist sich das Zusammenleben als ziemlich aufreibend. Der Mief der Ausscheidungen des konvaleszenten Hundes in der Nachbarzelle raubt mir den Atem. Es ist die Hölle. Ich kann nicht anders, als ein gewollt unerträgliches angewidertes Miauen von mir zu geben. Doktor Saxophone, der wohl nicht auf meiner Seite steht, brüllt mich an, weil er im Nebenraum eine Untersuchung macht und angeblich sein eigenes Wort nicht versteht. Da ich hartnäckig bleibe, versucht er es mit Freundlichkeit, doch ich fauche ihn an, zeige ihm die Zähne und lasse ihn meinen Zorn spüren.

Man muss seine Männlichkeit von Anfang an beweisen, sonst ist es zu spät.

»Ha! Du denkst wohl, du bist stärker als ich, kleiner Rabauke!«

Er haut mir aufs Hinterteil, wie ich es noch selten erlebt habe, und nimmt mir mein Futter weg.

Okay. Eins zu null für den Instrumenten-Doc, ich leide schweigend weiter, und er kümmert sich wieder um seinen pudeligen Patienten.

Die Menschen, mit denen ich zu tun habe, kann ich für gewöhnlich schnell einschätzen. Mit ein paar gezielten Schachzügen provoziere ich Reaktionen, anhand deren ich mir eine Meinung bilde. Mir war sowieso schon klar, dass mit dem Doc nicht zu spaßen ist, und jetzt trage ich den Beweis dafür in Form seines Handabdrucks auf meinem Allerwertesten. Ich muss sagen, das flößt mir Respekt ein – ich mag keine Waschlappen.

Ein wenig später stelle ich mit einem gut kalkulierten Handablecken den Frieden wieder her. Er geht darauf ein.

Immerhin hat er mich ja nicht eingeschläfert.

*

Saxo, seine Assistentin und ich verstehen uns von Tag zu Tag besser. Dank meiner guten Führung darf ich mich jetzt in der Praxis frei bewegen, wenn keine anderen Tiere da sind. Ich bekam sogar ein Spielzeug und eine Infrarotlampe, die mich nachts ruhig schlafen lässt.

Das Lachen vom Doc gefällt mir. Er ist sehr kommunikativ. Durch seine Witze und sein gutmütiges Lächeln fühlen sich die Kunden bei ihm wohl. Außerdem hat er Taktgefühl. Wenn er seine Besucher besser kennt, erzählt er manchmal liebevoll von seinen erwachsenen Töchtern und von seiner Frau. Und auch von seinem »faszinierenden« siamesischen Kater. Ach, würde er mich doch auch faszinierend finden! Ich hätte es definitiv schlimmer treffen können, da habe ich noch mal Glück im Unglück gehabt.

Fast bedaure ich, dass er mich abends nicht mit nach Hause nimmt.

Offenbar möchte er mich nicht »verstören«. Deshalb spricht er mit den Leuten über mein Schicksal. Doch bisher gibt es noch keine Bleibe für mich. Die erste

Bewerbungsrunde für die Stelle als neues Herrchen blieb fruchtlos. Er gibt mich nicht an den erstbesten, das ist ja schon mal etwas.

Vor den ersten Terminen am Morgen spielen wir, wir rennen durch die Praxis und albern herum. Ich verstecke mich zwischen den Futtersäcken, pese ins Hinterzimmer, und letztlich fängt er mich immer und knuddelt mich ein wenig. Ich wehre mich nur, wenn er meine Ohren mit den Händen oder einem Kleidungsstück nach hinten drückt; meine Geduld hat ihre Grenzen. Er findet es witzig, mich mit einem Kopftuch als altes Mütterchen zu verkleiden.

Außerdem hat er mir beigebracht, über seine Hände zu springen, um auf der anderen Seite eine Leckerei zu ergattern. Er beugt sich vor, verschränkt seine zehn Finger (ich habe nachgezählt, es sind nicht mehr), und bedeutet mir, den Hopser zu machen. Ich tue ihm den Gefallen, denn es vertreibt mir die Zeit.

Am Ende des Tages, oder wenn wenig zu tun ist, tippt er am Computer herum, und ich döse eine Runde auf seinem Schoß. Ich fühle mich wohl bei ihm. Manchmal ertappe ich mich sogar dabei, wie ich unter seiner Riesenhand schnurre.

*

Ich bin außer Atem. Doktor Saxophone hat mir eine Angel mit bunten Federn dran geschenkt – es sieht aus, als sei ein Vogel aus dem Film *Rio* entflogen. Dieses Spielzeug macht mich wahnsinnig, und ich glaube, der Doc hat auch Spaß daran. Er wirft es immer und immer wieder, damit ich es apportiere, wie ein Köter. Ich versuche, Geschwindigkeitsrekorde aufzustellen, um ihn zu belustigen, und wenn ich in meinem Eifer auf die Nase falle, entlockt ihm das sein ehrliches, röhrendes Lachen, an das ich mich gewöhnen könnte.

Zurück im hinteren Teil der Praxis, in meinem großen Hundezwinger, in dem zwei Dobermänner Platz hätten, warte ich gespannt auf meine nächsten Mitbewohner. Aktuell teile ich den Raum mit einem nervtötenden Meerschweinchen, das sich für einen Hamster hält und in seinem Rädchen wie bescheuert vor sich hin quiekt. Zu gern würde ich es mir schnappen, ihm die Barthaare langziehen, in sein dummes rosa Schnäuzchen beißen und ihm verklickern, dass es gefälligst mit dem Lärm aufhören soll, wenn es nicht als meine nächste Mahlzeit enden will.

Aber ich komme nicht an es heran. Saxo ist ja nicht blöd.

8

Paul

Sonntag, 21 Uhr. Gustave sitzt hinter mir auf dem Roller, wir sind auf dem Weg zu einem Date – zu dritt. Er hatte darauf bestanden, dieses Mal eine Frau über Happn auszusuchen. Eine Frau, die ich zufällig im echten Leben hätte treffen können, denn dass sie in meinen Vorschlägen aufgetaucht ist, bedeutet, dass ich ihr auf der Straße begegnet bin.

Ein schlagendes Argument.

Ich versuche, den heutigen Abend mit Humor zu nehmen. Dass Gustave mitkommt, macht die Sache irgendwie lockerer, als würden wir einfach mit Freunden etwas trinken gehen.

Wenn es nicht klappen sollte, und davon gehe ich aus, wird er mich noch zwingen, Once zu testen. Wenn ich dann drei Versuche unternommen haben werde, über drei verschiedene Apps, beruhigt er sich sicherlich für eine Weile. Denn ich kenne ihn, er kann auch loslassen. Er ist nur um einiges hartnäckiger als der Durchschnittsbürger.

Maud, achtundzwanzig, Vollblutblondine, will nur Spaß. Die Idee des Dreierdates hat sie nicht abgeschreckt, im Gegenteil. Sie will sich nicht binden, weil sie gerade eine lange Beziehung hinter sich hat. Ihr einziges Ziel ist, es krachen zu lassen, im Bett, um es kurz zu fassen.

Das gefiel Gustave. Ich fand es ziemlich seicht und daher auf Dauer eher vermeidenswert.

Sie kommt wenige Minuten nach uns an, wir bestellen eine Runde Aperol Spritz. Die Unterhaltung ist flüssig. Sie erzählt von ihrem Job als Influencerin, hauptsächlich bei Instagram und YouTube. Wir befragen sie zu ihrem Alltag, der ziemlich ungewöhnlich klingt: Momente voller Genuss, neuen Entdeckungen und Wellness folgen aufeinander. Sie fotografiert oder filmt das und inszeniert es dann zwischen Hashtags und Smileys. Ganz gechillt.

»Ich könnte doch für euch beide Werbung machen.«

»Wie funktioniert das?«, fragt Gustave, der sich ernsthaft für ihren Vorschlag interessiert. Ich gebe mich mit Zuhören zufrieden. Eins muss man ihr lassen: Sie ist unterhaltsam. Und ein Fünkchen extravagant. Sie ist ganz sicher keine Frau für mich, könnte aber problemlos in Gustaves Freundinnen-Repertoire landen.

Während er sich auf Mauds Antwort konzentriert, schreibe ich ihm eine SMS in diesem Sinne.

»Gute Wahl! Sie ist perfekt – für DICH! Willst du nicht das Ufer wechseln?«

»Also ich teste gratis ein Produkt, ein Essen, eine Beauty-Behandlung oder eben ein Getränk, ich shoote den Moment oder lasse mich von meiner Begleitperson fotografieren, und dann stelle ich meine Meinung dazu online und tagge die jeweilige Marke oder den Ort.«

»Wie viele Follower hast du?«

»170 000 auf Insta und 200 000 auf YouTube.«

»Wow! Nicht schlecht.«

Gustave greift zu seinem Handy, verdreht die Augen, antwortet, aber ohne mich anzusehen.

»Gib dir doch einen Ruck! Sie ist hammergeil, nicht auf den Kopf gefallen, und open. *Völlig stressfrei.«*

Ich reagiere nicht.

Vier Stunden später. Wir sind inzwischen bei Maud zu Hause. Natürlich muss sie direkt um die Ecke von unserem Treffpunkt wohnen. Wir haben zu viel getrunken, es wird schwer, morgen aus dem Bett zu kommen.

Zum Glück schläft Louise bei meinen Eltern. Sie haben sich zusammen ein Kindertheaterstück im Grand Rex angesehen, da war es einfacher, dass sie auch bei ihnen übernachtet.

»Willst du noch einen?«, fragt Maud mit der Rumflasche in der Hand. Ihre Wangenknochen erscheinen mir übertrieben hoch.

»Nein, danke. Ich denke, ich höre jetzt lieber auf.«

»Komm, mein Freund! Einen noch, bevor ich gehe«, fordert Gustave.

Ich fürchte, ihn falsch verstanden zu haben.

»Du gehst? Ich setze dich zu Hause ab.«

»Nein, wir haben zu viel getrunken, um mit dem Roller zu fahren. Ich nehme ein Uber-Taxi, und du auch, okay? Deine Möhre kannst du ja morgen abholen.«

Er hat nicht unrecht mit dem Roller. Ich kann morgen mit dem Rad zum Restaurant fahren. Aber ich durchschaue seinen Plan, und ich habe nicht vor, länger zu bleiben als er.

»Okay.«

»Ihr lasst mich doch jetzt nicht alleine hier sitzen?«

Maud rückt näher und schaut mich mit enttäuschten Kulleraugen an. Sie ist attraktiv und sympathisch, das muss ich zugeben. Nicht aufdringlich und auch nicht gewöhnlich. Aber ich sehe mich einfach nicht mit ihr. Weder für ein paar Stunden noch für ein paar Wochen. Vermutlich, weil ich mich mit gar keiner Frau sehe. Mein Herz ist ein Stein, und mein Männerhirn war noch nie auf Abenteuer gepolt.

»Wie wär's? Wir treffen uns in der Mitte, ein letzter Shot, und dann ist Schluss.«

Maud verschwindet in die Küche und holt die passenden Gläser.

»Gustave, kommst du?«

»Wo ist er?«

»Auf der Toilette.«

Wir warten fünf Minuten, und Maud sagt, dass sie für ihren YouTube-Kanal wirklich gern mit einer Freundin mein Restaurant testen würde. Aus Höflichkeit sage ich zu – was habe ich schon zu verlieren?

Immer noch kein Gustave.

»Bist du ins Klo gefallen?«, ruft Maud mit diesem anzüglichen Unterton, der mich unter keinen Umständen jemals verführen könnte.

Keine Antwort.

Ich gehe nachschauen, ob alles in Ordnung ist, und stelle fest, dass seine Klamotten verschwunden sind. Durch den Alkohol leicht angeheitert, schwanke ich zwischen Gelächter und Verdruss.

Unsere Handys piepsen gleichzeitig.

»Danke für deine Gastfreundschaft, Maud. Komm, wann immer du willst, mal in meine Saftbar. Bis dahin trinkt wenigstens noch ein Glas ohne mich. Wer weiß. Ciao, ihr Lieben.«

So etwas würde auch nur er wagen. Und schlimmer noch, man lässt es ihm durchgehen. Leuten mit einem kleinen Knall verzeiht man unerhörtes Verhalten leichter, weil sie »eben so sind«.

»Dein Freund ist echt witzig.«

»So kann man das auch sehen«, antworte ich schmunzelnd.

»Ich verstehe, wenn du gehen willst. Du siehst nicht gerade glücklich aus. Ich will nicht, dass du dich unwohl fühlst. In dieser Wohnung wird gelacht und genossen. Hier ist kein Platz für Trübsal. Entweder man hat Spaß, oder man geht; du bist zu nichts verpflichtet«, sagt sie in einem aufrichtigen sanften Ton.

Sie fordert mich nicht heraus, sie spielt kein Theater. Sie informiert mich sachlich und weist mir den Notausgang.

»Danke, du bist eine tolle Frau, Maud. Du hast recht. Ich fühle mich hier nicht wie ein Fisch im Wasser, weil ich den Tod meiner Frau noch nicht verarbeitet habe. Ich will das hier nicht, auch wenn Gustave meint, mich ins Leben zurückschubsen zu müssen, wie er es nennt.«

»Ja, das habe ich bemerkt! Es ist ja süß von ihm, aber ich kann mir vorstellen, dass es anstrengend für dich ist.«

»Ja. Nun gut, die Shots sind eingeschenkt, dann sollten wir sie auch trinken!«

»Gut! Den dritten teilen wir uns.«

Wir exen die beiden ersten und verfahren mit dem dritten wie vorgeschlagen.

Und dann versenkt sie ihre Augen in meinen.

»Wir versuchen mal was, okay?«

Sie spricht mit sanfter, lieblicher Stimme, ihr Gesicht dicht vor mir. Ich bin zu betrunken, um zurückzuweichen. Und selbst wenn ich Herr meiner Sinne wäre, wäre mir die Sofalehne im Weg.

»Ich werde dich jetzt küssen, nur damit du das Gefühl hast, heute einen Minischritt nach vorn gemacht zu haben. Dann gehst du nach Hause. Wir sehen uns nur im Restaurant wieder, rein beruflich, und wir reden nie wieder darüber. Ich werde nur eine Erinnerung an einen Lebensabschnitt sein, der ziemlich unbedeutend, aber auch ein bisschen nützlich ist. Okay?«

Sie lässt mir keine Zeit zu antworten, sondern legt ihre Lippen auf meine. Sie geht es so klug und feinfühlig an, dass ich sie nicht wegstoße. Ich lasse unsere Zungen sich berühren und versuche, nur an das Gefühl zu denken, nicht an die Person, die es hervorruft.

Ihr Kuss ist weich und angenehm. Gerade so sinnlich, dass meine Männlichkeit gekitzelt wird, aber nicht so drängend, dass es mich abschrecken würde.

Sie zieht sich behutsam zurück, lächelt zufrieden und holt dann meine Jacke und meinen Helm.

»Hier, Brad Pitt. Ruf dir ein Uber, und dann ab mit dir. Eines Tages wirst du heilen. Du wirst nichts vergessen, aber du wirst damit leben können. Bis dahin pass auf dich auf, und sei nicht zu streng mit deinem Freund. Er hat das Herz am rechten Fleck, auch wenn er das gern hinter seinen Spinnerallüren verbirgt.«

»Danke, Maud. Du bist vermutlich die netteste Frau,

die ich seit Langem getroffen habe. Und du bist schön. Auch du wirst eines Tages heilen.«

»Wieso das?«

»Du musst mir nichts vormachen. Eine Frau wie du, die nach einer langen Beziehung nur Spaß und Sex will, wurde bestimmt verletzt. Aber deine Wunden werden sich schließen.«

Sie senkt den Blick und öffnet die Tür.

Es war kurz, ich verspüre kein Verlangen, sie wiederzusehen, weil sie mir keine Schmetterlinge im Bauch verursacht, aber es war gut.

Das Bild vom ersten Schritt auf einem langen Weg wird mich noch eine Weile begleiten. Ich hätte nie gedacht, dass eine Frau wie sie mir das geben könnte.

Notiz für später: Lernen, gegen Vorurteile zu kämpfen.

*

Meinen Roller habe ich wieder vor unserem Haus abgestellt, jetzt gehe ich zu Fuß einkaufen. Die Restaurantküche ist voll, aber unsere ist leer, und ich möchte Rachel nicht zu sehr einspannen. Daher habe ich ihr auch den Abend freigegeben. Im Restaurant hat heute mein Souschef Éric die Zügel in der Hand, und ich schlendere auf der Suche nach Inspiration durch die Geschäfte.

Delegieren ist schwierig, aber notwendig. Aurélia hatte recht, als sie letztens aus Louises Mund zu mir sprach: Ich bin schließlich der Chef. Und heute Abend esse ich mit meiner Tochter.

Ich kaufe frisches Biogemüse, Fisch, Käse, und alle Zutaten, damit ich ihr eine Mousse au Chocolat mit Pistaziensplittern zaubern kann. Allein beim Gedanken an die Begeisterung, die in ihren Mandelaugen aufblitzen wird, überkommt mich große Vorfreude.

Auf dem Rückweg scanne ich die Schaufenster, in der Hoffnung, dass mich irgendetwas anspricht. Rachel hat bald Geburtstag, und ich hatte noch keine Zeit, ein Geschenk zu besorgen. Dieses Mädel, das neben ihrem Korrektorinnenjob ihren Alltag den Kindern anderer Leute widmet, ist ein wahres Goldstück. Umgänglich, fröhlich, liebenswürdig und loyal. Schade, dass Aurélia sie nur so kurz gekannt hat. Als sie starb, hatten wir Rachel gerade erst angestellt.

Plötzlich bleibt mein Blick an einem Zettel hängen, aus einem unerfindlichen Grund lenkt das meine Gedanken in eine andere Richtung: Der Tierarzt hat eine Katze abzugeben.

Louise träumt seit Jahren von so einer Fellkugel, auch wenn sie aufgrund meiner kategorischen Ablehnung nicht mehr darum bittet. Ich habe einen Ordnungsfimmel, und Katzen sind Chaosstifter und auch noch stolz darauf. Daher habe ich die Aufnahme eines solchen Mitbewohners nie ernsthaft in Erwägung gezogen. Doch dieser Kater mit dem fesselnden Blick lässt mich an eine Reportage denken, die ich vor Kurzem in einer schlaflosen Nacht gesehen habe. Angeblich können Tiere Kindern mit Problemen helfen, bei psychischen Schwierigkeiten, mangelndem Selbstvertrauen, Einsamkeit oder Sprachstörungen.

Louise ist zwar eigentlich gar nicht in einer solchen Situation, aber dennoch liegt seit ein paar Wochen irgendetwas im Argen. Sie hat Stimmungsschwankungen. Und sie ist häufig bedrückt.

Sie will nicht zurück in die Schule, sagt mir aber nicht, warum.

Ich folge meinem Instinkt und betrete die Praxis. Das Wartezimmer ist leer, es steht nur eine ältere Dame am Empfang, und aus dem Behandlungszimmer kommt gerade ein Paar.

Ist das vernünftig? Wahrscheinlich nicht.

Aber vielleicht kann diese Katze Louise etwas geben, das sie von mir nicht bekommt? Eine kuriose Freundschaft? Ein Plus an Liebe?

»Guten Tag.«

»Guten Tag, Herr Doktor. Ich habe gerade Ihre Anzeige über die Katze im Fenster gesehen.«

»Ah, kommen Sie doch herein.«

Ich folge ihm und frage mich, was ich hier eigentlich tue. Mit Einkaufstüten in der Hand. Das ist absurd.

»Hatten Sie schon mal eine Katze?«

»Nein, noch nie.«

»Haben Sie andere Haustiere?«

»Nein, auch nicht. Es ist so: Ich habe eine siebenjährige Tochter. Sie hat vor drei Jahren ihre Mutter verloren und hätte unheimlich gern eine Katze. Und dieses Kerlchen hier hat mich sofort angesprochen.«

Ich unterdrücke den Impuls, ihm zu sagen, dass ich persönlich kein Katzenfreund bin. Ich bin weder allergisch, noch habe ich sonst ein konkretes Problem mit ihnen. Aber mir ist es einfach lieber, wenn sie woanders wohnen.

»Aha. Wie heißt Ihre Tochter?«

»Louise.«

»Und Louise äußert den Wunsch nach einer Katze schon länger?«

Ich glaube, er möchte herausfinden, ob wir vertrauenswürdig sind.

»Ja, quasi seit sie sprechen kann. Vielleicht ist jetzt der richtige Zeitpunkt. Sie zieht sich ziemlich zurück und der Schulanfang scheint sie zu beunruhigen. So hätte sie zu Hause etwas Gesellschaft.«

»Okay. Der Kater ist etwa vier Jahre alt. Es ist ein Europäer. Er wurde wohl erst vor Kurzem ausgesetzt, denn er ist in gutem gesundheitlichem Zustand.«

»Ist er nicht gechipt?«

»Leider nicht.«

»Und wie ist er so drauf?«

»Er scheint einiges unter der Haube zu haben. Er ist verspielt und braucht Platz. Aber er ist lieb, recht gehorsam, und ich denke, er ist verträglich mit Kindern.«

»Wir wohnen in der Rue du Trésor, im Erdgeschoss. Die Wohnung ist sechzig Quadratmeter groß, geht zum Hof raus, und wir haben einen kleinen Garten.«

Hinter seinen Brillengläsern scheint der Tierarzt Pro und Kontra abzuwägen. Ich glaube, er mag den Kater. Das ist sicher ein gutes Zeichen.

»Schön, schön. Das klingt doch ganz gut. Aber wollten Sie überhaupt eine Katze anschaffen oder hat Sie erst meine Anzeige auf die Idee gebracht?«

»Ehrlich gesagt war es eine Reportage darüber, dass Tiere Kindern guttun. Ihr Kater wurde ausgesetzt und meine Tochter fühlt sich einsam. Vielleicht können sie sich ja gegenseitig trösten. Unter meiner Aufsicht, versteht sich.«

»Gut. Ich stelle Ihnen das Tier vor. Er ist hinten im Zwinger. Bin gleich zurück.«

Es ist wirklich eine Zeit der sonderbaren Begegnungen.

9

Der Pelzige

Saxo kommt angestürmt und reißt mich aus dem Schlaf. Zum Glück habe ich mich an sein Hereinplatzen und seinen festen Griff gewöhnt.

Er streichelt mich und sagt, er wolle mir jemanden vorstellen. Wenn er nur wüsste, dass ich ihn verstehe! *Verkatert* noch mal, ich hatte keine Zeit, mich herauszuputzen. Und an allem ist dieser verfluchte Yorkshireterrier im Nachbarkäfig schuld. Er kam heute Morgen in den Zwinger und beschoss mich ohne Vorwarnung mit Stinkbomben. Ich beschloss zu schlafen, um Fürzen und schlechtem Atem zu entgehen, und um zu vergessen.

Und jetzt bin ich natürlich nicht vorbereitet. Aber gut, nur keine Aufregung. Die letzten beiden Kandidaten waren nicht gerade der Knüller. Bei der ersten Dame war der Doc nicht überzeugt und sagte ihr, sie solle noch mal darüber nachdenken. Sie ist nicht wiedergekommen. Auch gut, die war eh zu alt. Beim zweiten Mal machte das Paar einen Rückzieher, als es mich sah. Ich war ihnen nicht »kätzchenhaft« genug. Aufwachen, Träumer!

Was mich jetzt wohl erwartet? Saxo wirkt enthusiastisch, ich weiß nicht, wie ich das finden soll. Er krault mir den Kopf, bevor wir das Behandlungszimmer betreten, als wolle er mir Mut machen. Furchtbar, dieser Saxo.

Wenn er so weitermacht, fange ich noch an, ihn wirklich zu mögen. Es wäre für uns beide nicht gut, wenn wir zu sehr aneinander hingen. Wir haben schließlich einen befristeten Gemeinschaftsvertrag.

Nein, wir müssen das mit den Vertraulichkeiten und Gewohnheiten sein lassen. Also reagiere ich nicht auf seine Geste. Kein Schnurren, kein Stupser gegen die Hand.

Ich konzentriere mich auf den Fremden.

Saxo setzt mich auf den Metalltisch, und ich stolziere hin und her. Das weckt Erinnerungen. Ich habe ein Talent dafür, ganz besonders vor Publikum.

Ein wenig später, als der Doc irgendwelche Papiere ausfüllt, erfahre ich, dass der Typ Paul Camara heißt. Er ist wohl so zwischen dreißig und vierzig und hat das Potenzial, mich in den Schatten zu stellen. Wacher Blick, endlos lange Beine, eine einprägsame Stimme, dichtes Haar, ein schüchternes, aber anziehendes Lächeln. Nein, also das geht wirklich nicht. Ich mag schöne Menschen ja, aber neben dem wird man mich gar nicht mehr sehen. Ich miaue, warum auch immer. Ich will mich irgendwie profilieren. Ich beschnuppere die Lebensmittel, die er mit sich rumträgt. Nicht sehr interessant. Ah, doch, es ist Fisch dabei. Jetzt rieche ich es. Die Kühlbox kann meine feine Nase nicht täuschen.

Ich habe noch nie verstanden, warum alle nur Spür*hunde* wollen. Wir sind genauso begabt wie diese Arschlecker.

*

Ich habe ja versucht, mich zu wehren, aber während der Doc mich in eine Leihbox verfrachtete, sagte er, ich solle mich nicht so anstellen. Ich würde einen Garten bekommen, und viel Platz, diese Gelegenheit dürfe ich nicht verstreichen lassen.

Ich glaube, er *weiß*, dass ich ihn verstehe.

Also biss ich die Zähne zusammen, revanchierte mich für seinen letzten Streichler und tröstete mich damit, dass ich ihn ja wiedersehen werde. Der Schönling hat mich hier adoptiert, bei Bedarf kommt er bestimmt wieder her.

Es ist kein Abschied für immer. Saxo und ich sind Kerle, da machen wir doch jetzt kein Drama draus.

Und das Model hier scheint wenigstens nicht total in mich vernarrt zu sein. Er wird mir nicht mit »putzipu« und »killekille« auf die Nerven gehen. Er wirkt unabhängig, zielstrebig und selbstsicher. Wie ich.

Ich hoffe nur, die Louise, von der sie sprachen, ist genauso vernünftig und außerdem daran interessiert, mir den Rücken zu kratzen. Ich kann nicht in einem Haushalt leben, wo ich nicht gekratzt werde.

Wir machen einen kurzen Abstecher, um mich mit dem Allerlebensnotwendigsten zu versorgen, und dann sind wir da. Ich fühle mich seltsam. Es versetzt mir einen Stich, mir sträubt sich das Fell. Ich sehe den Tag vor mir, als Caroline mich Patrick vorstellte.

Ich wische die Erinnerung weg. Die beiden verdienen nicht, dass ich auch nur einen Gedanken an sie verschwende.

»So, Katze. Willkommen zu Hause. Ich hoffe, Louise freut sich.«

Paul stellt meine Näpfe in eine Ecke neben dem Fernseher und befolgt Saxos Anweisungen bezüglich der Menge.

Die Aufschriften auf den eilig ausgesuchten Näpfen

sind ziemlich abschreckend. »Miau-Pause«, ernsthaft? »Gluckgluck« links, »Fresschen« rechts? Falls ich zu blöd bin, Wasser und Futter zu unterscheiden? Na ja, lassen wir das. Paul kennt mich noch nicht, er hat keine Ahnung.

Als er grummelt, ich solle mich hüten, in die Wohnung zu pinkeln, stelle ich mir zwei Fragen: Für wen hält er mich? Und warum hat er mich aufgenommen, wenn seine Begeisterung so offensichtlich gegen null geht?

Beim Hinausgehen murmelt er noch, er würde einen Korb für mich kaufen und dann mit Louise zurückkommen.

Ich nutze die Gelegenheit für einen ersten Erkundungsrundgang. Es ist viel Platz, das stimmt. Die Deko ist minimalistisch, aber stilvoll. Keine grellen Farben, keine gravierenden Geschmacksverirrungen. Die Vielzahl an Spiegeln könnte einen stören, wenn man hässlich wäre, aber das ist in diesem Haus wohl kein Problem. Sehr gut.

Das Fenster zum Garten ist momentan geschlossen, aber ich kriege es schon hin, dass es geöffnet wird. Wie auch die drei geschlossenen Türen. Ich hasse das. Es ist bedrückend und verbirgt immer etwas. Ich bin ein Vertreter der Reisefreiheit.

Trotz der Hindernisse sagt mir mein Näschen allerdings, dass ich allein an Bord bin. Keine tierische Konkurrenz. Das ist schon mal ein Pluspunkt.

*

Als sich der Schlüssel im Schloss dreht, schreckt mich das aus einem Moment der Stille. Ich spitze die Ohren, erhebe mich und gehe auf die Menschen zu. Ein Minimum an Interesse sollte ich wohl zeigen.

Und offen gestanden bin ich neugierig, ob hier alle Bewohner so schön sind.

»Bist du bereit, mein Spatz?«, sagt Paul zu jemandem im Hausflur.

»Jaaaa!«

Und plötzlich hüpft ein kleines Wesen kreischend auf mich zu. Mir wird ganz schwach.

»Oh, Papa! Ich freue mich so. Das ist das schönste Geschenk der Welt!«

Was? Nein! DAS ist Louise? Soll das ein Scherz sein?

Hilfe! Wie der Blitz trete ich den Rückzug an. Verdammt, ich bin in die Falle getappt. Ich muss zurück zu Saxo. Ich kann nicht mit einem Kind zusammenleben. Diese Wesen reden zu laut, gestikulieren unkontrolliert und machen immer alles kaputt.

»Du musst ihm nur noch einen Namen geben.«

»Bleibt er wirklich bei uns, ganz in echt?«

»Ja, ganz in echt.«

Nein. Verdammt.

Kommt nicht infrage.

Mit schnellen, listigen Händen schnappt das Gör mich schließlich doch. Ich könnte kotzen.

»Wir nennen dich – hm – Harold! Das ist ein schöner Name, er passt zu dir.«

Ich möchte sie anschreien, dass ich schon einen Namen habe, verflucht, und zwar Figaro, aber das würde die dumme Nuss eh nicht verstehen.

Paul hat noch mehr eingekauft. Er befreit mich von der Kleinen und zeigt mir Korb und Toilette. Der Korb ist hellgrau, das beißt sich total mit meinem taupefarbenen Fell. Die Toilette hat ein Dach: Halleluja! Exhibitionismus ist nicht so meins.

Ich stürze mich in die Streu und rühre mich nicht mehr. Ich warte auf ein Wunder. Bitte, gebt mir eine andere Louise.

Schnell.

10

Paul

Kakteen habe ich schon immer gemocht. Sie haben etwas Unnahbares, genau wie ich. Man kann sie nicht ohne Handschuhe anfassen, aber mit ihren bizarren Formen und ihrer speziellen Aura lockern sie jeden Raum auf. Deshalb habe ich einige zu Hause und pflege sie mit Hingabe.

Doch das war vorher. Vor der Katze. Vor dieser neugierigen Katze mit der vorwitzigen Nase.

Als ich vor einer halben Stunde mit Louise von der Schule nach Hause kam, habe ich kurz überlegt, Harold im Restaurant auf die Karte zu setzen. Er saß da, mit spielendem Schwanz und schelmischem Blick, unweit eines umgekippten, sterbenden Kaktus.

Einen Moment lang hatte ich gehofft, er würde an den Stacheln ersticken, dann sah ich Louises strahlendes Lächeln. Sie umarmte den Kater, ohne die tote Pflanze auch nur zu bemerken. Da beruhigte ich mich.

Es ist ja nur ein Kaktus.

*

Ich weiß, dass es nicht richtig ist, Gustave diese SMS zu schicken. Ich lüge nicht gern, aber mir fiel keine andere Lösung ein. Unter keinen Umständen wollte ich noch einen

Donnerstagabend mit irgendeiner Frau von der letzten zu testenden App verbringen. Deshalb erzähle ich Gustave, ich würde eine gewisse Amélie treffen – ein Meter siebzig groß, blond, Krankenschwester –, obwohl ich eigentlich Freunde besuche, mit denen er nichts zu tun hat.

Es war die letzte Disziplin im »Rettet Paul vor dem Singledasein«-Dreikampf. Ich nahm eine Abkürzung zur Ziellinie. Ich habe keine Lust auf den Kram.

Viel lieber esse ich mit Noémie und Mathieu auf ihrem kleinen Hausboot zu Abend, in Gesellschaft von Ingrid und Antoine. Mit der Zeit habe ich mich daran gewöhnt, zwischen den Pärchen allein zu sein, und in gewisser Weise spüre ich unter ihnen Aurélias Anwesenheit. In mir, in ihren Augen, in unseren gemeinsamen Erinnerungen.

Wir hatten Noémie und Mathieu 2010 in der Dominikanischen Republik kennengelernt. Zwischen uns vieren hatte es sofort gefunkt. Es war ganz selbstverständlich. Wir mochten dieselben Dinge. Wir tranken Piña Coladas am Strand, preschten mit dem Quad durch den Matsch und lachten bei einem morgendlichen Glas Rum im türkisblauen Wasser.

Siebentausend Kilometer von Frankreich entfernt stellten wir fest, dass wir in derselben Stadt lebten. Also sahen wir uns zu Hause wieder, und die beiden machten uns mit Ingrid und Antoine bekannt. Ein ebenfalls sehr nettes Paar, mit dem es nie langweilig wird. Sie spielt Trompete im Orchester, und er ist Gynäkologe. Eine explosive Mischung.

Als ich beim Boot ankomme, sitzen sie bei einem Drink an Deck, ich höre Gelächter. Sie sehen glücklich aus. Ich werde versuchen, mich darauf einzustimmen.

»Hey, Paul! Komm rein«, ruft Mathieu.

»Das wäre doch nicht nötig gewesen«, kommentiert Noémie meine Mitbringsel.

»Blumen *und* Champagner? Du bist einfach der perfekte Mann«, fügt Ingrid noch hinzu.

Ich lächele. In dieser Runde werde ich mich in den nächsten Stunden wohlfühlen. Symbolisch drücke ich eine Hand, die nicht da ist. Ich spreche in meinem Herzen zu ihr. Ich hoffe, sie hört mich.

*

Etwas später tanzen Ingrid und Noémie mit ihrem Champagner zu einer Playlist mit Achtziger-Mucke, während wir Männer Cognac trinken. Sie schwingen unbeschwert die Hüften und strahlen pure Lebensfreude aus.

Da sehe ich sie plötzlich vor mir. Wie sie durch die Wohnung wirbelt, zum Putzen oder auch einfach so zum Vergnügen, zu genau diesen Liedern. Aurélia liebte Musik. Es war ihr Treibstoff.

Ein wenig abwesend höre ich Mathieus Ausführungen zu seinem letzten Fundraising zu. Er leitet ein Start-up für Ernährungs- und Bewegungsberatung, das seit drei Jahren ständig wächst. Ich freue mich für ihn, er hat sich den Erfolg verdient. Er hat es ganz allein geschafft und ließ sich nicht unterkriegen vom Druck der Gesellschaft, von der Konkurrenz oder noch so großen Schwierigkeiten.

Aber jetzt bin ich von den Mädels gefangen, und von dem Bild, das sie in mir heraufbeschworen haben.

Ich gäbe alles dafür, die Augen zu schließen, sie wieder zu öffnen, und Aurélia mit ihnen tanzen zu sehen.

Ihre sinnlichen, leidenschaftlichen Bewegungen in mich einzusaugen. Sie ließ sich von den Klängen mitreißen. Sie sagte, Musik habe die Gabe, einen schlechten Tag in einen wunderbaren Moment zu verwandeln. Man müsse sich nur auf die Musik konzentrieren, dann vergesse man alles andere und könne das wohlige Durchströmen genießen.

Da ich Aurélia nicht zurückholen kann, entschuldige ich mich bei den Jungs und geselle mich zu Noémie und Ingrid. Ich schiebe mich zwischen sie, lasse den Rhythmus in meine Glieder fließen, und tanze für Aurélia.

Die schönste Art, ihr Andenken zu ehren, ist, für sie weiterzumachen. Es ihr zu ermöglichen, sich auszudrücken, über den Tod hinaus, durch mich.

*

Mitternacht. Wir umarmen uns und sagen: »Bis zum nächsten Mal«. Es war ein angenehmer Abend. Nicht frei von Erinnerungen und Emotionen, aber doch sanft. Noémie und Mathieu schließen die Tür ihres Hausbootes, Ingrid und Antoine gehen zu ihrem Taxi. Ich beschließe, ein Stück am Kanal entlangzugehen, bevor ich mein Uber rufe.

Laufen ist heilsam. In solchen Momenten ist man ganz bei sich.

Nach ein paar Schritten ist mir, als hörte ich etwas weiter im Halbschatten jemanden weinen. Intuitiv gehe ich schneller. Nach wenigen Augenblicken taucht die Quelle des Geräusches auf. Eine Frau sitzt schluchzend auf der Treppe, da wo die Pont d'Austerlitz auf den Quai Saint-Bernard trifft.

Mit so einer Situation war ich noch nie konfrontiert. Es ist niemand sonst in der Nähe. Ich weiß nicht, was ich tun soll. Die meisten Leute würden wohl einfach vorbeigehen, aber das bringe ich nicht übers Herz. Sie wirkt völlig aufgelöst.

Also gehe ich zu ihr, vorsichtig, um sie nicht zu erschrecken.

Als ich ihr die Hand auf die Schulter lege, hebt sie abrupt den Kopf und starrt mich böse an. Ich bin ja auch bescheuert. Man fasst Unbekannte nicht an. Diese Grundregel sollte bei Menschen genauso gelten wie bei Tieren.

»Entschuldigung. Geht es Ihnen gut?«

»Ganz offensichtlich schwebe ich vor Glück«, antwortet sie mit rauer Stimme.

Kein Zweifel, ich gewinne heute noch den Preis des größten Hornochsen aller Zeiten.

»Natürlich, verzeihen Sie, so habe ich das nicht gemeint.«

Sie blickt wieder zu mir auf, als wolle sie mich durchleuchten. Um nicht noch idiotischer dazustehen, rede ich weiter.

»Sie sehen so traurig aus, ich musste Sie einfach ansprechen. Ich konnte nicht meines Weges gehen und Sie ignorieren. Brauchen Sie irgendetwas?«

»Das ist nett. Entschuldigen Sie meinen Ton. Ich bin nicht so gut drauf.«

Sie wischt sich die Tränen weg und atmet tief durch. Sie ist ziemlich durch, bis auf die neon leuchtenden Turnschuhe ist ihre Kleidung schwarz. Ich setze mich neben sie, keine Ahnung, warum. Ich hasse es, Fremden zu nahe zu sein. Doch die Traurigkeit in ihren Augen ist das Echo eines Gefühls, dass ich zu verstehen glaube. Daher kann ich es nicht ignorieren.

»Haben Sie nichts Besseres zu tun, als Unbekannte zu trösten?«, sagt sie schon weniger aggressiv.

»Darüber habe ich nicht nachgedacht. Soll ich lieber gehen?«

»Nein. Es ist schön, dass Sie stehen geblieben sind. Wie heißen Sie?«

»Paul. Und Sie?«

»Luna.«

»Was macht Sie so unglücklich, Luna?«

»Das Leben … Es ist manchmal ein Riesenarschloch.«

Ich seufze. Mir scheint, sie könnte tausendmal tiefgründigere Antworten geben, aber sie hält sich zurück. Das ist ja normal.

»Was macht Sie so empathisch gegenüber dem Unglück anderer?«

»Hm. Ich weiß, wie es ist, wenn einen der Schmerz zerreißt.«

»Ja? Warum?«

Ich möchte sie nicht anlügen, das wäre der Situation nicht angemessen, außerdem lockert der Alkohol meine Zunge. Wenn ich ihr meine Geschichte vorsetze, spuckt sie vielleicht ihre aus und fühlt sich dann besser. Geteiltes Leid ist ja manchmal halbes Leid.

»Ich habe vor drei Jahren meine Frau verloren.«

Sie greift instinktiv nach meinem Arm, ihr Gesichtsausdruck verändert sich.

»Entschuldigung. Jetzt komme ich mir blöd vor.«

»Sie müssen sich nicht entschuldigen.«

»Daneben sind meine Probleme lächerlich. Mein Ex verfolgt mich seit Monaten, ich bin mit den Nerven am

Ende. Und das Milieu, in dem ich arbeite, ist manchmal dermaßen oberflächlich, dass ich fürchte, mich in Luft aufzulösen. Und …«

Sie hält inne.

»Und?«

»Nein, nichts. Das ist alles. Es ist seltsam, vor einem völlig Unbekannten sein Leben auszubreiten.«

»Sie haben recht. Ich habe das noch nie gemacht. Aber wenigstens weinen Sie nicht mehr.«

Sie lächelt mit verschleiertem Blick und durchleuchtet mich noch einmal genauer.

»Sie sind ein guter Kerl, oder? Darf ich Sie zum Dank auf einen Drink einladen? Ich wohne da drüben auf dem Hausboot. Ich musste einfach kurz raus, ich brauchte Leere und – neutrales Gelände.«

Ich zögere. Es ist verrückt.

»Es ist sehr spät. Wollen Sie nicht schlafen gehen?«

»Auf mich wartet niemand, meine beiden Mitbewohnerinnen sind diese Woche nicht da, und ich bin nicht müde. Und es mag ja etwas irre klingen, aber Ihre Stimme hat mich beruhigt, dabei hasse ich es, auf der Straße angesprochen zu werden. Ich schulde Ihnen wenigstens ein Gläschen.«

»Ja, ich mag das auch nicht.«

Rachel passt auf Louise auf und übernachtet heute eh bei uns. Auf eine halbe Stunde kommt es also nicht an, und diese Luna trägt einen Ernst in sich, in dem ich mich wiedererkenne. Ihre Geschichte hat mit meiner absolut nichts zu tun, aber irgendetwas hat sie tief verletzt.

Kurz frage ich mich, ob mein Interesse nicht krank ist. Dann fege ich den Gedanken beiseite. Es ist mir egal. Mir ist halt danach, da spielen die Gründe keine Rolle.

»Also, kommen Sie?«

»Gut. Auf ein Glas.«

Als sie aufsteht, muss ich innerlich über ihre Aufmachung lachen. Jogginghose mit Loch über dem rechten Knie, verwaschener Kapuzenpulli, lose hochgebundene Haare. Die Ausstattung fürs sonntägliche Rumlümmeln oder die des traurigen Mädchens, es fehlt nur die große Eispackung. Dennoch hat sie eine Aura, die keine der zurechtgemachten Frauen hatte, denen ich in letzter Zeit begegnet bin. Ihre blauen Augen, der braune Wuschelkopf und die dichten Augenbrauen haben Charakter.

Sie bedeutet mir, mich an den Teakholztisch an Deck zu setzen, und verschwindet nach drinnen.

Ich habe das Gefühl, etwas Irrsinniges zu tun, aber das gefällt mir. Mich auf das Leid eines anderen Menschen zu konzentrieren tut mir gut. In diesem Moment interessiert sich niemand für meine Qualen. Vielleicht steckt unter der selbstlosen Oberfläche leichter Egoismus, aber was soll's.

»Mögen Sie Rum?«

»Ja.«

»Pur?«

»Immer.«

»Wenn man mich länger als ein paar Minuten siezt, komme ich mir immer vor wie mindestens fünfzig.«

»So sehen Sie aber nicht aus, keine Sorge.«

»Wie alt sind Sie?«

»Fünfunddreißig. Und Sie?«

»Einunddreißig.«

Ich zucke zusammen, fange mich aber wieder.

»Und in welchem ›oberflächlichen‹ Milieu arbeiten Sie?«

Sie räuspert sich. Es scheint ein heikles Thema zu sein.

»Ich bin Projektleiterin bei einem Plattenlabel. Ursprünglich war das mein Traumjob. Und ich mag meine Arbeit auch immer noch. Aber ich passe nicht ins Schema. Ich nehme kein Kokain, ich liebe echte Musik, nicht solche, die aus Marketingzwecken vorproduziert wird. Ich habe die Nase voll von Möchtegern-Divas und Typen, die sich einfach alles erlauben. Von nervtötenden Fans und Starallüren.«

»Nervtötend?«

»Ja. Der neuste Höhepunkt waren zwei Mädels, die plötzlich vor meiner Tür standen. Sie hatten mein Taxi verfolgt, weil sie glaubten, der Sänger säße darin.«

»Oha! Aber es ist doch sicher trotzdem interessant. Man muss nur gut navigieren, um sich die Freude zu bewahren und nicht am giftigen Mief zu ersticken.«

»Sie haben es erfasst. Das versuche ich. Aber es ist nicht immer leicht. Im Moment betreue ich ein junges Mädel, sie ist siebzehn. Ein Rohdiamant, Singer-Songwriter. Ihre Texte treffen einen Nerv, ihre Stimme ist bezaubernd, und ihre Lieder haben wirklich Seele. Aber nein, ihr Album bekommt kein großes Budget, weil sie bei keiner Castingshow war, wie ein Kerl aussieht und nicht das Weibchen-Profil hat, auf das die Menge abfährt. Ich mag aber den Kontrast zwischen ihrem etwas grob gehauenen Gesicht, ihrem gewählten Vokabular und dem umgangssprachlichen Ton mancher Verse.«

»Sie wirken so leidenschaftlich. Auf jeden Fall verkaufen Sie sie gut. Wenn Sie fest genug daran glauben, überzeugen Sie bestimmt auch die anderen von ihr.«

»Ich hoffe es. Sie hätte es verdient. Und was machen Sie?«

»Ich bin Koch. Ich habe ein Restaurant im Marais. Das *Décalage horaire*.«

»Echt? Super! Davon habe ich schon gehört, aber ich war noch nicht da. Es ist also auch Ihr Traumjob?«

»Ja. Leben Sie schon lange hier? Ich meine, hier auf dem Wasser.«

»Nein. Erst seit einem halben Jahr. Ich hätte nicht gedacht, dass ich mal auf einem Hausboot lande. Mit meinem Ex wohnte ich im dritten Arrondissement. Das endete in einem Blutbad, danach habe ich überall gesucht und schließlich sah ich eine Anzeige auf Facebook. Eine Bekannte suchte einen Mitbewohner. Achtzig Quadratmeter für drei, das schien mir ganz gut. Und das 13. Arrondissement ist weit genug von meinem alten Viertel entfernt …«

»Ich verstehe. Warum endete es in einem Blutbad?«

Sie senkt die Augen und verschließt sich. Meine Neugier überrascht mich selbst. Das sieht mir gar nicht ähnlich. Ich setze noch einmal neu an.

»Sie müssen nicht antworten. Es ist auch schon spät, ich gehe jetzt besser. Danke für den Rum. Ich bin froh, dass Ihre Tränen getrocknet sind.«

»Ich danke Ihnen aufrichtig. Es ist selten, dass jemand auf das Leid anderer achtet.«

Sie steht auf, nimmt die Gläser vom Tisch und bringt mich zum Ausgang.

Zwischen uns herrscht einerseits eine Art Verlegenheit, und andererseits fühlt es sich ganz natürlich an. So als wäre diese völlig unwahrscheinliche Begegnung nicht sinnlos gewesen.

»Geben Sie mir Ihre Nummer? Falls ich mal wieder eine Dosis Güte brauche – oder ein Kochrezept?«

»Wenn Sie möchten.«

Ich tippe die Nummer in ihr Handy ein und bestelle ein Uber.

Ein aufwühlendes Zusammentreffen.

11

Der Pelzige

Trotz meinem Flehen, ob lauthals oder im Stillen, ist Louise nicht auf wundersame Weise dreißig Zentimeter gewachsen. Wobei sie für ein kleines Mädchen schon ziemlich groß ist. Was sie am ehesten mit dem Zustand eines Kindes verbindet, ist ihr piepsiges Stimmchen.

Zu meinem Leidwesen haben die Menschen natürlich immer noch keine Ohrstöpsel für Katzen erfunden. Lausebande.

Ich habe ja versucht, mich an Paul zu rächen, indem ich seine Grünpflanzen attackiert habe, an denen er sehr zu hängen scheint, aber das mache ich nicht noch mal. Die Dinger haben mir die Lefzen zerfetzt, und zu allem Überfluss ist er nicht mal richtig sauer geworden.

Ich muss es akzeptieren. Dieser schöne alleinstehende Mann ist Vater. Entweder das, oder ich sitze wieder auf der Straße. Schmatzende Küsse und erdrückende Umarmungen oder Schlafen zwischen Kartons und Müllbergen. Ich muss zugeben, dass ich diese Wohnung einem schmutzigen Hinterhof doch deutlich vorziehe. Mein Stolz erholt sich ein wenig. Und Louise ist zwar eine furchtbare Klette, aber dennoch sanfter als die Rotznase von Caroline und Patrick. Schulmädchen sind wohl erträglicher als Babys.

*

Paul ist gerade zur Arbeit gegangen, Louise wirft in ihrem Zimmer fiese Farben auf eine weiße Leinwand, und die Nanny raucht heimlich im Garten. Das Fenster steht halb offen. Ich habe freie Bahn. Seit Tagen denke ich darüber nach, ich glaube, der Augenblick des Handelns ist gekommen. Ich hasse es, eingesperrt zu sein. Hunde kommen ja auch jeden Tag raus, warum sollte uns Katzen das verwehrt bleiben? Wir müssen uns auch austoben.

Ich nutze aus, dass Rachel am Telefon in ein Gespräch vertieft ist, und mache mich davon. Vorgestern habe ich rechts im Zaun ein Loch entdeckt. Und etwas weiter gibt es ein Gatter, durch dessen Stäbe ich doppelt und dreifach passen würde.

Meine schlanke Linie war schon immer von gewissem Vorteil.

Geschafft: Auf ins Abenteuer! Ich habe zwar nicht vor, wie ein Penner auf dem Bürgersteig zu ratzen, aber es kommt auch nicht infrage, dass ich den lieben langen Tag drinnen auf der faulen Haut liege. Ich will sehen, was in diesem Viertel so los ist. Ich weiß, dass ich nicht mehr nach Yerres komme. Das ist vorbei, so wie mit Capri in dem grässlichen Chanson »Capri, c'est fini«, das Caroline immer gehört hat. Dass mir das jetzt in den Sinn kommt! Nein, Schluss, aus, ich denke nicht mehr daran. Mein neues Leben beginnt jetzt und hier.

Ich schaue mich auf dem Weg aufmerksam um. Wir sind hier zwar nicht in der Vorstadt, wo aggressive Kläffer peinlichst über *ihre* wichtigen Gartentore wachen, aber man weiß ja nie, was einem auflauert. Ich bin kein Hasenfuß, aber ich hänge an meinem Leben.

Hier in der Pariser Innenstadt sind Köter nicht mein

größtes Problem. Die Herrchen sind diszipliniert und sammeln ihre Hinterlassenschaften auf. Das ist zwar lächerlich, aber effizient, da Hunde ja zu blöd sind, eine Toilette zu benutzen. Meine Pfoten sind zur Abwechslung also sicher. Gut, es wird immer mal etwas vergessen, aber davor warnt mich der Geruch. Sie stinken eindeutig mehr als wir.

Das Problem in dieser Stadt sind Lärm, Reizüberflutung und viel zu viele Menschen. Wenn man nicht auf jeden Schritt achtet, droht sofort ein Unfall. Zwischen Radfahrern, die sich für Fußgänger halten, Busspuren, die von Taxis verstopft sind, Autofahrern, die bei jeder Gelegenheit hupen, und Touristen, die mehr auf ihre dämlichen Selfiesticks schauen als auf ihre Füße, ist es für diskrete Verkehrsteilnehmer wie mich das reinste Minenfeld.

Dieses erste Mal wage ich mich nicht allzu weit vor. Nach ein paar Straßen mache ich kehrt. Vorbereitung ist alles. Die Intelligenz der Katzen liegt auch in der schrittweisen Entdeckung.

Auf dem Rückweg zur Wohnung sehe ich einen Siamkater, der sich mit einem Tortie balgt. Ich bin sofort für den Siamesen, er sieht einfach besser aus. Etwas versnobt und verklemmt, aber mit angeborener Eleganz. Wie ich. Das Schildpattviech sieht aus wie ein misslungenes Bild von Louise.

Ich nähere mich ihnen, ohne dass sie mich bemerken. Ich wüsste gern, ob sie nur spielen oder sich um etwas streiten. Ich rieche kein Essen, also mische ich mich nicht ein. Der Tortie rollt sich schließlich auf den Rücken und lässt sich von dem Siamesen krallenlos verprügeln. Es ist kein Kampf auf Leben und Tod. Sie haben Spaß.

Das heißt, der Schöne demonstriert eben seine Macht über den Hässlichen.

Ich gehe zu ihnen, wir werden ja sehen, ob sie mich eine Weile unterhalten können. Zumal ich gerade Kinderstimmen die Straße hinaufkommen höre. Das ist mein Zeichen. Ich vergleiche allemal lieber mein Fell mit dem einer zwangsläufig arroganten Rassekatze, als mich neugierigen Patschehänden auszusetzen.

*

Paul hat mich in eine neue Box gesteckt. Erfreut stelle ich fest, dass er mehr Geschicklichkeit beweist als die Friseurin. Kein Rollerfahren, keine Seekrankheit beim Laufen. Oder liegt es an meiner dümmlichen Vorfreude darüber, Saxo wiederzusehen, dass ich den Transport erträglich finde? *Verkatert* noch mal, mir ist echt nicht mehr zu helfen.

Als wir die Praxis betreten, fühle ich mich gleich wie zu Hause. Immerhin habe ich ein paar Tage hier gelebt. Die Assistentin lässt mir übermäßiges, aber dennoch entspannendes Kraulen zuteilwerden, und Saxo begrüßt mich mit einem freundschaftlichen Klaps.

Es ist immer besser, sich mit dem Tierarzt gutzustellen. Ich mag ja einen weichen Kern haben, aber vor allem bin ich schlau. Da haben die Affen kein Privileg drauf.

»Na, wie läuft das Zusammenleben?«

»Gut. Meine Tochter ist hin und weg. Sie ist viel entspannter, seit Harold bei uns ist.«

»Schön. Harold scheint es auch zu gefallen. Jedenfalls sieht er gut aus.«

»Oh ja, er lässt es sich schmecken. Ich nehme gleich noch zwei Packungen Futter mit.«

Die beiden lachen sich schlapp. Ich glaub, ich spinne. *Nenn mich doch gleich Fettwanst!*

»Gut. Sollen wir ihn sterilisieren? Er ist ja nicht kastriert. Wenn er rausgeht, könnte das auf Dauer Probleme machen.«

»Ja, die Nanny hat erzählt, dass er sich in den Garten schleicht.«

Diese Verräterin! Wenn ich Paul nur sagen könnte, wie viele Kippen sie am Tag raucht, während sie an der Strippe hängt.

»Ich habe überlegt, ob wir ihn vielleicht an der Leine ausführen könnten, das wäre ungefährlicher. Es ist eine Idee von Louise. Sie würde gern mit ihm in den Park gehen.«

»Warum nicht. Nur wenige Katzen lassen das mit sich machen, aber vielleicht wurde er schon daran gewöhnt. Sie können es ausprobieren. Legen Sie ihm zunächst zwei Tage lang zu Hause ein Geschirr an, damit er sich eingewöhnt, und dann fangen Sie erst mal mit Ihrer Straße an.«

»Gut. Ich kaufe gleich Leine und Geschirr.«

Verdammt, es ist so weit – halten die mich für einen Hund? Saxo, jetzt rappelt's aber mächtig bei dir.

»Und was machen wir mit der Sterilisation?«

»Nein. Ich habe es mir überlegt. Ich kann ihn nicht seiner Männlichkeit berauben.«

»Sie dürfen das nicht auf sich übertragen.«

Jetzt lachen sie schon wieder. Na, wenigstens will er mir nicht die Eier abschneiden. Die ticken doch nicht ganz sauber, diese Menschen! Sie vermehren sich fröhlich, ohne an die Konsequenzen zu denken, aber sie diskutieren über Sinn und Zweck der Genitalien eines Katers? Unfassbar.

Ich verhalte mich ruhig. Nicht, dass sie doch noch ihre Meinung ändern.

*

Seit einer halben Stunde laufe ich nun an der Leine. Zwar durfte ich meine Männlichkeit behalten, aber dafür wurde sie an anderer Stelle beschnitten. Zum Glück ist es nicht mein erstes Mal. Caroline fand es toll, mit mir am Ufer der Yerres spazieren zu gehen, und ich hatte mich damit abgefunden, weil wir auf diese Weise Zeit für uns hatten und ich mein Revier vergrößern konnte.

Ich habe in der Vergangenheit gebuckelt, da kann ich es jetzt wieder tun. Der Mensch hat so gern die Kontrolle.

Seufzend ergebe ich mich, wenn Louise mich in einen Akrobaten verwandeln will und mich durch verrückte Parcours jagt. Wenn ihre Ideen meine Fähigkeiten übersteigen, verweigere ich mich aber. Man muss ja nicht alles mitmachen.

Ich bete nur, dass ich nicht dem Siamesen und dem Tortie begegne. Ich will nicht zur Lachnummer bei allen Pelzträgern des Viertels werden. Vor den Hunden schützen mich Paul und Louise, indem sie die Straßenseite wechseln. Außerdem schäme ich mich vor denen nicht, denn selbst mit Geschirr bin ich immer noch viel anmutiger als sie. Und meinetwegen muss auch niemand Scheiße vom Boden sammeln.

Ich frage mich, ob Caroline mich vermisst. Ob sie an mich denkt oder ob sie mich durch ein anderes Tier ersetzt hat. Dass sie mich einfach vergessen hat, mag ich nicht glauben. Aber wer ein geliebtes Wesen aussetzt, ist wohl zu allem fähig.

Als wir wieder beim Haus ankommen, wartet vor der Tür jemand auf uns. Eine pummelige Frau mit zu kurzen Haaren und fürchterlichen Schuhen. Ich erlausche, dass es sich um Pauls Schwägerin Clémence handelt.

Nachdem sie Louise mit ihrer Umarmung vermutlich erstickt hat, stürzt sie sich so verzückt auf mich, als hätte sie noch nie im Leben eine Katze gesehen. So müssen sich Zirkustiere fühlen.

Wir gehen ins Haus, und das Mädchen erlöst mich geschickt und vorsichtig von dem ganzen Leinenkram. Für ein Kind ist sie ziemlich rücksichtsvoll. Das ist durchaus angenehm.

Jedenfalls viel angenehmer als die Wurstfinger der vermaledeiten Clémence, die mich auf ihren Schoß geklemmt hat und mein Fell in alle Richtungen zwirbelt.

»Hach, ist der kuschelig, der kleine Harold. So ein Schatz!«

Die Hölle.

12

Paul

»Tom, setz bitte dein Haarnetz auf. Dann schick die Paris-Brests zur Zwölf in die Seychellen.«

»Ja, Chef.«

»Agathe, kannst du die Veggie-Burger aus dem Ofen holen?«

»Sofort, Chef.«

Die Bestellungen überschlagen sich heute Mittag, haufenweise Zettel warten auf uns. Es ist Freitag, alle Tische sind besetzt. Ein Geburtstag in New York, ein Familientreffen in Bali, ein Businesslunch in Moskau und Pärchen und Freunde verteilt auf Venedig, Paris und die Seychellen.

Zum Glück hatten wir das vorausgesehen: Souschef Éric ist mit mir in der Küche. Bei einem solchen Andrang ist das keine Hand zu viel. Der arme Denis kann beim Spülen nicht eine Sekunde verschnaufen, aber er bleibt dran. In den fünf Jahren, die er nun für mich arbeitet, hat er sich noch nicht ein einziges Mal beklagt. Er ist nicht nur ein wahrer Spültischmeister, er macht auch super Pommes und ist so freundlich, wie sein Humor scharf ist.

»Achtung, heiß!«

Die sechs Gasplatten und die drei Öfen sind voll. Wir stellen hier keine Uhr. Wir zählen im Kopf.

»Chef, zweimal Nasi Goreng für die Fünfundzwanzig«, ruft Tom.

»Mach du das.«

»Chef, ich hole die Crèmes brûlées raus.«

»Nein, noch eine Minute.«

»Chef, hast du einen Augenblick?«

»Ja, Natasha, ich höre.«

»Die Alkoholiker sind in Paris.«

»Am Mittag?«

»Ja, und sie sind völlig dicht. Sie hat gerade ihren Ehering durch den Saal geschleudert. Ich weiß nicht, was ich machen soll.«

»Mann, die beiden sind eine echte Plage.«

»Ich weiß, es passt jetzt nicht. Aber ich fürchte, sie machen bald etwas kaputt. Außerdem stören sie die anderen Gäste.«

»Sag ihnen, sie sollen sich beruhigen. Setz dich durch. Wir sind ein Restaurant, kein Ehetherapiezentrum.«

»Aber, Chef ...«

»Natasha, du kriegst das hin! Ich kann da jetzt nichts machen. Oder willst du für mich kochen?«

Ich bin etwas grob, aber sie muss es lernen. Sophie und Véronique lassen sich nicht unterbuttern. Natasha ist zu lieb.

»Okay.«

Mit betretener Miene geht sie zurück, aber ich weiß, dass sie es schaffen wird. Sie blüht auf, wenn man sie ein wenig anschubst. Sie wird nicht gern kritisiert.

»Paul, deine Mutter ist am Telefon«, flüstert Véronique durch die Durchreiche.

Neben Éric ist sie die Einzige, die mich nicht »Chef« nennt. Sie ist die Älteste, und ich habe es ihr von Anfang an erlaubt.

»Jetzt? Sag ihr, ich rufe zurück!«

»Das war natürlich meine erste Reaktion. Aber sie sagt, es sei dringend. Es geht um Louise.«

»Geh ruhig, ich übernehme«, sagt Éric und schiebt mich zur Tür.

»Ich komme.«

Plötzlich bin ich sehr besorgt. Meine Mutter ruft nicht wegen einer Lappalie mitten im Mittagsservice an.

»Hallo?«

»Hallo, Liebling. Entschuldige die Störung.«

»Was ist los?«

»Wir haben wie vereinbart heute Mittag Louise von der Schule abgeholt. Da hat sie geweint. Aber wir bekommen nichts aus ihr heraus, und sie beruhigt sich nicht. Sie will absolut nicht zum Nachmittagsunterricht zurück.«

»Was? Sie inszeniert eine Krise, damit sie nicht in die Schule muss? So ist sie doch sonst nicht.«

»Nein, es ist nicht inszeniert. Sie ist – wie soll ich sagen – wie gelähmt. Sie will das Haus nicht verlassen. Deshalb wollte ich fragen, ob sie ausnahmsweise die Schule schwänzen darf. Bis wir verstehen, was das Problem ist.«

»Das gefällt mir gar nicht, aber wenn es ihr wirklich so schlecht geht, ja, natürlich. Ich rede später mit ihr.«

»Gut. Ich rufe die Direktorin an und sage, dass sie Fieber bekommen hat und bei uns bleibt.«

»Okay. Frag auch gleich nach, ob irgendwas im Busch ist. Unauffällig nebenbei, das kannst du doch gut.«

»Ich versuche es, Liebling. Los, geh zurück in die Küche. Ich wollte nur dein Einverständnis. Bis nachher.«

»Tschüs.«

Es ist schrecklich für mich zu wissen, dass es Louise schlecht geht, aber ich vertraue meinen Eltern. Sie werden sich gut um sie kümmern, bis ich sie abholen kann. Manchmal wünschte ich, ich könnte an zwei Orten gleichzeitig sein.

Da ich schon mal unterwegs bin, gehe ich noch in den Paris-Salon, um zu sehen, wie Natasha die Situation gelöst hat. Ich platze mitten in einen lauten Streit zwischen Fred, dem Kellner, der für Gustave schwärmt, Gaël, unserem Neuzugang, und Nat und den beiden Pappnasen. Das darf nicht wahr sein. Die sind einfach unverbesserlich.

»Hallo zusammen. Wir beruhigen uns jetzt bitte alle mal.«

»Sagen Sie das Ihren Furien. Die mischen sich in Dinge ein, die sie nichts angehen«, rumpelt der Typ mit den toten Fischaugen los.

Was haben denn heute bloß alle?

»Zunächst einmal ändern Sie den Ton, wenn Sie mit meinem Personal reden. Sie sind hier zu Gast, und es ist nicht das erste Mal, dass es ausartet. Also entweder beruhigen Sie sich, oder Sie zahlen und gehen.«

»Aber Ihr Essen ist so lecker«, lallt seine Frau.

»Ja, es schmeckt uns.«

»Danke. Aber ich kann nicht tolerieren, dass Sie die anderen Gäste und mein Personal belästigen. Also beenden Sie Ihre Mahlzeit ohne Rumpöbeln, in Ordnung?«

»Na gut. Ich will nämlich mein Tiramisu.«

»Du bist doch schon fett genug.«

»Hast du Sie noch alle? Sieh dich mal selber an.«

Und schon geht es wieder los.

»Gut, ich denke, Sie essen Ihr Dessert ein anderes

Mal. Gaël und Frédéric werden Sie zum Ausgang begleiten.«

»Na, bist du jetzt zufrieden? Konntest du nicht einmal deine Klappe halten?«

Sie beschimpfen sich in einem fort, folgen aber meiner Bitte und stehen auf.

Natasha beruhigt die anderen Gäste, und ich schüttele ein paar Hände und erkundige mich, ob das Essen zur allgemeinen Zufriedenheit ist.

Die abgeschottete Ruhe der Küche ist mir eindeutig lieber.

*

Louise drängt sich auf dem Sofa an mich, antwortet aber nicht auf meine Fragen. Es ist unmöglich herauszufinden, was sie in diesen Zustand versetzt hat. Sie streichelt den Kater, der schnurrt und tretelt wie ein Weltmeister, und drückt ihren Kopf in meinen Bauch.

»Mein Spatz, du musst es mir erzählen, okay? Du weißt doch, wenn du nicht mit mir redest, können wir auch keine Lösung finden. Wie lautet die goldene Regel? Na?«

»Kommunikation«, murmelt sie.

»Genau. Also, sei eine liebe Fee und sag mir, was dich so traurig macht. Denn am Montag musst du wieder in die Schule.«

»Oh nein! Ich will Hausunterricht.«

»Das geht nicht, mein Herz.«

Ihr enttäuschter Blick könnte sogar eine Gefängnistür erweichen.

»Warum nicht, Papa? Im Fernsehen habe ich Kinder gesehen, die das machen.«

»Ach ja? Was für Kinder?«
»Na, die von Céline Dion.«
»Ich bin leider nicht Céline Dion.«
Ich halte mein Lachen zurück, weil es ihr wirklich ernst ist.
»Ärgert dich jemand? Sind die Kinder gemein zu dir?«
Sie vergräbt ihre Nase in Harolds Fell und hüllt sich wieder in Schweigen.
»Du willst mir wohl nicht helfen, was? Wie wär's mit Kuchen?«
»Ich habe keinen Hunger.«
»Das ist aber schade, ich habe dir nämlich einen Paris-Brest mitgebracht.«
»Echt?«
»Ja.«
»Na gut. Dann will ich den.«
»Und danach duschen wir dich, bevor Rachel kommt. Dann ist das erledigt.«
»Och nö, nicht duschen.«
»Doch. Duschen. Aber erst gibt's Kuchen.«
Sie schleppt Harold mit zum Küchentisch.
»Zum Essen setzt du Harold ab, okay?«
»Okay. Aber er soll auch was zum Essen haben.«
»Er hat Trockenfutter in seinem Napf.«
»Nein, ich meine was Leckeres.«
Ich seufze.
»So was wie Thunfisch vielleicht?«
»Ja, genau!«
Verwöhnter Kater. Als ich den Kühlschrank öffne, streicht er mir sofort um die Beine.
Verwöhnter, schlauer Kater.

Das mit dem Duschen war Strategie. Ich möchte sehen, ob sie vielleicht blaue Flecken hat. Dieses Rätsel macht mir langsam wirklich Sorgen. Was, wenn jemand sie schlägt? Was, wenn ich etwas übersehe? Ich denke immer, ihre Angstzustände kommen daher, dass ihr Aurélia fehlt. Aber vielleicht geschieht ja noch etwas anderes hinter meinem Rücken?

Ich helfe ihr beim Ausziehen und schaue sie mir unauffällig an. Sie hat einen blauen Fleck am Oberschenkel, aber da kann sie sich beim Spielen gestoßen haben.

»Bist du hingefallen, Spatz?«

»Nein, wieso?«

»Du hast einen blauen Fleck.«

»Ach so.«

Sie stellt sich unter die Dusche und zieht die Tür zu. Ich fühle mich hilflos. Ich weiß absolut keinen Rat mehr.

*

Meine Mutter hat meine Schwiegermutter angerufen, die wiederum hat meine Schwägerin angerufen, und so hat sich schleichend Panik verbreitet. Rachel bewahrt Ruhe. Und ich versuche, alles richtig zu machen.

Louise hatte keine erneuten Heulanfälle und mied das Thema. Aber heute ist Sonntag. Das ist unser Tag. Das heißt, seit Neustem müssen wir ihn mit dem vorwitzigen Katzentier teilen.

»Na, hast du dich entschieden? Mit Gustave Kuchen essen oder im Jardin du Luxembourg spazieren gehen und zeichnen oder Zoo und Ponyreiten?«

Louise tut so, als würde sie angestrengt überlegen und schaut mich dann verschmitzt an.

»Alles? Mit Harold?«

»Nein, mein Herz. Das Fellmonster kann leider nicht mitkommen, solche Ausflüge sind nichts für ihn. Und alles schaffen wir nicht, du musst dir etwas aussuchen.«

»Hm, na gut. Dann ... zeichne ich mit Harold im Garten. Du machst so lange deinen Sport. Und danach gehen wir Pony reiten und mit Gustave Kuchen essen!«

»Du olle Schummlerin! Aber gut. Es ist schön, dass du auch an mich denkst.«

Ich hebe sie hoch, wirbele sie im Kreis, werfe sie dann vorsichtig aufs Bett und kitzele sie ein bisschen durch. Ihr Lachen kommt nicht aus tiefstem Herzen, aber es schallt doch laut durch den Raum. Das tut mir unheimlich gut. Ich schließe die Augen, um es zu genießen, so lange es andauert.

»Und nenn Harold nicht immer ›Fellmonster‹. Er ist ganz brav. So wie ich. Er mag es nicht, wenn du das sagst.«

»Ach ja? Hat er sich bei dir beschwert? Miauuu?«

»Pff!«

Nach eineinviertel Stunden bin ich nass geschwitzt. Schon vor langer Zeit habe ich in Trainingsgeräte für zu Hause investiert. So kann ich trainieren, wann ich will, zu der Musik, die ich hören will, und niemand lässt neben mir seine Muskeln spielen. Perfekt!

Louise hat die ganze Zeit an ihrer Staffelei gemalt. Sie sitzt mir gegenüber hinter der Terrassentür. So sehe ich ihr Gesicht, aber nicht ihr Werk. Sie ist hoch konzentriert. Die Katze sonnt sich in den schwachen Spätsommerstrahlen.

Ich nutze die Ruhe, um duschen zu gehen. Das warme Wasser ist angenehm auf der Haut, aber ich gebe mich dem nicht zu sehr hin. Es ist schon elf Uhr. Bei unserem straffen Programm bleibt keine Zeit zum Trödeln.

Ich ziehe Jeans, ein langärmeliges T-Shirt und Mokassins an und greife zum Handy. Luna hat mir eine neue Nachricht geschickt.

»Wie geht es Ihrer Louise heute?«

Wir schreiben uns seit letzter Woche regelmäßig. Sie bringt eine leise Saite in mir zum Schwingen. Manche Leute berühren uns nie, und andere dringen binnen Minuten tief zu uns durch.

Unsere Gespräche sind alles andere als banal. Das Siezen schafft eine gewisse Distanz, aber dadurch ist unsere Vertrautheit nur umso natürlicher. Ich habe ihr sogar von Louise und meiner Besorgnis erzählt. Sie berichtete mir von den letzten Annäherungsversuchen ihres Ex, der sogar an ihrer Arbeitsstelle aufgetaucht ist. Der Typ hat eine narzisstische Störung. Er hat sie jahrelang emotional missbraucht und lässt sie jetzt einfach nicht in Ruhe. Er erträgt es nicht, dass sie ihm entwischt ist und ihr eigenes Leben lebt. Ich weiß nicht, warum mich das so erschüttert. Es hat meinen Beschützerinstinkt geweckt, obwohl ich Luna bis vor zwei Wochen gar nicht kannte. Ich verstehe es selbst nicht. Ihre Zerbrechlichkeit rührt mich an. Für den Augenblick möchte ich unseren Gesprächen kein Etikett aufkleben. Es ist einfach schön, von ihr zu lesen und ihr zu schreiben. Ihr heller Geist und ihre sanften Gedanken tun mir gut.

Ja, so ist es. Wir tun uns gegenseitig gut. Ich glaube, wenn man selbst Schmerzhaftes durchgemacht hat, hat man eine Antenne für das Leid anderer.

»Sie weint nicht mehr. Aber irgendwas arbeitet unter ihrem Panzer. Und wie fühlen Sie sich?«

»Es ist eine Achterbahnfahrt. Ich hoffe, Sie können ihren Panzer bald durchbrechen. Wenn Sie mal Zeit zum Mittagessen haben, können wir gern mal von Angesicht zu Angesicht darüber sprechen.«

Seltsamerweise löst das in mir keinen Rückzugimpuls aus. Das Gesieze gibt mir Sicherheit. Es zeichnet eine klare Grenze, wodurch andere Grenzen leichter aufgehoben werden können. Denn solange wir uns nicht duzen, stellt sich keine wahre Intimität ein.

»Das kann ich einrichten. Sagen wir Dienstag?«

»Super. Auf halbem Weg? Bei Saint-Michel?«

»Perfekt. Bis Dienstag. Passen Sie auf sich auf!«

»Und Sie auf sich.«

*

Wir sitzen in Gustaves Saftbar, die wie so oft zum Bersten voll ist.

»Ich habe ein Bild für dich gemalt, Onkel Gus.«

»Danke, Spätzchen.«

»Sieh es dir zu Hause an.«

»Ich bin aber so neugierig, darf ich den Umschlag nicht jetzt gleich aufmachen?«

»Nein.«

Louise klingt sehr kategorisch. Zu kategorisch.

»Na, mein Herz, das ist aber nicht nett.«

»So ist es halt«, sagt sie noch und geht dann zur Toilette, was sie »schon ganz alleine kann, wie eine Große«.

Gustave hält es nicht aus. Er öffnet sein Geschenk.

Schock.

Plötzlich haben wir die Antwort auf unsere Fragen.

Über das Bild hat Louise zwei Worte geschrieben: »Die anderen«.

Wie kann sie auf eine so reife Art eine so ernste Botschaft übermitteln? Sie adressiert sie an Gustave, weil sie spürt, dass er es verstehen kann. Mir steigen die Tränen in die Augen. Nein, sie sind schon übergetreten und laufen mir die Wangen hinunter. Das ging blitzschnell.

Auf dem Bild sind »normale« Mädchen mit zwei Eltern und durchschnittlichem Körperbau dargestellt. In der Mitte sieht man ein Mädchen, das größer ist als alle anderen, mit einem Vater und einer Katze. Alle schauen sie an. Ein Junge zieht ihr an den Haaren. Ihr Gesicht ist knallrot, der Rest ist mit Bleistift gezeichnet.

Meine Tochter wird verspottet, weil sie »anders« ist. Kinder sind so gemein, was Andersartigkeit angeht. Sie mögen nur, was ihnen ähnlich ist.

Ich werde Louise erklären müssen, dass das, was sie heute für eine Schwäche hält, später eine Stärke sein wird.

»Oh, Mann.«

»Das kannst du laut sagen.«

»Ich rede mit ihr.«

»Nein. Nicht sofort. Es ist mein Bild. Das müssen wir respektieren. Ich rede morgen Abend bei Rachels Geburtstag mit ihr.«

»Okay.«

13

Der Pelzige

Wenn Paul mich noch einmal »Fellmonster« nennt, kotze ich meine Brekkies auf Rachels neue Schuhe. Dann hätte ich zwei Fliegen mit einem Happs erledigt.

Ja, ich bin ein Vorstadtkater. Das heißt – nein: In erster Linie bin ich eine Katze. Eine Katze ohne Stammbaum zwar, aber mit blauem Blut. Das erkennt doch jeder sofort. Ich bin nur zufällig erst in einem Vorort gelandet. Und dann in Paris.

Ein Monster bin ich wirklich nicht. Warum nicht gleich »Flohkissen«, wenn wir schon dabei sind? Paul macht mich fertig.

Aber heute fühle ich mich eh nicht sicher in meinem Pelz. Die Nanny hat Geburtstag. Die Nanny, die auf stinkende Zigaretten, Verfolgungsjagden in der Wohnung und bescheuerte Selfies steht. Ich verstehe ja, dass sie sich mit mir fotografieren möchte, ich bin nun mal ein Gewinn für jedes Foto. Ich würde mich auch mit mir fotografieren, wenn ich nicht schon – ich wäre. Das Problem mit dieser unseligen Rachel ist, dass sie nicht ein oder zwei Fotos knipst, sondern fünfzig. Bis sie sich endlich gefällt. Dass sie mich dabei zerquetscht, ist ihr völlig *schnurrz*.

Ich sehe konsequent gut aus. Sie eher nicht so. Aber warum muss ich darunter leiden?

Kurz gesagt: Sie ist anstrengend.

Jetzt hüpft die ewig Gutgelaunte vor Freude in der Wohnung herum. Bei dieser Show könnte einem glatt schlecht werden. Paul hat ihr zwei Tage in einem Spa geschenkt, weil sie »mal etwas Ruhe braucht«. Von wegen, Liebchen. Was sie braucht, sind weniger Zigaretten und ein bisschen Fleisch auf den Rippen. Ich will mich nicht immer an ihren Knochen stoßen, wenn sie mich mit ihrer vorgetäuschten Zuneigung quält. Das ist genauso unangenehm wie dicke Fettpolster. Am besten ist eben die goldene Mitte.

Sie küsst Paul zum Dank auf die Wange. Ich bin mir sicher, da ist was im Busch. Ihr Blick ist zu süßlich. Ständig will sie ihm alles recht machen. Es würde mich nicht wundern, wenn sie seinem Charme erlegen ist. Paul hat zwar viele Fehler, aber charmant ist er. Der Kerl hat eine gute Figur, ein schönes Gesicht, und seine grünen Augen sind fast so bezaubernd wie meine.

Aber dieses Spektakel kann man echt nicht mitansehen. Sie versteht nicht, dass sie für Paul immer nur Louises Nanny sein wird.

Apropos Louise. Ich postiere meine Lauscher lieber in ihrem Zimmer, wo sie mit Gustave spielt. Den mag ich. Er riecht gut und ist witzig.

Ich stoße die Tür mit der Nase auf und husche unters Bett, denn es herrscht ernste Stimmung. Die beiden sind gar nicht spaßig drauf. Sie basteln ein Armband und unterhalten sich dabei. Louise muss immer ihre Hände beschäftigen, das ist wie ein Zwang bei ihr.

»Es war gut, dass du das Bild für mich gemalt hast. Ich habe alles verstanden, du bist wirklich begabt.«

»Hm.«

Eigentlich ist es mehr ein Monolog als eine Unterhaltung. Louise sieht sehr traurig aus, wie so oft. Fast hätte ich Lust, auf ihren Schoß zu klettern, aber ich weiß, dass man sich vor vermeintlicher Niedlichkeit in Acht nehmen muss. Vielleicht ist sie ja eine gute Schauspielerin. Wer weiß?

»Ich hatte es auch schwer, als ich klein war. Kinder sind manchmal fies, aber du musst ihnen einfach nur zeigen, wie genial du bist. Außerdem ist es ein Glück, dass wir nicht alle gleich sind, sonst würden wir uns ja mega langweilen. Heute finden sie dich zu groß? Na, und? Morgen werden sie dich dafür bewundern, weil es etwas Besonderes ist. Du bist so hübsch, das schüchtert sie einfach ein bisschen ein.«

»Sie nennen mich ›Ogermädchen‹.«

Die Arme. Sie ist zwar ein Kind, aber sie ist dennoch hundertmal schöner als Shrek.

»Du machst ihnen ein bisschen Angst, und sie ärgern dich, um sich selber besser zu fühlen.«

»Sie sagen, ich bin komisch, weil ich immer zeichne. Alle haben gelacht, als die Lehrerin mir letzte Woche mein Blatt weggenommen hat. Mir war langweilig. Ich dachte, keiner würde es sehen.«

»Das ist deine Art, dich auszudrücken. Die anderen sind nur neidisch. Weißt du, eine Freundin von mir hat als Kind im Unterricht immer Geschichten geschrieben. Sie wurde auch ausgelacht, alle fanden sie seltsam. Jetzt ist sie Schriftstellerin, und die, die sich über sie lustig gemacht haben, kaufen ihre Bücher, sogar die Lehrer.«

»Echt?«

»Ja. Über Künstler wird oft gelacht, wenn sie jung

sind. Aber auf sie wartet eine größere Zukunft als auf die anderen.«

»Und was mache ich, bis ich groß bin?«

»Du musst sie ignorieren. Weine nicht ihretwegen. Das haben sie nicht verdient. Je mehr du zeigst, dass es dich trifft, desto mehr werden sie sticheln. Vertrau mir.«

Dieser Gustave findet immer die richtigen Worte.

»Hm. Das ist aber schwer.«

»Ich weiß, Prinzessin, aber es ist die einzige Lösung. Konzentriere dich auf dich, auf uns, auf deine Stifte und auf dein Katerchen. Du glaubst wohl, wir hätten dich nicht gesehen, was?«

Er hebt mich hoch und setzt mich Louise auf den Schoß. Sie streichelt mich. Ich schnurre. Ich glaube, sie braucht uns jetzt alle.

Schließlich wurde sie auch grundlos zurückgewiesen. Und sie hat ihre Mutter verloren, so wie ich erst meine verlor, und dann Caroline.

Sie gibt mir einen Kuss auf den Kopf, und ich lecke ihre Hand. Wir müssen zusammenhalten.

*

Einmal pro Woche an der Leine zu laufen kann ich ertragen. Den Rest der Zeit gehe ich alleine raus. Paul weiß Bescheid und lässt mich von sich aus in den Garten, wenn er zu Hause ist.

Heute hat Paul sich den Abend für Louise freigenommen. Das nutze ich aus, um Henry, den Siamkater, und Alphonse, den unansehnlichen Tortie, zu treffen. Ich kann mich nicht immer nur mit Menschen abgeben. Diesen Vorsatz habe ich gefasst. Man muss seine Tätigkeitsbereiche variieren und mehrere Komfortzonen haben. Ich fühle mich langsam bei Paul und Louise zu Hause, dafür würde ich mir am liebsten selbst die Ohren langziehen. Zumal ich seit Kurzem dem Gör mehr zugetan bin als dem Erwachsenen. Das ist doch kompletter Wahnsinn.

Ich darf nicht vergessen, dass nichts von Dauer ist.

Aus diesem Grund habe ich beschlossen, täglich ein paar Stunden draußen zu verbringen, um in meinem Oberstübchen wieder für Ordnung zu sorgen.

Nachdem ich erst allein durch die Gegend gestreift bin und dann etwas mit den beiden Witzbolden unterwegs war, ziehen wir nun eine Schlemmerrunde zu den Restaurants im Viertel. Wir haben versucht, Alphonse abzuhängen, um mehr für uns zu haben, aber er klebt wie eine Klette an uns. Keine Chance, ihn loszuwerden. Sein fetter Wanst schleift hinter uns her.

Es gibt eben Anführer und Mitläufer im Leben. Da ist nichts zu machen.

Die Leute sind inzwischen daran gewöhnt, dass wir auf den Terrassen aufkreuzen, und dank ihrer Großzügigkeit ist unser Speiseplan nicht nur auf Trockenfutter beschränkt. Gut, Henry protzt immer ziemlich rum mit seinen blauen Augen und lasziven Bewegungen, aber immerhin ist das sehr wirkungsvoll. Er sahnt dicke Brocken ab und geizt nicht mit seiner Beute.

Etwas später treffen wir auf eine durchgeknallte Alte, die sogar nachts Blumen verkauft. Wir haben sie schon öfter gesehen, aber heute wirkt sie noch verrückter als sonst. Sie spricht mit ihren beiden Vögeln und schlürft etwas aus einer Plastikflasche. Dem Geruch nach zu urteilen ist es kein Wasser.

Zu ihren Füßen schleckt eine graue Kätzin etwas aus einer Schüssel. Henry und ich nähern uns gemächlich, aber Alphonse macht unser taktvolles Vorgehen zunichte, indem er sie einfach anspringt.

Was für ein Trottel.

Die Kartäuserin blitzt ihn aus ihren orangegelben Augen an und zieht ihm ordentlich eins über.

Sie trägt ein spießiges Halsband mit ihrem Namen – Iris –, hat aber Reflexe wie eine Straßenkatze.

»Na, na, meine Schätzchen, ganz ruhig. Es ist genug für alle da«, haucht die Blumenverkäuferin.

Ihre Aufmachung würde eher zu einem Grabsteinmetz passen, aber gut. Als sie zwei weitere Schüsseln bringt, siegt meine Neugier über die Skepsis.

Ich koste. Es ist lecker. Es ist anders. Stark. Es hat einen milchigen Nachgeschmack, aber auch ein Aroma, das wohl Alkohol sein muss. Welcher Alkohol? Keine Ahnung. Bisher durfte ich nie welchen haben. Es soll schädlich für uns sein. Also trinke ich lieber nicht zu viel davon. Mein Leben ist mir wichtiger als irgendeine Erfahrung. Aber ich bin froh, es mal probiert zu haben. Was die Kätzin kann, kann ich schon lange!

Apropos Iris. Sie putzt sich die Pfoten und beobachtet uns dabei aus dem Augenwinkel. Sie hat Klasse, die Frau. Einen schön gebogenen Nacken, perfekt proportionierte Ohren, elegante Schnurrhaare und ein glattes blaugraues Fell. Sie ist ein wenig kräftig, aber ihre feingliedrigen kurzen Beine und die kleinen runden Pfoten machen das wieder wett. Am beeindruckendsten ist ihr schalkhaftes Grinsen und ihr bernsteinfarbener Blick. Geradezu faszinierend unverschämt.

Verdammt, was fasele ich da?

Henry und Alphonse zeigen keinerlei Interesse an ihr. Ich mag es, wenn die Weiber am Anfang etwas widerspenstig sind. Und, wie bereits erwähnt, ich liebe jede Form der Ästhetik, die es verdient hätte, eingerahmt zu werden.

Ich wage eine Annäherung. Sie dreht sich hochnäsig weg.

Aber ich werde wiederkommen. Sie scheint bei der Ollen mit den Vögeln zu leben oder jedenfalls hier Quartier bezogen zu haben.

Also entferne ich mich und achte ganz besonders auf meinen Gang, allerdings hat sich meine Eleganz offenbar verabschiedet. Ich glaube, das Gesöff zeigt langsam Wirkung.

Ein Stückchen weiter trenne ich mich von Henry und Alphonse. Jeder verschwindet in seine Richtung. Nach der ganzen Aufregung möchte ich jetzt nur noch eins: auf meinem Kissen ein ausgiebiges Schläfchen halten.

*

Als ich durch das Zaunloch zurück in den Garten schlüpfe, sehe ich dort eine weinende Louise im Feen-Schlafanzug und Paul mit Taschenlampe. Sie rufen meinen Namen. Sie haben mich gesucht.

Die Kleine entdeckt mich, stürzt sich auf mich und drückt mich an sich, aber immerhin ohne mir die Luft abzuschnüren.

»Ich hatte solche Angst! Du darfst nicht so lange wegbleiben, Harold!«

»Ja, das war echt blöd, Fellmonster. Seit zwei Stunden sind wir schon in größter Sorge! Oh, Mann, ich rede mit einer Katze.«

»Es ist nicht irgendeine Katze, Papa. Es ist unsere Katze. Das ist was anderes.«

»Hm.«

Ach, ich werde hier also wirklich wertgeschätzt. Wenn ich weg bin, bemerkt man meine Abwesenheit. Ich fühle mich geschmeichelt.

Jetzt nimmt Paul mich auf den Arm. Es ist das erste Mal, dass er mich streichelt, seit ich hier eingezogen bin.

Mich an all das nicht zu gewöhnen wird schwieriger als gedacht.

14

Paul

Saint-Michel, Place de la Fontaine. Ob ich wohl zu schick angezogen bin? Jeans, Hemd, Halstuch und Jackett: Welche Botschaft kommt da rüber? Bin ich wie für ein Date gekleidet? Es ist nämlich kein Date. Es ist nur eine Zusammenführung zweier vom Schicksal Gebeutelter, die Mitgefühl füreinander empfinden, an einem Tisch. Ich schaue auf meine Füße. Meine Schuhe sagen etwas anderes. Sie laufen leicht spitz zu, sind schwarz und blank geputzt. Sie schreien geradezu Business oder Romantik. Aber sie irren sich. Das weiß ich ja wohl besser als sie. Kein Business, keine Romantik. Einfach gegenseitiges Trösten.

Mein Gott, heute denke ich wirklich wie eine Frau. Gustave färbt langsam gefährlich auf mich ab.

Ich schaue mich auf dem belebten Platz nach Luna um. Ob ich sie erkennen werde? Ich habe sie ja nur nachts gesehen, in ziemlich spezieller Aufmachung, mit zusammengebundenen Haaren und verschleiertem Blick.

Ich checke auf dem Handy, ob ich auch keine Information verpasst habe, und entdecke eine SMS von Maud. Ich will nicht sagen, dass ich sie vergessen hatte, aber doch fast. Sie teilt mir mit, dass sie, wenn es mir recht ist, am Freitagabend in Begleitung mein Restaurant testen kommt. Das löst in mir gemischte Gefühle aus. Ich bin es nicht gewohnt, dass man sich bei mir einlädt, aber es ist nicht unangenehm, von diesem Mädel unter die Lupe genommen zu werden. Da die Aussicht, Maud wiederzusehen, weder Freude noch Ärger bei mir hervorruft, beschließe ich, dass es eine gute Sache ist. Neutralität. Mit einer Prise Dankbarkeit für das Feingefühl, das sie an jenem Abend bewiesen hat. Diese Dankbarkeit ist Grund genug, sie am Freitag zu verwöhnen. Das klingt doch plausibel.

Luna taucht in meinem Sichtfeld auf. Sie kommt aus der Metrostation. Sie trägt ein hochtailliertes Kleid – oben weiß, unten schwarz –, einen Trenchcoat über dem Arm und an den Füßen eher unauffällige Pumps. Ihre rote Handtasche hingegen ist alles andere als unauffällig.

Sie geht zum Brunnen und streift meinen Blick. Wir haben uns schnell gefunden.

»Hallo, Paul. Tut mir leid, dass ich zu spät bin. Die Metro kroch mal wieder nur im Schneckentempo voran.«

»Kein Problem. Wie geht es Ihnen?«

»Ganz gut«, antwortet sie, atmet dabei aber schwer aus. »Und Ihnen?«

»Mir auch. Wo essen wir?«

»Das kommt auf Ihre kulinarischen Ansprüche an«, sagt sie mit einem Lächeln.

»Da bin ich gar nicht so. Hauptsache, es ist frisch.«

»Gut. Das Bistro da an der Ecke ist ganz in Ordnung.«

»Super.«

Wir setzen uns auf die Terrasse und bestellen, ohne uns abzusprechen, zwei Gläser Bourgogne Aligoté.

»Ich habe in den letzten Tagen viel an Sie gedacht. Die Geschichte mit dem Bild ist unglaublich. Ihre Tochter scheint für ihre sieben Jahre sehr aufgeweckt zu sein.«

»Ja, das ist sie. Aber trotzdem wird sie ständig gepiesackt. Kinder sind manchmal grausam.«

»Das stimmt leider. Gehörten Sie zu den Spöttern oder zu den Verspotteten?«

»Als ich noch sehr klein war, zu den Verspotteten, später dann zu den gemäßigten Spöttern. Und Sie?«

»Weder noch. Ich war unsichtbar. Ein Mädchen, das man nicht einlädt, ohne groß darüber nachzudenken. Ein Mädchen ohne Clique. Das ist auch nicht so toll.«

»Das kann ich mir vorstellen. Aber inzwischen sind Sie alles andere als unsichtbar. Ich habe Sie sogar im Dunkeln gefunden.«

Ihr entschlüpft ein Lachen.

»Zuerst haben Sie mich allerdings gehört, scheint mir.«

»Das kann ich nicht leugnen.«

»Nun ja. Was hat denn das Gespräch mit Ihrem Saftbar-Freund ergeben?«

»Gustave hat gestern mit Louise geredet, ich glaube, das hat ihr gutgetan. Er hat ihr gesagt, dass junge Künstler es immer schwer haben, weil eine große Zukunft auf sie wartet.«

»Das hat er schön gesagt. Haben in Ihrem Umfeld alle die Gabe, andere zu trösten? Ist das ansteckend?«

»Sie sind auch nicht schlecht darin. Gibt es etwas Neues von Ihrem Ex?«

»Ja. Er hat meine Freunde kontaktiert und Krokodilstränen geheult. Zum Glück fällt niemand darauf herein.«

»Was will er denn eigentlich von Ihnen?«

»Er hat sein Spielzeug verloren, damit kommt er nicht klar. Das ist krankhaft bei ihm. Er hat ein echtes Problem. Irgendwo zwischen Sadismus und narzisstischer Persönlichkeitsstörung. Wenn ich zu ihm zurückgehen wollen würde – was absolut nicht der Fall ist –, würde er sofort wieder in alte Muster verfallen. Das weiß ich. Er würde mich wieder als sein Eigentum betrachten, mit lauter Formfehlern.«

Ich antworte nicht sofort. Ihre Worte sind bedeutungsschwer, auch wenn sie mit ruhiger Stimme spricht.

»Dieser Mann scheint toxisch zu sein. Ich hoffe, er lässt Sie bald in Ruhe. Ich weiß nur wenig darüber, aber das Problem ist, dass Schweigen den Irrsinn solcher Persönlichkeiten erst recht anstachelt. Sie müssen auf jeden Fall wachsam bleiben.«

»Ich weiß.«

»Und was ist das für eine Sache mit den ›Formfehlern‹?«

»Ach, nichts. Ich weiß nicht, warum ich Ihnen überhaupt so persönliche Dinge erzähle.«

»Vielleicht, weil die Tatsache, dass wir uns kaum kennen, Ihnen eine Freiheit verleiht, die Sie bei Ihren Bekannten nicht oder nicht mehr haben.«

»Das ist ein interessanter Gedanke. Geht Ihnen das so?«

»Ich glaube, ja. Ich bin eigentlich ziemlich kontaktscheu. Ich denke, ich habe mir in den letzten Jahren angewöhnt, in Gegenwart der immer selben Menschen mit meinen Gefühlen zu jonglieren. Es ist schön, sich mal auf neutralem Terrain zu unterhalten.«

»Sie sind wirklich scharfsinnig. Sie haben die Situation perfekt analysiert.«

»Ich tue mein Bestes.«

»›Formfehler‹. Das hat er immer gesagt. Ich gehörte ihm, hatte aber lauter Mängel, die schwer zu ertragen waren, und Fehler …«

Sie bricht ab, und ihr Blick verschleiert sich wieder.

Aber bevor ich vorschlagen kann, das Thema zu wechseln, spricht sie schon weiter.

»Ich war keine richtige Frau, weil richtige Frauen nicht unfruchtbar sind. Das war der wahre Grund, weshalb ich auf der dummen Treppe saß und heulte, als Sie mich gefunden haben.«

Diese heftige Enthüllung versetzt mir einen Schlag. Ich bin fassungslos, und das passiert mir selten.

»Das tut mir leid, Luna. Sehen Sie mich an … Sie sind eine richtige Frau mit allem Drum und Dran, und Verzeihung, aber der Typ ist ein Arschloch. Sie sind hübsch, Sie sind intelligent und leidenschaftlich, Sie haben Charakter und Stil …«

»Ja, aber ich kann keine Kinder kriegen.«

Was soll man darauf sagen? Ich leere mein Weißweinglas, um Mut zu sammeln. Solche Themen darf man nicht leichtfertig angehen. Es ist keine Kleinigkeit. Unfruchtbarkeit bringt einen um einen zukünftigen Teil von sich selbst und um einen Abschnitt des Lebens, wie man es sich klassischerweise vorstellt. Es ist wie eine Amputation. Dieses Gefühl kenne ich. Ich weiß, dass es keine Worte gibt, die stark genug sind, diesen Schmerz zu lindern. Jedes falsche Wort könnte es noch schlimmer machen.

Doch ich gehe auf Risiko.

»Ich verstehe Sie. Also, natürlich habe ich diesen Schmerz nicht erlebt, aber ich kenne das Leid, das eine solche Amputation auslöst. Es ist ungerecht, das stimmt. Aber Louise kann irgendwie ohne ihre Mama aufwachsen, und Sie können sich sagen, dass irgendwo ein Kind auf Sie wartet. Durch Adoption kann man auch Mutter werden.«

»Ich weiß. Dieser Gedanke macht es ein wenig erträglicher.«

»Irgendwann werden Sie jemanden treffen, der Sie auf diesem Weg begleitet, statt Sie grundlos runterzumachen. Sie müssen Vertrauen in die Zukunft haben, auch wenn das Leben einem das manchmal ganz schön schwermacht.«

»Hm, ja.«

*

Eine Stunde später sind unsere Bäuche gefüllt, und die Stimmung hat sich verändert. Wir lachen, und zwar laut. Wir haben gerade etwas total Verrücktes festgestellt.

Luna hatte nebenbei erwähnt, dass sie früher in der Rue Saint-Martin gewohnt hat. Das ist zufällig auch Gustaves alte Adresse. Da ich das Viertel gut kenne, fragte ich der Neugier halber, wo genau ihre Wohnung war. Und da traf es uns wie der Blitz: Sie ist Gustaves frühere Nachbarin von unten.

Die beiden hatten sich gehasst, und zwei Jahre lang herrschte nicht nur kalter Krieg, teilweise ging es auch ganz schön hitzig zu.

Manchmal ist die Welt wirklich winzig.

»Das kann doch nicht sein, ich fasse es nicht. Ich fand ihn unausstehlich. Morgens und abends konnte ich ihn hören, ich kannte sein Leben in- und auswendig.«

»So schlimm?«

»Oh ja! Ich wusste, wann er aufs Klo geht und wann er Übernachtungsgäste hatte, wenn Sie verstehen, was ich meine …«

»Nein!«

»Doch!«

»Ich erinnere mich noch an einen Abend, als Sie hochgestürmt kamen, weil wir Ihnen zu laut waren. Ich stand hinter Gustave und sah nur einen bebenden Wuschelkopf und einen flatternden Morgenmantel.«

»Sie waren dabei? Ich weiß es noch genau, ich war außer mir. Die Mädels polterten mit ihren Stöckelschuhen über den Boden, die Musik dröhnte so laut, dass meine Zimmerdecke vibrierte, und das um zwei Uhr morgens.«

»Na gut, ich gebe zu, manchmal ging es etwas wild zu.«

Luna ist knallrot angelaufen. Einerseits ist es ihr wohl peinlich, als nörgelnde Nachbarin entlarvt worden zu sein, und andererseits hat unser Gespräch emotionale Erinnerungen wachgerufen.

»Nicht manchmal, sehr oft!«

»Aber Sie haben auch mit dem Besen an die Decke geklopft …«

»Ach, das haben Sie gehört? Ich bin extra klingeln gekommen, weil ich dachte, mein Gehämmer wäre umsonst gewesen.«

Wir brechen wieder in Gelächter aus.

»Eine irre Geschichte. Das glaubt mir Gustave nie.«

Als ich das sage, wird mir bewusst, dass ich Luna bisher für mich behalten habe. Niemand weiß von ihr, weil sie momentan meine geheime Zuflucht ist. Außerdem müsste ich Gustave dann gestehen, dass ich ihn bezüglich des Dates mit der blonden Krankenschwester belogen habe.

Aber Gustave nicht von diesem genialen Zufall zu erzählen kann ich mir auch nicht vorstellen. Ich sehe sein verblüfftes Gesicht schon vor mir.

»Wir haben uns bereits vor Jahren getroffen. Dabei

dachten wir, unsere nächtliche Begegnung auf dem Quai sei schon originell gewesen.«

»Ja, diese Geschichte übertrifft die erste eindeutig.«

Es verleiht der ganzen Sache eine besondere Würze.

15

Der Pelzige

In Yerres hörte ich immer den Zug. Hier höre ich nur meinen sanften Atem. Ausschlafen, ohne einen Laut in der Wohnung, das ist wahrer Luxus.

Oder sollte ich sagen, das *war* wahrer Luxus? Denn friedlich war das Leben hier, bevor der Chihuahua kam. Dieser kleine Narr hat mich aus dem schönsten Schlaf gerissen. Seine schrille Stimme lässt mir das Fell zu Berge stehen. Ich hasse ihn.

Dennoch strecke ich mich erst einmal ausgiebig. In der Ruhe liegt die Kraft. Es kommt nicht infrage, dass ich mir wegen dieser Ratte im Hundekostüm auch noch etwas zerre. Er ist letztes Wochenende in den Nachbargarten eingezogen und muss schon alle Aufmerksamkeit auf sich ziehen. Die meiste Zeit verbringt er damit, am schlecht gepflegten Rasen zu schnüffeln und Männchen zu machen, um die Leute im Innenhof zu sehen. Das reinste Klatschweib, wie alle seine Artgenossen.

Und zwar ein Klatschweib, das bellt, sobald man dem Grundstück seiner Herrchen ein wenig zu nahe kommt. Ich würde ihm einen Maulkorb verpassen, dann wäre das ein für alle Mal geregelt.

Ich gehe ans Fenster, um zu gucken, ob das, was es zu sehen gibt, spannender ist als sein erbärmliches Kläffkonzert.

Er rennt auf seinen Minibeinen in seinem Gehege hin und her und wedelt mit dem Schwänzchen. Es »lächerlich« zu nennen wäre noch ein Euphemismus. Ja, ich habe im Radio die eine oder andere Stilfigur aufgeschnappt. Der Chihuahua hingegen macht weder eine gute Figur noch hat er Stil. *Nada, niente.*

Die Terrassentür ist zu dieser Uhrzeit leider geschlossen, deshalb begnüge ich mich damit, ihn von dem fiesen kratzigen Teppich aus zu beobachten. Nein, es ist nicht auszuhalten. Also stehe ich wieder auf, überschlage rasch meine Möglichkeiten und entscheide mich für die dritte Etage des Holzregals. Das Brett ist leer, von dort habe ich eine bessere Aussicht, und es juckt mich nicht überall. Mein Sprung gelingt nur mittelmäßig, murrend lasse ich mich nieder.

Der rotschwarze Wirbelwind hat sein Theater eingestellt. Denn er hat endlich die erwünschte Aufmerksamkeit ergattert. Es ist allerdings höchst erstaunlich, *wer* da auf sein Gezappel reagiert hat. Meinem neuen Nachbarn gegenüber sitzt jetzt … ein Vogel. Der ist zwar recht imposant, aber durchaus bezwingbar. Der Piepmatz hält sich für besonders schlau und sitzt aufgeplustert auf dem Mäuerchen vor dem Köter. Sie taxieren sich, doch keiner rührt sich. Es sieht fast so aus, als würden sie kommunizieren. Der absolute Wahnsinn.

Los, Rex, tu was! Schnapp dir das Hühnchen! Zeig die Zähne! Angriff!

Ich brauche Popcorn für Katzen. Wenn bei einem schlechten Film die Handlung auf der Stelle tritt, muss man sich ja auch irgendwie beschäftigen.

Das Schoßhündchen hat sich hingesetzt. Er freut sich über die Gesellschaft und betrachtet die bebenden

Flügel, ohne auch nur zu zucken. Mann, Mann, Mann, ich würde meinen Schwanz dafür geben, dass der Vogel ihn verspeist. Wenn mir schon eine leckere Mahlzeit entgeht, dann kann er wenigstens dieser Lärmbelästigung ein Ende bereiten.

Der Hund ist dermaßen nett und umgänglich, dass einem schlecht werden könnte. Er sollte mit Rachel ins Spa fahren und sie heiraten. Oder gemeinsam mit ihr ersaufen. Dann können sie zusammen alle lieb haben, ob hier auf Erden oder im Paradies.

Igitt. Ich mache lieber den Fernseher an, statt hier sinnlos rumzumaunzen, da sie mich eh nicht hören können.

Ich springe vom Regal, setze mich aufs Sofa und beginne eine gründliche Wäsche, während auf dem Bildschirm künftige Topmodels herumstolzieren. Das ist Balsam für meine Augen und für meine Nerven. Die beiden Viecher da draußen haben mir glatt den Appetit verdorben. Ich verspüre nicht den leisesten Hunger, dabei ist es mindestens schon Mittag, und neben meinen Brekkies steht sogar noch Milch.

So ein Elend. Jemandem den Appetit zu kappen ist ebenso kriminell wie die Libido zu ersticken. Man sollte diesem Hund den Hals umdrehen.

*

Der große Wecker zeigt 16 Uhr 30 an. Louise und Paul müssten bald nach Hause kommen. Bis dahin schlendere ich gelangweilt durch die Wohnung. Von der Welt der Feen und bunten Bilder in Pauls karges graues Universum, in das Badezimmer, in dem nicht einmal Socken zum Trocknen hängen, und in die Küche mit der viel zu sauberen Arbeitsfläche, an der kaum ein Hauch des Geruchs vom gestrigen Fisch mehr haftet. Das ist irgendwie traurig. Es ist nicht jeden Tag so. Aber heute ertappe ich mich dabei, wie ich vor der Tür auf Louise warte. Ich vermisse ihr Gesichtchen. Vielleicht hat der Chihuahua mir heute Nacht ein Stück seines verweichlichten Herzens transplantiert. Anders kann ich mir dieses Gefühl nicht erklären.

Bestimmt warte ich unterbewusst einfach darauf, dass die Terrassentür geöffnet wird. Ja, das muss es sein. Keine Panik.

Ich strecke mich auf dem Teppich unter dem Sofatisch aus, so bin ich in der Nähe der Wohnungstür. Ich denke an Saxo, ich hoffe, es geht ihm gut. Immerhin habe ich dank ihm ein Heim gefunden, dass mir trotz allem irgendwie gefällt.

»Harooold!«

Da ist sie. Mit Schulranzen und Trenchcoat. Sie kommt immer als Erstes zu mir. Das ist schön.

Auch Paul streichelt mich, wenn er heimkommt. Das ist neu. Und vermutlich nicht von Dauer.

»Papa, darf ich mit Harold im Garten Kekse essen? Ich will malen, solange das Licht noch gut ist.«

»In Ordnung. Aber es ist kühl. Lass den Pulli an, und nimm einen Schal.«

»Okay. Kommst du, Harold?«

Ich folge ihr. Wenn sie isst, bekomme ich auch immer etwas.

Ihr Ausdruck verändert sich, als wir nur noch zu zweit sind. Sie stellt die Staffelei auf die Platten und legt ihre Stifte auf den Terrassentisch. Dann setzt sie sich auf einen Stuhl und nimmt mich auf den Schoß.

»Ich habe es so satt, Harold. Du hast Glück, dass du eine Katze bist. Ein Mädchen zu sein ist voll blöd.«

Ich glaube, sie wollte eigentlich gar nicht malen, sondern vor allem ohne Paul mit mir reden. Ich stoße sie mit dem Kopf an, um ihr zu zeigen, dass ich für sie da bin.

»Sie haben sich wieder über mich lustig gemacht, weil ich wegen meinen Knien vom Sport befreit bin. Ich kann doch nichts dafür, dass ich so schnell wachse und meine Knie wehtun. Das ist echt doof. Ich saß auf der Bank, und im Vorbeilaufen haben mich alle ausgelacht. Die Jungen haben sogar Grimassen geschnitten. Sie sind so dumm.«

Schade, dass Gustave nicht da ist; er würde bestimmt das Richtige sagen. Mein Schnurren klingt eher hohl. Und leider kann ich diese zankenden Idioten nicht abmurksen. Es ist schrecklich, sich machtlos zu fühlen. Das passiert mir nie. Außer damals am Flughafen, aber das bekam ich schnell in den Griff.

Jetzt kann ich überhaupt nichts tun. Denn mein Mitleid gilt jemand anderem als mir. *Verkatert noch mal, geht das schon wieder los, Figaro-Harold? Mitleid? Wie bitte?* Ja, ich rede mit mir selbst. Ich habe wohl nicht mehr alle Brekkies in der Schüssel.

Egal. Ich muss ihr zuhören, auch wenn das bedeutet, dass es mich interessiert. Es gibt ja keine Zeugen. Mit meinem Gewissen rechne ich später ab.

»Zum Glück habe ich dich, mein lieber Kater. Und Papa, Rachel und Gustave. Und Oma und Opa, und Omi und Opi. Und Clémence auch. Aber ich hätte so gerne eine Freundin. Nur eine einzige. Vorher hatte ich Ella. Die ist jetzt bei den anderen. Du weißt schon, Manon,

Anne, Julia, Marie und Jessica. Sie planen eine Aufführung im Pausenhof. Jede spielt eine Sängerin. Ella haben sie als Violetta genommen. Mit mir reden sie nicht einmal. Und Ella auch nicht mehr. Seit diesem Schuljahr macht sie kaum noch was mit mir.«

Jetzt zieht sich mir der Magen zusammen. Was sind das denn für dämliche Mistprinzessinnen? Je länger ich Louise betrachte, desto überzeugter bin ich, dass sie eines der schönsten Dinge ist, die ich je gesehen habe. Am Anfang habe ich das nicht bemerkt, ich sah sie nur als Kind. Aber je mehr Zeit ich mit ihr verbringe, desto offensichtlicher wird es. Dieses kleine Mädchen ist wunderhübsch, und noch dazu talentiert.

Und wenn man zu schön und zu gut ist, wird man ausgegrenzt. Ich stand dem Baby im Licht, also wurde ich abgeschoben.

Ich würde Louise so gern sagen, dass ich sie verstehe. Könnte ich doch bloß sprechen, wie der Bär im Film *Ted*.

Aber so muss ich die mir verfügbaren Mittel nutzen, sie auf andere Gedanken bringen, jetzt, da sie ihr Herz erleichtert hat. Der Chihuahua ist gerade rausgekommen. Die perfekte Gelegenheit. Um ihn zu provozieren, rase ich zum Gatter, das uns trennt. Er fängt sofort an zu plärren. So berechenbar. Er hüpft auf und ab und versucht, mich mit frenetisch wedelndem Schwänzchen und trampelnden Vorderpfoten zu beeindrucken. Ich bewege kein Härchen – es ist zu komisch.

Louise gibt die Schiedsrichterin, für sie produziere ich ein tiefes Miauen, zum Beweis meiner stimmlichen Überlegenheit.

Es funktioniert. Doch dann fliegt ein Hubschrauber

über uns hinweg, und dieser Taschenhund fängt an zu krakeelen. Er glaubt ernsthaft, er könne mit einem Helikopter konkurrieren. Grandios.

*

Heute Nachmittag war Louise nicht so gesprächig wie gestern. Sie konzentrierte sich auf ihre Zeichnung und ihr Schokocroissant. Die Nanny saß daneben und strickte an einem Schal. Das nutzte ich, um durch das Zaunloch zu verschwinden.

Jetzt bin ich beim Blumenladen angekommen. Ich wollte Iris wiedersehen. Seit ich Yerres verlassen habe, hatte ich keine Gelegenheit mehr zu kopulieren, das fehlt mir. Ich bin ein Kater, und ich habe ein Geschlecht, das will genutzt werden. Und diese Kätzin schreit geradezu danach, von mir beglückt zu werden.

Die alte Irre ist drinnen mit einem Kunden beschäftigt, der dann einen nicht mehr ganz frischen Strauß lilafarbener Rosen kauft. Schrecklich hässlich. Rosen müssen rot oder weiß sein, alles andere ist Kitsch. Keinen Geschmack, der Mann. Ich hoffe, dieses Geschenk beschert ihm keinen Koitus.

Iris ist nirgends zu sehen. Henry auch nicht. Aber Alphonse kommt in Begleitung einer mir unbekannten Katze auf mich zu.

Da gehe ich lieber nach Hause.

16

Paul

Vorspeise in Moskau, Hauptgericht in Bali und Dessert in New York. Klar, total simpel. Ich hätte fast Nein gesagt, als Maud mit ihrer Freundin ankam. Aber sie hat so ein freundliches Gesicht, dass ich doch nachgegeben habe, fast ohne zu murren. Ich habe sie Véronique anvertraut, deren Geduld schon viele Feuerproben bestanden hat. Sophie? Zu eifersüchtig. Natasha? Nicht pfiffig genug, sie würde untergehen.

Maud hatte mir die Hand auf den Arm gelegt und mir viel Glück gewünscht, bevor ich in die Küche verschwand. Das gefiel mir gar nicht. Hier, in meinem Restaurant, lasse ich mit niemandem solche Nähe zu. Außer mit meiner Tochter, wenn sie da ist.

Ich bin wirklich besser in der Küche aufgehoben, wo ich Agathe, Denis und Tom die Ohren vollmeckern kann.

»Diese Blogger glauben echt, sie könnten sich alles erlauben.«

»Aber Chef, du hast sie doch selbst eingeladen«, stichelt Denis. Er kennt mich lange genug, um sogar dann solche Antworten zu wagen, wenn ich kurz vor dem Überkochen stehe.

»Sie hat sich selbst eingeladen, und ich habe Ja gesagt. Das ist etwas anderes. Wie weit ist die Saltimbocca,

Tom? Agathe, schick bitte die zwei Lachs-Cheesecakes raus.«

»Noch drei Minuten, Chef.«

»Mach ich, Chef.«

Ich traue meinen Augen kaum, als plötzlich Gustave seinen Kopf durch die Durchreiche steckt. Er kommt seit Ewigkeiten nicht mehr spontan vorbei, weil er weiß, dass mich das stresst.

»Hey, mein Freund. Kann ich mich für das Dessert zu Maud nach New York setzen?«

Ich atme einmal tief durch.

»Klär das mit Véro, aber eigentlich sollte es kein Problem sein. Sie haben das Erdbeer-Pistazien-Tiramisu bestellt. Was willst du?«

»Was für dich am einfachsten ist, du darfst wählen. Ich mag alles von deiner Karte. Ich schaue danach noch mal bei dir vorbei.«

Er wirft mir eine Kusshand zu und grinst übertrieben breit. Denn er weiß genau, dass ich solche Vertraulichkeiten in meiner Küche nicht leiden kann.

Wann hat er sich denn so gut mit Maud angefreundet, dass er sogar ein Dessert mit ihr isst? Offenbar haben wir im Moment beide Geheimnisse voreinander.

»Was servieren wir Gustave?«

»Ich überlege noch.«

Während ich nachdenke, taucht Fred vor der Durchreiche auf, er interessiert sich plötzlich für den New-York-Salon. Das Spielchen zwischen ihm und Gustave nervt mich. Sie sollen endlich zur Sache kommen oder es gefälligst ganz bleiben lassen. Obwohl Gustave es nicht darauf anzulegen scheint. Vermutlich aus Respekt.

Aber Fred hält an der eventuellen Möglichkeit fest. Dabei sieht doch ein Blinder, dass Fred so sehr sensibler Romantiker ist wie Gustave nimmersatter Jäger.

»Gustave bekommt das ›Banana Split mal anders‹. Die Orangenblütensahne steht da oben.«

»Okay. Richtest du es selbst an? Für die Fotos?«, fragt Agathe.

»Ja.«

Mit dem allzeit knipsbereiten iPhone will ich kein Risiko eingehen. Natürlich vertraue ich Agathe. Aber was das Anrichten betrifft, ist nur Éric genauso geschickt wie ich.

Ich bringe die Teller persönlich zum Tisch, um zu sehen, wie die Stimmung ist. Ich sehe fröhliche Gesichter. Als ich den New-York-Salon betrete, empfängt mich Applaus. Diskretion liegt diesen Leutchen einfach im Blut … Und ich lege meine brummige Miene ab. Schließlich hat eben jeder seine Art, sich mitzuteilen.

*

Im Büro der Schuldirektorin, Madame Speter, finde ich Louise in Tränen aufgelöst vor. Die Klassenlehrerin, Madame Bastien, schaut auf ihre Schuhspitzen. Am liebsten würde ich alles kurz und klein schlagen, aber ich habe mich unter Kontrolle.

»Guten Tag, Monsieur Camara. Danke, dass Sie so schnell kommen konnten.«

»Guten Tag. Was ist passiert? Warum ist meine Tochter in diesem Zustand?«

Ich nehme Louise in den Arm, um sie zu beruhigen. Direktorin und Lehrerin erzählen mir, dass ihr in der

Nachmittagspause jemand einen Kaugummi in die Haare geklebt hat. Die Aufsichtspersonen und die Lehrerinnen haben es zu spät gesehen, da war das Unglück schon geschehen. Die Übeltäterinnen wurden identifiziert und die Eltern telefonisch benachrichtigt. Sie werden bestraft, denn so ein Verhalten ist untragbar. Bla, bla, bla. Diese Mädchen sollten mir besser nicht über den Weg laufen.

Ich will nicht länger als nötig hierbleiben. Also bringe ich mein Missfallen zum Ausdruck und beeile mich, Louise aus diesem bedrückenden Umfeld wegzubringen.

»Papa, was machen wir denn bloß? Es ist total verklebt. Ich wollte es rausziehen, aber die haben es überall verteilt.«

Wenn ich könnte, würde ich diese fiesen Gören zu Brei verarbeiten. Eine Lösung muss her, und zwar sofort. Eine geniale Superpapa-Lösung. Irgendwas anderes als eine Komplettrasur.

»Wir gehen zum Frisör.«

»Jetzt?«

»Ja.«

»Und deine Arbeit?«

»Darum kümmert sich Éric.«

»Okay.«

Wir gehen zu Sylvie Duroux. Sie hat bei uns im Viertel einen guten Ruf und schneidet mir seit Jahren die Haare. Ich glaube, unter ihrem Allerweltsblondinen-Look steckt eine gute Portion Retterin in der Not. Sie strahlt Freundlichkeit und Tatkraft aus.

»Oh, arme Maus. Komm, setz dich. Wir sehen uns das mal an.«

Sie ruft eine Audrey zur Verstärkung. Die ist jünger und hat endlos lange Haare, sodass sie sofort mit Louise mitleidet.

Ich setze mich auf das Sofa an der Wand und lasse die Frauen ihren Job machen. Ich bin da, ich beaufsichtige die Situation und gebe Louise Sicherheit. Aber ich delegiere die Aufgabe, die Präzision, schnelles Handeln und Können verlangt, das meine Kompetenzen weit übersteigt.

»Gut, es ist keine schöne Sache, aber wir kriegen das hin. Wie heißt du?«

»Louise.«

»Okay, Louise, du wirst eine Zeit lang viel kürzere Haare haben.«

»Oh, nein!«

Sie dreht sich zu mir um und befingert dabei ihren Anhänger. Es tut mir furchtbar leid, sie derart verzweifelt zu sehen.

»Mein Spatz, hör auf Sylvie und Audrey. Sie wissen, was sie tun.«

»Na gut.«

Audrey macht weiter.

»Ich habe dir Fotos von den schönsten Kurzhaarfrisuren der schönsten Mädchen rausgesucht. Überleg in Ruhe, und sag mir dann, welche dir am besten gefällt.«

»Das ist aber echt kurz.«

»Wir können dir einen Bob schneiden, der vorne länger ist. Nur hinten muss leider einiges ab. Das ist nicht nur ein Kaugummi, sondern mindestens drei, und zwar große.«

Ich sinne auf Rache, als wäre ich selbst sieben Jahre alt. Ich werde etwas finden. Auf die eine oder andere

Weise werden sie büßen. Sie sind wirklich zu weit gegangen.

»Das da gefällt mir. In Lila.«

»Monsieur Camara, dürfen wir ihr die Haare färben?«

»Nein! Dafür ist sie zu jung. Deine Naturhaarfarbe ist wunderschön, meine Fee, du würdest es bereuen.«

»Aber Papa! Wenn ich mehr wie ein Einhorn wäre, könnte ich mich besser verteidigen.«

»Da bin ich mir nicht so sicher.«

»Wir könnten auch nur ein paar Highlights setzen.«

»Nein, danke.«

»Och, Papa!«

Es kommt gar nicht in die Tüte, dass meine siebenjährige Tochter sich die Haare färbt. Sie erwartet mein endgültiges Urteil.

»Eine lila Strähne vorne. Für etwas Pep, und damit die Macht des Einhorns mit dir ist. Aber nur eine. Der Rest bleibt, wie er ist.«

»Abgemacht!«, sagt Audrey und zwinkert meiner Tochter im Spiegel zu.

Eineinhalb Stunden später geht es an die Kasse. Es ist eine große Veränderung, aber mit ihrem Engelsgesicht steht Louise sowieso alles. Sie hat so feine Züge.

»Gefällt es dir?«

»Ja, es ist voll toll. Halb Rihanna, halb Katy Perry.«

Mir ist klar, dass wir jetzt alle drei Wochen zum Frisör müssen, um Schnitt und Farbe frisch zu halten, aber das ist mir egal. Hauptsache, wir konnten das Drama in ein positives Erlebnis verwandeln.

*

Um Louise weiter abzulenken, haben wir einstimmig entschieden, einen Testessen-Abend zu machen. Ja, sogar Harold hat mit Louises Hilfe die Pfote gehoben. Das Prinzip ist einfach: Ich koche Gerichte, die gerade neu auf der Karte sind oder es bald sein werden, und Louise sagt mir, was sie davon hält.

Früher haben wir das zu dritt gemacht. Heute ist der Dritte im Bunde etwas pelziger.

Ich bin also seit zwei Stunden in der Küche zugange, während Louise das Fellmonster krault und einen Zeichentrickfilm schaut. Die beiden haben sich in eine Decke gekuschelt. Ich bin erleichtert, dass Louise wieder ruhiger ist.

Alles ist im Ofen oder ruht im Kühlschrank. Das nutze ich, um Luna zu schreiben. Wir schicken uns so viele SMS, dass ich den Eindruck habe, an ihrem Alltag teilzuhaben und ihr einen Einblick in meinen zu gewähren. In Banales und Wesentliches. Ich habe mich noch nie mit einer Person des anderen Geschlechts so rege ausgetauscht, ohne sie auch täglich zu sehen. Kein Wunder, ich bin nun mal hundertprozentig monogam.

Doch es ist kein beklemmendes Gefühl. Ich schicke ihr ein Foto von Louises neuer Frisur, sie schickt mir eins von ihrer Katze Chanel. Laut Luna hat diese zwar keinen Stammbaum, dafür aber eine Bengalkatze im Blut. Ich überlege, ob Chanel Harold wohl gefallen würde, dann erinnere ich mich daran, dass er ein Kater ist. Da werde ich doch gar nicht erst damit anfangen, mich für seinen Frauengeschmack zu interessieren.

Ein Schlüssel dreht sich im Schloss.

Rachel kommt durch die Tür. Ich habe vergessen, ihr für heute abzusagen. Sie stellt ihre Sachen im Flur ab, begrüßt Louise, und ich bitte sie zu mir in die Küche. Ich fasse das Geschehen von heute zusammen und stelle fest, dass es sie genauso erschüttert wie mich. Mit der Zeit ist meine Tochter für sie wohl zu einer Art Familienmitglied geworden. Etwas in der Richtung jedenfalls.

»Wenn Sie Lust haben, können wir etwas trinken gehen, wenn Louise im Bett ist.«

Ich frage Rachel, ob sie etwas länger bleiben kann, sie sagt zu.

»Ok. Bei Bastille? In der Bar an der Ecke der Rue de la Roquette?«

»Super. Passt es Ihnen um 21 Uhr 30?«

»Ja. Bis nachher.«

Das Siezen gibt mir weiterhin ein Gefühl der Sicherheit.

*

Wir bestellen schon die vierte Runde unseres italienischen Weißweins und merken, dass es wohl schlauer gewesen wäre, gleich eine ganze Flasche zu nehmen. Luna schluckt ihre zigste Olive quasi ungekaut herunter und spricht weiter.

»Nein, ich bin wirklich viel spleeniger als Sie. Ich kann zum Beispiel nicht ohne Musik einschlafen. Das habe ich mir mit fünfzehn angewöhnt und seitdem immer beibehalten.«

»Ist das ein Scherz?«

Ich will ihr nicht sagen, dass ich das auch mache. Ich hatte damit aufgehört, weil Aurélia aus mir unerfindlichen Gründen zum Schlafen Stille brauchte. Aber seit das Schlafzimmer leer ist, habe ich wieder angefangen. So sind wenigstens meine Ohren mit Klang gefüllt.

»Nein, ehrlich. Sehen Sie, ich habe den Seltsamkeitswettbewerb gewonnen!«

Ich reagiere nicht. Lieber lasse ich ihr den Triumph, als die Wahrheit einzugestehen. Solche Gemeinsamkeiten sind sehr intim. Noch intimer, als wenn man sich duzt. Gemeinsamkeiten bauen Brücken zwischen Menschen, Herzen und Seelen. Man hält sie grundsätzlich für etwas Positives. Man meint, sie würden eine Geschichte erzählen. Oder eine weben.

Jetzt habe ich ein zweigeteiltes Bild im Kopf, wie im Film: Auf der einen Seite liegt Luna im Bett und hört Musik, auf der anderen Seite mache ich dasselbe. Das ist absurd. Ich möchte sie mir nicht in ihren Laken vorstellen.

Und wenn doch? Was tue ich dann hier? Welche Art der Beziehung knüpfen wir? Ich will überhaupt keine Beziehung. Oder doch? Eine neue Beziehung, aber ohne Etikett?

Ich weiß es nicht.

Entdeckte Gemeinsamkeiten trüben das Urteilsvermögen. Man glaubt, sich im Spiegel zu sehen, dabei sind es einfach nur zwei verschiedene Menschen, die alltägliche Gesten ausführen. Da muss man doch kein Fass aufmachen. Und auch keine Flasche. Es hat schon seinen Grund, warum wir bei Gläsern geblieben sind.

»Paul?«

»Entschuldigung, ich war in Gedanken.«

»Das habe ich gemerkt.«

Das Problem ist, dass die Gemeinsamkeiten mit Luna sich häufen. Wie ich kann sie einem nur ganz kurz in die Augen schauen. Sie bricht schnell aus dem optischen Käfig aus und lässt ihren Blick über den Tisch wandern, oder über die Leute, oder ins Leere. Wenn sie redet, fummelt sie häufig an irgendetwas herum. An einer Zigarettenschachtel, einem Feuerzeug, einem Stück Papier, einer Kerze, an den Fransen ihres Schals, ihren Ärmeln oder ihren Ringen. Und diesen Tick habe ich meinerseits sogar an Louise weitergegeben.

Außerdem erkenne ich in Luna meine Ängste wieder. Zum Beispiel eine Art Platzangst, wenn ein Fremder ihr zu nahekommt oder die eng stehenden Tische dicht besetzt sind. Sie braucht unbedingt den Schutz ihrer Blase um sich her.

Es bleibt die Frage, warum wir diese Blase an jenem Abend haben platzen lassen.

»Sie haben nie eine Zigarette angerührt?«

»Nein. Das hat mich als Teenager auch nicht mehr gereizt als heute.«

Wieder senkt sie den Blick und verschließt ihr Seelenfenster.

Ich mag keine Raucherinnen.

Aber Lunas Art, die Zigarette an den Mund zu führen, ist sehr anmutig. Ich finde sie fast schön, wenn sie raucht. Ich. Ich, der Tabakhasser.

Ich glaube, es wird Zeit, dass ich mit Gustave rede.

*

Ich rausche in die Rue de Turbigo, stelle hastig meinen Roller ab und renne zum Haus Nummer 54. Ich hasse es, zu spät zu kommen, und normalerweise passiert mir das höchstens absichtlich.

Exakt zur Zeit meines Termins erreiche ich die Praxis. Ich durchquere den langen Flur bis zum Wartezimmer, das natürlich überquillt. Mir wird klar, dass es unwahrscheinlich ist, dass man einen Arzt warten lässt, da Ärzte schließlich nie pünktlich sind. Warum habe ich mich bitte so beeilt?

Ich gehe zum Fenster, zum einzigen freien Platz. Und dort, an die Scheibe gelehnt, sitzt Luna. Eine vermummte Version von Luna, mit einer Stola, die sicher so groß ist wie sie selbst, aber es ist dennoch Luna.

»Was machen Sie denn bei meinem Arzt? Verfolgen Sie mich?«

»Sie meinen wohl, *Sie* sind bei *meinem* Arzt?«

Wir müssen grinsen. Es geht nicht anders. Die Situation ist einfach zu unwirklich.

»Ich hole ein Rezept ab.«

»Ich auch.«

Ich werde ihr nicht erzählen, dass ich wegen meines Xanax hier bin, das ist ja schließlich nicht gerade attraktiv. Ich nehme es nicht mehr jeden Tag, aber ich muss wissen, dass ich welches dahabe. Für den Fall der Fälle. So wie Ex-Raucher immer eine Schachtel in der Schublade haben.

Attraktiv. Das habe ich gedacht? Warum sollte ich attraktiv sein wollen?

»Für Xanax.«

Die Worte kommen von ganz allein raus.

»Bei mir ist es für Apranax, gegen die Rückenverspannungen, die – der Stress bei mir auslöst.«

Na, bitte, es geht schon wieder los. Die Namen der

Arzneimittel unterscheiden sich ein wenig, Ursprung und Ausdruck des Leidens auch. Aber das Prinzip ist ähnlich. Wir brauchen beide unsere Stütze.

Themenwechsel. Ich will da nicht näher drauf eingehen.

»Die Praxis ist aber ziemlich weit weg von Ihrem Boot.«

»Ja, aber es gibt so viele Ärzte, die keine neuen Patienten annehmen. Da bleibt man lieber denen treu, die einem bereits Einlass gewährt haben.«

»Ja, stimmt. Außerdem ist die Frau Doktor sehr effizient.«

»Und nett.«

»Monsieur Camara?«

»Ja. Guten Tag.«

Ich verlasse das Wartezimmer schnell und bin recht froh darüber. Irgendetwas stimmt nicht mit mir. Als ich so unverhofft auf Luna getroffen bin, hat es in meinem Bauch rumort. Dabei bin ich gar nicht krank.

17

Der Pelzige

Zwar sehe ich die lila Strähne jetzt schon seit Tagen, aber ich kann mich nicht daran gewöhnen. Sie ist absolut grässlich. Man könnte meinen, Louise hätte ihre Haare einem Einhorn in den Hintern gesteckt. Oder eine ihrer bescheuerten Feen hätte sie in der Nacht mit Pseudo-Feenstaub bestreut. Es ist einfach hässlich, und man kann es nicht schönreden. Ich hoffe inständig, dass sie nicht auf die Idee kommt, mich ihr anpassen zu wollen.

Doch mir ist bewusst, dass in diesem Fall die Ästhetik eine untergeordnete Rolle spielt. Diese Strähne hat Macht. Sie verschafft Louise eine Verschnaufpause in der Schule. Die anderen Mädchen, diese kleinen Biester, die ihr das Leben schwergemacht haben, finden sie jetzt cool. Tja, sie dürfen sich nicht die Haare färben. Louise darf. Das scheint einiges zu ändern.

Halleluja. Solange die Stylelköniginnen aus dem Fernsehen das nicht sehen, ist alles gut.

Louise verlässt mit Paul die Wohnung, und mir zieht es das Herz zusammen. *Verkatert* noch mal! Am liebsten würde ich sie in die Schule begleiten, um sicherzustellen, dass ihr nie wieder jemand etwas in die Haare klebt, dass sie niemand vom Tisch verjagt, wenn sie mal in der Schulmensa isst, dass man ihr keine Bilder mehr zerreißt und sich nicht mehr über ihre langen Beine lustig macht, weil sie an den zu niedrigen Tisch stoßen oder ihr das Purzelbaumschlagen erschweren.

Ist doch klar, dass man sich leichter zusammenrollen kann, wenn man gerade mal so groß ist wie drei Chihuahuas.

Als die Tür ins Schloss gefallen ist, versuche ich, Abstand zu gewinnen. Diese ganze Sache ist nicht gut für mich. Was, wenn sie mich nicht mehr lieb hat, wenn sie größer wird? Wenn sie dann plötzlich Kaninchen mag oder, noch schlimmer, Hunde? Lande ich dann bald wieder am Flughafen? Oder an einer Straßenecke? Oder im Kochtopf in Pauls Restaurant?

Ich muss schlank bleiben. Auf dünne Tiere hat niemand Appetit.

Um auf andere Gedanken zu kommen, hänge ich mich vor die Glotze. Wenn weder Putzfrau noch Nanny in der Nähe sind, kann ich nicht raus. Außerdem bleibe ich heute lieber im Warmen. Es gießt wie aus Eimern, und die verdammte Himmelspisse macht mein Fell stumpf.

Außerdem haben Henry, Alphonse und ich gestern angezogene Katzen getroffen. Das hat uns den Abend gründlich verdorben. Katzen in Kleidchen, wie ein Pudel oder Zwergspitz, um nicht von meinem schrecklichen Nachbarn zu sprechen. Der Gipfel der Lächerlichkeit. Es hat uns dermaßen empört, dass wir, um uns abzureagieren, beinahe fünfzig Nager vernichtet hätten. Und ein Dutzend fliegender Ratten noch dazu. Ich meine natürlich Tauben, keine Fledermäuse. Vor Vampiren habe ich Angst. Am Ende sind wir einfach jeder zu sich nach Hause gegangen, um diesen Affront zu verdauen. Der

Mensch hat schon lange begonnen, den Hund in ein sabberndes Kleinkind zu verwandeln, und nun will er die Katze zum Hund machen, der ja quasi ein Kind ist. Es sind schon harte Zeiten.

Ich lecke mich sauber und zappe von einem Sender zum nächsten. Zu dieser Zeit läuft nichts Brauchbares. Ich schalte auf die 8 und erstarre. Mit der Zunge zwischen den Ballen, die Gedanken an Louise und meinen Napf sind in weite Ferne gerückt. Ich richte mich auf und lausche. »Katzencafé«, sagen sie. Für einen Moment habe ich gedacht, sie hätten uns einen Vergnügungsort geschaffen. Aber nein. In allen Ecken dieses Gewölbes sitzen Katzen, jung und alt, schön und hässlich, reinrassig oder gemischt. Und Menschen zahlen dafür, sie zu streicheln und ein Weilchen mit ihrem Liebling zu verbringen.

Sie haben es gewagt, uns in einen Puff zu stecken!

Schock.

Ich starre auf den Fernseher und kann es nicht fassen. Die Katzen sind eingesperrt, sie werden gemästet, betatscht, bei ihrer Intimwäsche fotografiert, und das alles, um Mann oder Frau zu befriedigen.

Ich zappe weiter. Das kann ich mir nicht eine Sekunde länger anschauen. Sonst bekomme ich Albträume.

So sieht also die Hölle aus: Katzencafé.

Um den Flammen zu entkommen, klicke ich mich durch die Programme. François Hollande wird nicht kandidieren und hat seit dem letzten Wahlkampf zwanzig Kilo zugelegt, ein zigster Bauer in Not hat sich umgebracht, die opportunistische Tusse von den Republikanern glotzt dumm ihren neuen Schäferhund an, Taxifahrer und Privatchauffeure bekriegen sich weiterhin, und Fußballer jagen in ihren grässlichen Kniestrümpfen übers Feld. Heute ist wirklich nicht mein Tag.

Aus die Maus.

*

Louise schläft. Paul sitzt mit Gustave im Wohnzimmer, die Unterhaltung scheint ernst zu sein. Ich klettere auf Gustaves Schoß, ich brauche eine Krauleinheit. Und ich bin neugierig.

»Ich habe bisher nichts erzählt, weil ich nicht wusste, wie ich es dir sagen sollte.«

»Du hast mich belogen? Du hast ein Date vorgetäuscht? Du machst mich fertig, Mann.«

Gustave lacht so heftig los, dass seine Knie beben.

»Freut mich, dass du es so aufnimmst.«

»Erst nach der Brache wird ein Feld wieder fruchtbar.«

Der Kerl ist wirklich nie um Worte verlegen. Manchmal wäre ich gern sein Kater.

»Toller Spruch. Aber das ist noch nicht alles. Ich habe an dem Abend wirklich jemanden kennengelernt.«

»Bei deinen Freunden?«

»Nein, danach.«

Was ist das denn für eine Geschichte? Ich höre auf zu schnurren, ich muss mich konzentrieren. Paul erzählt, dass eine Frau weinend auf einer Treppe am Wasser saß und er sie fragte, ob sie Hilfe brauche. Er ist auch ein echt guter Kerl. Diese Leute versöhnen mich langsam mit dem Menschengeschlecht. Letztlich ist es wie bei den Tieren: Man muss gut sortieren. Wegen eines räudigen Schafes darf man nicht die ganze Herde aufgeben.

Sie haben sich zwischen zwei Schniefern kennengelernt, und seitdem schreiben und sehen sie sich regelmäßig. Je mehr Paul erzählt, desto verlegener wird er. So als habe er sich ungewollt auf etwas eingelassen, das ihm irgendwie gefällt, sosehr er sich auch sträubt.

Sie heißt Luna, hat gerade eine schwierige Phase durchgemacht und ist zu einer Art Vertrauten geworden. Aber, Vorsicht, sie siezen sich. Also nicht, dass da ein falscher Eindruck entsteht. Laut Paul tragen sie einfach einen ähnlichen Schmerz in sich und geben sich gegenseitig Halt. Ich wechsele auf Pauls Schoß.

»Ah. Verstehe. Das ist ein guter Anfang.«

»Ein Anfang von was?«

»Wer weiß? Stell dir nicht so viele Fragen. Tu einfach mal, wonach dir ist.«

»Das ist ja das Problem. Ich glaube, es ist nicht so klar.«

»Soll heißen?«

»Na ja, wir haben das nie geklärt. Aber wir schreiben uns jeden Tag. Das ist gefährlich. Bestimmt kommt sie auf dumme Gedanken.«

»Was denn für Gedanken?«

»Na, dass ich mehr will.«

»Siehst du, du bist zu verkopft. Lass das. Redest du gern mit ihr?«

»Ja, aber …«

»Dann mach weiter! Hast du ihr von Aurélia und Louise erzählt?«

»Ja.«

»Dann mach dir keine Sorgen. Wenn die Frau so drauf ist, wie du sie beschreibst, dann erwartet sie nichts von dir. Vielleicht schätzt sie einfach deine Gesellschaft.«

Paul sieht fast ein wenig enttäuscht aus. Ich glaube,

Gustave macht das mit Absicht. Verdammt, er hat es echt drauf.

»Ja. Wahrscheinlich hast du recht.«

*

Louise übernachtet bei ihren Großeltern, und Paul ist im Bad zugange. Wenn er ausgeht, muss ich den Abend schon wieder vor der Glotze verbringen. Ich brauche doch Bewegung.

Ich bringe Paul die Angel zum Spielen.

»Nicht jetzt, Harold. Ich bin noch nicht fertig.«

Womit denn fertig?

Ich versuche es noch einmal.

»Harold, was habe ich gerade gesagt? Mann, ich muss aufhören, mit dir zu reden. Du bist ein Kater. Ist dir langweilig? Ich hätte Luna sagen sollen, dass sie ihre Katze mitbringen kann.«

Wie bitte? Was ist los? Was für eine Katze? Und warum kommt diese Luna hierher?

Beim Gedanken an das Gespräch mit Gustave beruhige ich mich. Es verspricht, ein unterhaltsamer Abend zu werden. Genau genommen werde ich einen Film schauen. Aber nicht im Fernsehen, sondern in echt. Ich mache es mir auf dem Teppich bequem und warte.

Eine Viertelstunde später ist sie da. Erste Feststellung: Sie ist verdammt hübsch. Eine schöne Figur, Augenbrauen wie die Mädchen in den Model-Shows, gepflegte dunkelbraune Haare und blaue Augen. Vom Aussehen her hat sie meinen Segen. Sie passt zu Paul mit dem samtbraunen Haar und den grünen Augen. Sie hat Potenzial.

Paul schenkt Wein ein und stellt ein paar Verrinen dazu. Er hat immer fertige Sachen im Kühlschrank. Sehr praktisch. Schade, dass es nicht auch ein Fach für Katzen gibt. Aber weiter im Text.

Sie reden über Louise, sehr gut. Und dann über eine gewisse Chanel, mit der ich mich angeblich gut verstehen würde. Nach dem Katzenpuff sind wir jetzt bei Zwangsheirat angelangt. Na, wunderbar. Ich will Iris. Und basta.

Die beiden machen mich fertig. Erst reden sie über meine Zukunft in Liebesdingen, als sei ich gar nicht da, und dann übergehen sie mich bei ihrer Sushi-Bestellung. Danach diskutieren sie eine geschlagene halbe Stunde darüber, ob es in diesem Stadium nun angebracht sei, sich zu duzen oder nicht. Wie zwei Kinder, die in erwachsenen Körpern feststecken. Jetzt schauen sie einen Film, und Luna fasst ständig meinen Schwanz an. Sie bürstet ihn, zwar immerhin nicht gegen den Strich, aber ich hasse das. Caroline mochte es nicht, wenn man ihren Bauchnabel berührte, bei mir ist es eben der Schwanz. Man könnte meinen, dass Luna eben das nimmt, wo sie drankommt.

Da es heute alle darauf abgesehen haben, mich zum Objekt zu machen, begebe ich mich lieber zum Schlafen in Louises Bett. Beim Einschlafen denke ich diesen Satz, den ich leider nicht menschenverständlich aussprechen kann: *Weißt du, Paul, zusammen einen Film zu schauen, das ist das Vorspiel vom Vorspiel. Diese Geschichte wird in der Horizontalen enden.*

18

Paul

Mit der Zeit habe ich – ohne es zu merken – wieder Geschmack an Dingen gefunden, die ihren Reiz verloren hatten. Das ist gleichzeitig furchtbar und beruhigend. Mit dem zerrenden Fehlen, der Narbe, leben lernen und dann plötzlich feststellen: Ich hatte einen guten Tag. Ich habe herzlich gelacht. Ich habe mich vergnügt, ohne darüber nachzudenken und es mir zu untersagen.

Ich bin mir deshalb nicht böse. Ich glaube, sobald man sich zugesteht, dass es irgendwie weitergehen muss, ist das der gesündeste Weg.

Also genieße ich diesen schönen einvernehmlichen Vormittag mit Éric. Da meine Eltern Louise zur Schule gebracht haben, bin ich sehr früh aufgestanden. Éric und ich trafen uns im Restaurant, um die neuen Gerichte zu besprechen, die wir auf die Karte setzen wollen, und dann machten wir einen Großeinkauf bei METRO, dem Supermarkt für Gastronomen. Wir freuen uns beide diebisch, wenn wir Produkte einkaufen, mit denen wir dann unsere neuesten kulinarischen Ideen umsetzen. Die schöpferische Freiheit ist zweifellos einer der tollsten Aspekte unseres Berufs.

Éric hat ebenso viel Fantasie wie ich und ist ein wahrer Zauberer hinterm Herd. Er hat eine gute Portion Ego und Wagemut, aber nicht zu viel. Dass wir uns vor vier

Jahren begegnet sind, hat meiner Küche ein Stück mehr Seele verliehen. Es ist jetzt *unsere* Küche.

Er richtet den »Auberginenflan an Sonnenaromen« an, während Agathe sich um die Teller mit dem »Gurken-Räucherlachs-Carpaccio« kümmert. Zufrieden beobachte ich sie und bereite meinerseits unser neues »Trüffelrisotto mit Pistaziencreme« zu.

Ich fühle mich wohl. Darüber könnte ich fast meine Befürchtungen wegen heute Abend vergessen. Denn nach Beginn des Abendgeschäfts werde ich Éric die Zügel überlassen und mit Luna und Gustave essen gehen.

So ein »Du« führt wirklich zu schrecklich viel Vertrautheit.

*

Wir sind im *Hibou* im 6. Arrondissement verabredet. Ich nehme ein Uber, damit ich mir die Parkplatzsuche spare und nicht so auf den Alkoholkonsum achten muss. Im Radio läuft Ed Sheeran. Der Mann weiß, wie man mit Frauen spricht, trotz seiner roten Haare. Ich hatte noch nie Talent für Zuneigungsbekundungen, obwohl ich einen vorteilhaften Haar- und Hauttyp habe. Ich drücke meine Gefühle lieber durch Gesten aus, statt mich in Worten zu verheddern.

Ist es eine dieser Gesten, dass ich Luna Gustave vorstelle? Eine Geste von Bedeutung?

Ich bin kurz davor kehrtzumachen. Was würde Aurélia von all dem halten? Die Jahre vergehen, und ich höre ihre Stimme nicht mehr, rieche ihren Duft nicht mehr. Sie entfernt sich. Manchmal vergesse ich sogar zu überlegen, was sie an meiner Stelle täte. In den Windungen meines Gehirns und den Tiefen meines Herzens, wo sie immer noch weiterlebt, frage ich sie nicht mehr jedes Mal um Erlaubnis.

Paris zieht an mir vorbei, und ich weiß, dass diese Gedanken vor allem ein Schutzmechanismus sind. Ich suche nach einem Hintertürchen, weil ich zum ersten Mal seit drei Jahren wieder etwas empfinde.

Ich zwinge mich zu einem unbeschwerten Blick auf die Dinge. Ja, wir duzen uns jetzt. Ja, wir haben zusammen eine amerikanische Komödie angeschaut, um ein wenig abzuschalten. Ja, ich stelle ihr Gustave vor. Aber man kann unsere täglichen Nachrichten mit dem Mikroskop untersuchen, man wird keinerlei deplatzierte Botschaft finden. Das ist ein Pluspunkt. Außerdem ist sie Gustaves ehemalige Nachbarin, sie ist also keine Fremde. Vielleicht hat das Schicksal uns nur zusammengeführt, damit ich die beiden miteinander versöhne.

Ob es allerdings eine gute Idee war, Gustave nicht vorzuwarnen? Das ist eine andere Frage.

Er sitzt schon am Tisch, als ich ankomme, Luna trudelt gleichzeitig mit mir ein. Ich hole einmal tief Luft und stürze mich in diese kuriose Zusammenführung. Im schlimmsten Fall wird es lustig, hoffe ich.

Luna wirft mir einen ängstlichen Blick zu, doch Gustave begrüßt sie sofort, ohne irgendwelche Anzeichen des Erkennens. Ihre bisherigen Begegnungen waren schließlich immer nächtlicher Art, in seinem Fall vermutlich nicht wenig alkoholisiert, und außerdem sehr kurz. Man verbringt keine Ewigkeit mit Leuten, die einen wahlweise vom Schlafen oder vom Partymachen abhalten.

Und die Zeit löscht Gesichter aus. Es ist, als würden sie sich nicht kennen. Er befragt sie zu ihrem Beruf, sie antwortet und wird von Minute zu Minute entspannter. Ich begnüge mich vorerst mit der Rolle des Zuhörers. Dann fragt sie ihn nach seiner Saftbar aus, ihr Interesse scheint echt zu sein. Sie tasten sich aneinander heran.

Dann, als wir vor drei Gin Tonic sitzen, wendet sich das Gespräch Gustaves ständig blinkendem Smartphone zu. Es ist ebenso diskret wie er. Luna ist neugierig, und mit der ihm eigenen Schamlosigkeit zählt Gustave ihr die Vorteile von Dating-Apps auf. *Jede Benachrichtigung könnte ein Schritt zum nächsten Höhepunkt sein.* Luna scheint auf dem Gebiet so unerfahren zu sein wie ich. Anfangs finde ich das beruhigend, doch dann entwickelt sie einen extremen Wissensdurst.

Möchte sie ihm gefallen, bevor wir zur großen Enthüllung schreiten? Interessiert es sie wirklich? Oder will sie nur meine Reaktion darauf testen? Denn unter ihrem Panzer scheint ein frecher Schalk zu sitzen.

Ich gebe das Ratespiel auf und widme mich meinem Thunfischtatar.

»Darf ich mir mal angucken, wie Grindr funktioniert?«

»Es ist dasselbe Prinzip wie Tinder, nur für Homos. Hier, aber klick nicht auf die Nachrichten.«

»Natürlich nicht! Das käme mir nie in den Sinn.«

Es macht mich beinahe ein bisschen befangen, dass sie so schnell beim Du angelangt sind. Gustave lächelt mir zu, während Luna mit ihren blauen Augen in seine Privatsphäre eintaucht. Ich beobachte sie. Ihre Augenbrauen sind wirklich wunderschön. Extraordinär. Kurz überlege ich, ob sie sie wohl bürsten muss. Gleich darauf verspreche ich mir, sie niemals danach zu fragen. Sie würde mich für verrückt erklären.

»Der ist nicht übel, oder? Ist das dein Typ?«

»Nein. Nicht haarig genug. Ich bin gerade in einer Bär-Phase.«

»Ah ja?«

»Ja. Typen mit starker Behaarung und ausgeprägtem Bart finde ich geil. Das ist gerade in.«

Er testet ihre Grenzen aus, um sie einzuschätzen. Sie reagiert mit der Gleichgültigkeit von jemandem, den so leicht nichts schocken kann. Er wird sie mögen.

Ich kann es kaum noch abwarten, endlich die Katze aus dem Sack zu lassen. Hm, der Ausdruck würde Harold wohl nicht gefallen. Als Gustave zur Toilette geht, hole ich Lunas Einverständnis ein.

»Sagen wir es ihm, wenn er zurückkommt? Wir haben das Spiel weit genug getrieben, oder?«

»Und wenn er mich dann plötzlich hasst? Es läuft doch gerade so gut. Ehrlich gesagt, hatte ich etwas Schiss vor dieser Konfrontation, auch wenn ich nichts gesagt habe, und ich habe überhaupt nicht damit gerechnet, ihn zu mögen. Aber er ist witzig! Und irgendwie anders.«

»Ja, das …«

»Wir könnten es einfach sein lassen. Die Hauptsache ist doch, dass wir unseren Spaß hatten.«

»Nein, warum? Stell dir vor, er merkt es plötzlich, weil er sich an irgendwas erinnert. Dann stehen wir wie Lügner da.«

»Da hast du auch wieder recht.«

Gustave kommt über beide Ohren grinsend zurück, weil er die Nummer des Kellners in der Tasche hat. Der Kerl ist einfach unersättlich.

Ich wage den Sprung ins kalte Wasser.

»Erinnert dich Luna nicht an irgendwen?«

»Nein, warum? Sollte sie? Das heißt, ehrlich gesagt

ähnelst du tatsächlich jemandem, den ich kenne, aber ich komme absolut nicht drauf, wer es ist.«

»Das liegt daran, dass du ihr schon begegnet bist.«

»Wo?«

»Du erinnerst dich doch noch an deine alte Wohnung …«

»Ja, klar. Und?«

Luna sagt nichts, sie lächelt nur und lässt mich machen. Ich finde sie herzallerliebst. Es ist, als wolle sie, dass Gustave sich auf die Stimmung konzentriert, die sich gerade zwischen ihnen entwickelt hat.

»Nun, du hattest eine Nachbarin unter dir, der mehr daran lag, nachts zu schlafen, als dir.«

»Oh, verflixt! Ehrlich? Verdammt! Darauf wäre ich niemals gekommen. Du hast mit deinem Freund unter mir gewohnt. Aber deine Haare waren dunkler, oder? Und kürzer. Und wenn du vor meiner Tür standst, hattest du nie so schicke Kleider an.«

»Vermutlich hatte sie keine Lust, sich auch noch herauszuputzen, um dir – beziehungsweise uns – zu sagen, dass wir nicht so einen Lärm machen sollen!«

Mir wird bewusst, dass ich mich instinktiv auf Lunas Seite stelle. Was absurd ist, weil sie uns allen auf den Wecker fiel, die Schrulle aus dem dritten Stock. Aber inzwischen weiß ich, dass Luna nicht in die Schublade der Spielverderber gehört.

»Ja, stimmt, ich habe meine Frisur und meinen Stil ein wenig verändert. Und vor allem sahst du mich immer in Nachthemd oder Schlafanzug, mit zerrauften Haaren und überspannten Nerven.«

»Oh, Mann. Und du hast mir immer vorgeworfen, ich würde meine Blumen gießen und auf diese Weise deinen Balkon ruinieren. Aber ich hatte wirklich keine Blumen.«

»Wie, du hattest keine Blumen?«

»Nein, ehrlich nicht.«

Ich klinke mich ein.

»Vielleicht war es kein Wasser?«

Sie lachen. Sie sind schon über die Erinnerung hinweg. Ein Glück, denn ich möchte beide weiterhin sehen.

»Aber sie hat dich im Bett gehört. Und auf dem Klo …«

»Nein! Im Ernst?«

Luna bestätigt es. Dann fängt Gustaves Handy wieder zu blinken an.

»So, Kinders! Ich muss euch bald verlassen, ich habe ein Date. Aber diese Geschichte ist der Hammer. Die Welt ist wirklich klein.«

»Du gehst jetzt?«

»Ja. Dreht euch nicht um, aber da drüben schickt mir ein Kerl Blitze aus seinem Fenster, in einem der Häuser da.«

Prompt drehen wir uns um.

»Mann, ihr Loser!«

Es blitzt wirklich. Luna und ich sind beide irgendwo zwischen Fassungslosigkeit und Neugier gefangen.

»Na, bravo, jetzt hat er euch gesehen.«

»Und du gehst jetzt dahin und schläfst mit ihm?«, fragt Luna.

»Ja!«

»Aber du kennst ihn nicht?«

»Doch. Wir haben das vor zwei Jahren schon mal gemacht.«

Ich sag's ja. Einfach unersättlich.

*

Mein Uber wartet seit fünf Minuten, doch Luna gelingt es aus irgendeinem Grund nicht, eines zu bestellen.

»Es zeigt immer ›Error‹ an, komisch. Fahr los, ich winke mir ein Taxi ran.«

»Ich lasse dich doch nicht allein auf der Straße stehen.«

»Ich bin das gewöhnt, weißt du.«

Niedlich.

»Nein, komm! Ich setze dich zu Hause ab.«

»Wir müssen in entgegengesetzte Richtungen.«

»Ist doch egal. Steig ein.«

Sie fügt sich und klettert ins Auto. Der Fahrer ist zum Glück freundlich und geduldig.

Einige Augenblicke lang schweigen wir. Es ist das erste Mal, dass wir uns zusammen auf so engem Raum befinden.

Während Luna aus dem Fenster schaut, hat mein Bauch wieder was zu melden. Es nervt, aber es ist wohl so. Ich muss mich damit abfinden. Ich bin gern mit dieser Frau mit den dichten Augenbrauen zusammen. Sie stört mich nicht, wenn sie anruft oder mir schreibt. Ihre Anwesenheit ist nicht anstrengend. Ihr Lachen ist ansteckend. Ich fühle mich wohl in ihrer Nähe, egal ob physisch oder virtuell.

Dafür bin ich mir jetzt allerdings ein bisschen böse.

Nachdem wir gemeinsam ein Lied von Alain Bashung im Radio mitgesummt haben, kommen wir bei ihrem Hausboot an. Sie schnallt sich schnell ab, öffnet die Tür, dreht sich zu mir um und – haucht mir einen Kuss auf die Lippen. Es ist flüchtig, aber süß. Sie sagt nichts, ich auch nicht. Dann verschwindet sie hüpfend in ihrem Boot.

Mauds Kuss war länger, aber dieser war schöner.

Hach, was für ein schöner klarer Abend. Die Frau gefällt mir.

*

Louise isst eine Apfeltasche, das Fellmonster lauert auf herabfallende Krümel. Die lila Strähne zwirbelnd erzählt sie mir von ihrem Tag.

»Ella und Jessica haben heute mit mir gespielt. Seit der Sache mit dem Kaugummi reden sie nicht mehr mit Manon und Julia.«

»Sehr gut. Sie haben es nicht anders verdient. Freust du dich?«

»Ja. Es ist der Beweis, dass die Guten nicht immer nur im Film gewinnen.«

»Ich hatte da so eine Idee, mein Spatz. Ich habe eine Überraschung für dich.«

»Was für eine Überraschung?«

Sie verfolgt jede meiner Gesten, während ich im oberen Schrank krame, an den sie nicht drankommt.

»Hier, bitte.«

»Was ist das?«

»Mach auf.«

Sie öffnet den Umschlag und schaut mich mit großen Augen an.

»Eine Party?«

»Genau. Du kannst die Einladungen verteilen, an wen du willst. Nächsten Samstag gibst du dann eine tolle Party hier bei uns. Du wirst sehen, eine Party ändert alles. Man kann sehr beliebt werden, wenn man sie gut organisiert. Oder wenn man Eltern hat, die kochen können.«

»Bist du sicher, Papa? Und wenn niemand kommen will?«

»Vertrau mir. Ich backe mit Éric Kuchen, Gustave kümmert sich um die Musik, Rachel bietet Schmuckbasteln an und Véronique sorgt für Unterhaltung. Außerdem machen wir eine Piñata im Garten, und am Ende gibt es eine feenhafte Schatzsuche. Und du machst die Deko.«

»Wow! Du hast ja an alles gedacht!«

»Ja. Es wird großartig, glaub mir. Außerdem muss jeder etwas Lilafarbenes an sich haben, um eingelassen zu werden. Du hast da einen Riesenvorteil.«

»Danke, Papa. Du bist der beste Papa von der ganzen Welt!«

»Aber nur, weil du die allertollste Tochter bist.«

19

Der Pelzige

Als ich davon erfuhr, wollte ich es nicht wahrhaben. Ein wuselnder Haufen kleiner Menschlein, hier, in der Wohnung? Unmöglich. Ein verfrühter Aprilscherz. Niemand würde es wagen, mir einen solchen Albtraum zuzumuten. Ich beschloss, so zu tun, als sei es ein Witz. Schlimmer noch, ich hoffte, dass einfach kein Kind auftaucht, falls sie doch Ernst machen sollten.

Böser Kater. Ich mag Louise, aber mich mag ich eindeutig lieber.

Und dann war der besagte Samstag da. Es ist heute. Und die kleinen Mädchen vermehren sich wie energiegeladene Flöhe, die nach Tierblut lechzen.

Zu Hilfe! Bitte, verbindet mir die Augen. Rettet meinen Pelz. Ich verkrieche mich unter dem Sofa und beobachte, wie sie eine nach der anderen hereinströmen. Ein Junge ist auch dabei, doch der fällt zwischen den ganzen Mädchen kaum auf. Louise empfängt ihn freundlich und tut alles, damit er sich wohlfühlt, obwohl er gegen das Lila-Gebot verstoßen hat.

Ich würde ihn einerseits gern rausschmeißen, weil er sich nicht an die Regel gehalten hat und weil es dann immerhin ein Knirps weniger wäre. Andererseits bin ich ihm auch irgendwie dankbar. Das mit dieser furchtbaren Farbe muss endlich aufhören.

Durchtrieben, wie sie sind, fordern die Mädchen eine Strafe, aber Louise ist dagegen. Sie verkündet, Enzo sei ein Junge und dürfe zeigen, dass er anders ist.

Sie überrascht mich immer wieder.

*

Ich weiß nicht mehr, wo ich mich noch verstecken soll. Die Flöhe haben jeden verfügbaren Raum eingenommen, sie springen herum und kreischen. Ich fühle mich wie Simba, als er in die rasende Gnuherde gerät.

Saxo, bitte hol mich hier raus!

Eine notdürftige Zuflucht habe ich zwischen meinen Näpfen und dem Fernsehschrank gefunden, daneben gibt Gustave den DJ. Disney-Musik geht ja noch. Aber das Gesäusel der Teenie-Sängerinnen ist echt hart. Ich versuche, mit angelegten Ohren und extremem Buckel, meine Missbilligung zu zeigen, aber zwischen all den hüpfenden Menschlein bin ich wohl unsichtbar. Oder, genauer gesagt, die Großen nehmen mich nicht mehr wahr.

Ich halte mich bestmöglich von den grabbelnden Stummelfingern fern und lausche dem haarsträubend dummen Geplapper. In dem Film *Hilfe, Ferien!* hatte mich die Konfrontation von Kindern und Erwachsenen schließlich ganz gut unterhalten.

»Darf die Katze mit raus?«

»Nein, nicht während der Piñata.«

Immerhin, ein wenig Verstand ist den Menschen noch geblieben. Danke, Nanny.

»Warum lächeln Tiere nicht?«

»Labradore und Delfine lächeln.«

Dämliche Schnepfe.

»In deinem Restaurant gibt es aber keinen Spinat, oder?«

Paul antwortet nicht.

»Oder? Weil Spinat ist nämlich eklig. In der Schulmensa gibt es das immer. Aber ich esse es nie.«

Paul ringt sich ein winziges Lächeln ab, gibt aber immer noch keine Antwort.

»Also, kochst du Spinat oder nicht?«

Verkatert noch eins, warum müssen Kinder jede Frage immer zwanzigmal stellen? Das ist einer ihrer Fehler, der mich wahnsinnig macht. Wenn man ihnen nicht antwortet, dann heißt das, Herrgott noch mal, dass es einen nicht interessiert.

Kinder sind wie Papageien, aber in Hässlich. Denn, zugegeben, für Vögel sind Papageien recht ansehnlich.

Echo, immer wieder. Schrecklich. Sobald sie ein Wort lernen, meinen sie, es ständig irgendwo anbringen zu müssen, und meistens auch noch falsch. Wenn sie von den Großen einen interessanten Satz hören, merken sie ihn sich und plappern ihn ewig nach. Als wollten sie dem Gespräch eine persönliche Note verleihen.

Um Pingpong zu spielen, muss man mit dem Schläger umgehen können. Um als Katze unter Katzen aufzufallen, muss man flink und geschmeidig sein. Es gibt nichts Schlimmeres als eine steife, plumpe Katze. Das nennt sich dann »Hund«.

Und um an einer Unterhaltung teilzunehmen, muss man eben verstehen, was man sagt. Man kann sich nicht interessant machen wollen, wenn man nicht den entsprechenden Grips hat.

»Wie heißen Sie, Madame?«

»Véronique.«

»Véronique, ich habe eine Frage. Früher waren Fotos doch schwarz-weiß, oder?«

»Ja, das stimmt.«

»Aber war dann in echt auch alles in Schwarz-Weiß?«

»Nein, natürlich nicht. Das Leben war trotzdem in Farbe. Man hatte nur noch nicht die Technik, um das zu übertragen.«

Okay, das ist zu viel. Wie kann man denn so dämlich sein? Zum Glück wohne ich bei einem schlaueren Kind. Dadurch, dass Louise alle um einen Kopf überragt, ist sie wie der Schwan zwischen den Entlein. Sie wirkt selbstsicherer als sonst, sie imponiert, dabei schlotterten ihr vorhin noch die Knie. Sie hat sich alle Ratschläge von Paul, Gustave, Rachel und Véronique zu Herzen genommen und setzt sie gekonnt um. Ich bin stolz auf sie.

Ella hat gesagt, wie toll sie malen kann, und ihr Kleid finden alle wunderschön. Vom Programm ganz zu schweigen. Ich glaube, Paul hat sich mit dieser Sache als sehr guter Vater erwiesen.

*

Zwischen Piñata und Schatzsuche ist es mir gelungen, in den Garten zu schlüpfen. All meine Gedanken galten dem Zaunloch und der Straße dahinter. Bloß weg von der Insektenplage. Damit sie endlich nicht mehr versuchen, mich zu erwischen. Ich habe zugeschaut, wie sie Perlen auffädelten, über den Jungen lachten, und das appetitliche Essen völlig respektlos hinunterschlangen. Außerdem habe ich gehört, wie Enzo Gustave fragte, warum Männer als das »starke« und Frauen als das

»schwache Geschlecht« bezeichnet würden. Das ist immerhin keine ganz dumme Frage. Auch wenn ich natürlich stärker bin als jede Kätzin.

Danach beschloss ich, die Folter zu beenden. Louise geht es gut, jetzt bin ich an der Reihe, mich zu erholen. Und dafür brauche ich wirklich etwas ganz Besonderes.

In den letzten Tagen hatte ich nur eines im Sinn: Iris zu poppen. Seit unserer ersten Begegnung habe ich sie nur einmal wiedergesehen, aber da ging ich an der Leine. Also tat ich so, als kenne ich sie nicht.

Doch seitdem hat sie sich nicht mehr gezeigt. Weder vor dem Fischladen, den Henry, Alphonse und ich regelmäßig besuchen, noch in den Parks oder zwischen den Tischen und Stühlen der Restaurants. Sie ist eine Phantomkatze.

Wahrscheinlich ist ihre Realität durch den Alkohol vernebelt. Sie hat wohl weder dieselben Reflexe noch dieselben Gewohnheiten wie wir.

Aber ich gebe die Hoffnung nicht auf und laufe bis zur alten Blumenhändlerin. Heute wird es klappen. Ich mache es wie die Menschen mit ihrer absurden Theorie aus *The Secret*: Wenn man nur fest daran glaubt und sich nicht von seinem Ziel abbringen lässt, dann funktioniert es auch.

Und da ist sie! Ausgestreckt zwischen Rosen und Narzissen. Sie scheint zu schlafen, aber ich sehe, dass ihre Sinne nur im Dös-Modus sind. Wie gehe ich am besten vor? Im Allgemeinen sind Spielen, Tratschen oder Ignorieren gute Methoden, um die Neugier einer Katze zu wecken. Beziehungsweise, um Lust knistern zu lassen.

Aber Iris ist nicht wie andere Kätzinnen, das sieht man sofort. Sie hat Erfahrung. Sie ist älter als ich. Irgendetwas sagt mir, dass man sie direkt und ohne Umschweife anpacken muss, aber mit der richtigen Dosis Kühnheit. Mit Elan. Man muss sie überraschen.

Auf geht's!

Eine Stunde später bin ich befriedigt, aber gleichzeitig auch von mir selbst enttäuscht. Ich habe sie eingewickelt, wir gingen ein Stück spazieren, und dann, auf einem verlockenden Fleckchen Grün, habe ich sie spontan genommen. Sie ließ es geschehen.

Bis dahin lief alles bestens. Das Problem ist: Ich bin zu früh gekommen. Sie wird sich nie wieder mit mir abgeben.

20

Paul

Nach dem Mittagsservice bin ich ziemlich gereizt. Ich würde mich heute Nachmittag gern irgendwie abreagieren. Ich hasse es, im Autopilot-Modus zu kochen, dennoch habe ich das den Vormittag lang getan. Weil ich nur noch an Luna denke, und an den Kuss. In dem Moment hatte ich es als angenehm empfunden. Also gar nicht als kompliziert. Fast als natürlich. Doch seitdem macht es mich kirre.

Was ist der nächste Schritt? Sich wieder küssen, sich liebkosen, und schließlich miteinander schlafen? Ein Paar werden?

Gustave sagt, ich denke wie ein Weichei. Er übertreibt, aber klar, wenn man nur eine Frau geliebt hat, wenn man Körper und Herz über Jahre nur einer einzigen gewidmet hat, ist man nicht so ein Tier wie manch anderer Mann. Man ist nicht dauerheiß und immer auf der Jagd.

Ich bin ein Kopfmensch. Das mindert nicht meine Männlichkeit, sondern macht mich einfach etwas – besonnener. Dieses Konzept jemandem zu erklären, der vögeln geht, nachdem man ihm dreimal durch ein Fenster zugeblinkt hat, ist natürlich unmöglich.

Ich habe Luna weniger geschrieben und ihr gestern und heute sogar überhaupt nicht geantwortet. Sie macht keinen Druck, und mir tut es doppelt leid. Ich fühle mich einerseits schuldig, weil ich mich ihr gegenüber so verhalte, und andererseits, weil ich Aurélia in gewisser Weise hintergehe.

Meine Freunde meinen, man könne die Menschen, die uns verlassen haben, nicht hintergehen, indem man weiterlebt. Aber das ist leichter gesagt als getan.

Die beiden Bilder lassen sich einfach nicht vereinen. Wie soll ich genug Raum finden? Wie kann ich verhindern, in beiden Fällen ein Arsch zu sein? Wie kann ich eine neue Frau in mein Herz einlassen, Aurélia beiseiteschieben und die neue Frau zwingen, sich auf einem Terrain niederzulassen, das bereits teilweise besetzt ist? Das ist ungerecht. Für die beiden und für mich.

Aber dass ich mich überhaupt in diesem Zustand befinde, heißt auch, dass Luna mir fehlt.

Hach, ist das alles verzwickt.

Ich muss unbedingt joggen gehen. Ich muss mich auspowern, den Kopf freikriegen. Ich würde sogar das Fellmonster mitnehmen und mit ihm gemeinsam über den Asphalt jagen. Seit dem Wochenende wirkt er genauso neben der Spur wie ich. Er geht nicht mehr raus und pennt die ganze Zeit. Mir scheint, er verweigert sogar seine Brekkies.

Kann man mit einer Katze joggen? Haben Katzen Liebeskummer? Jetzt drehe ich schon völlig am Rad.

Ich packe meine Sachen zusammen, springe auf den Motorroller und bedaure, dass ich das mit den joggenden Katzen nicht gleich testen kann.

Als verantwortungsbewusster Vater habe ich andere Prioritäten. Ich muss bei Louises Schule vorbei.

Die Direktorin hat mich wieder einbestellt, aber vorhin am Telefon wollte man mir nicht sagen, warum. Es hieß nur, es gebe keinen Grund zu Beunruhigung, es gehe nicht um so eine Sache wie letztes Mal.

Ich habe die Nase voll.

*

Die Klassenlehrerin wirft mir einen gönnerhaften Blick zu, das mag ich nicht. Diese Woche sollte man mich lieber nicht reizen.

»Guten Tag, Monsieur Camara, setzen Sie sich.«

»Guten Tag, Madame Speter. Ist Louise gar nicht hier?«

»Nein, sie ist auf dem Hof. Sie spielt mit ihren Freundinnen *Himmel und Hölle*, was selten vorkommt.«

»Aha. Worum geht es denn? Ich kann ja bald ein Zelt in Ihrem Büro aufschlagen, wenn das so weitergeht.«

Keiner lacht. Warum haben Lehrer so wenig Humor? Selbst Sterneköche sind nicht so verkrampft.

»Ich habe Sie heute hergebeten, weil wir festgestellt haben, dass Louise sehr … Wie soll ich sagen? Sie ist eine Eigenbrötlerin. Sowohl im Unterricht als auch in den Pausen. Zunächst gingen wir davon aus, sie sei einfach ein zurückhaltendes Kind und ihr Verhalten sei ihrem Trauma geschuldet.«

»Ich weiß nicht, worauf Sie hinauswollen. Was ist passiert?«

Schon verliere ich die Geduld.

»Gar nichts, Monsieur Camara. Wir haben nur festgestellt, dass Louise …«

»Anders ist als andere Kinder? Ja, das ist mir bewusst. Ein ungewöhnliches Mädchen, das gern alleine ist. Das kommt vor, oder? In ihr steckt eine Künstlerin, das ist alles.«

Ich bin so angespannt, dass ich ihr sicher gleich an die Gurgel gehe. Ich muss mich beruhigen.

»Monsieur Camara, kommen wir zum Punkt: Ihre Tochter ist frühreif und hochbegabt.«

»Hochbegabt?«

»Ja. Wir wollten erst sicher sein, bevor wir Sie informieren, aber den Gedanken hegen wir schon seit längerer Zeit. Sie ist neugierig, kennt die Antworten, stellt aber auch Fragen, Wiederholungen strengen sie an, sie neigt dazu, Ergebnisse ohne den für sie selbstverständlichen Lösungsweg zu präsentieren. Sie zeigt Anzeichen von Langeweile, ist oft mit den Gedanken woanders, aber nie in Gedanken verloren. Sie wirkt selten konzentriert, dennoch hat sie gute Noten. Louise weist wirklich alle Eigenschaften eines hochbegabten Kindes auf.«

Da ich nicht reagiere, spricht sie weiter.

»Außerdem ist sie sehr selbstkritisch, was für frühreife Kinder typisch ist. Ihre Bilder zeugen von großer Kreativität, und sie hat eine Vorliebe für komplexe Zusammenhänge. Als letzter Faktor wäre zu nennen, dass sie offensichtlich die Gesellschaft von Erwachsenen vorzieht. Das spüren die anderen Kinder. Wir haben seit Beginn dieses Schuljahres vermehrt beobachtet, dass sie das Gespräch mit den Lehrerinnen, dem Aufsichtspersonal und allgemein allen älteren Personen sucht.«

Ist das eine gute oder eine schlechte Nachricht? Mit so einer Offenbarung und Diagnose habe ich nicht gerechnet. Ich möchte nicht, dass Louise in eine Schublade gesteckt wird. Sie ist einzigartig, und Punkt. Aber ich versuche, mich zu beherrschen, denn die beiden Frauen verhalten sich sehr professionell.

»Ich weiß nicht, was ich sagen soll. Ist das ein Grund zur Freude oder zur Sorge?«

»Weder noch. Sie müssen die Information erst einmal verdauen, dann können Sie über eine Lösung nachdenken.«

»Was für eine Lösung?«

»Nun, die, die Ihnen angebracht erscheint. Sie können zum Beispiel in einem Hochbegabten-Zentrum Louises Intelligenzquotienten bestimmen lassen. Dafür gibt es verschiedene Tests. Und wir könnten überlegen, ob sie nächstes Jahr eine Klasse überspringt.«

»Äh, Moment. So etwas möchte ich ihr nicht antun. Sie hat so schon Probleme, sich zu integrieren. Seit dem Vorfall vom letzten Mal scheinen sich die Wogen gerade wieder etwas zu glätten. Ich möchte sie nicht durcheinanderbringen.«

»Das verstehe ich sehr gut. Diese Entscheidungen liegen ganz allein bei Ihnen, Monsieur Camara. Unsere Rolle besteht lediglich darin, Sie über unsere Eindrücke und unsere Erfahrung zu informieren.«

»Mir ist auch aufgefallen, dass Louise für ihr Alter sehr aufgeweckt und reif ist. Aber ich wusste nicht, dass man ihr deshalb ein Etikett verpassen muss.«

»Es geht nicht darum, ihr ein Etikett anzuheften, sondern darum, ihr zu helfen, damit sie sich in ihrem Umfeld möglichst wohlfühlt.«

»Hm.«

»Denken Sie in Ruhe darüber nach. Ich halte mich für einen weiteren Termin zur Verfügung. Sagen wir, in einem Monat?«

»Einverstanden.«

Am liebsten möchte ich mir meine Prinzessin schnappen und mich mit ihr zu Hause verkriechen, wo jeder sein kann, wie er ist, ohne dass man ihn gleich analysiert. Bestimmt meinen sie es nur gut, und es ist eben ihr Beruf, auf solche Dinge zu achten. Aber es ärgert mich trotzdem.

Ob ich mich schuldig fühle, weil Fremde in Louise besondere Fähigkeiten wahrnehmen, die ich nicht als solche erkannt habe?

Wahrscheinlich.

Ob ich mir wünsche, dass Aurélia da wäre, um meine Hand zu halten und mir zu sagen, wie ich am besten reagieren soll?

Und wie.

*

Louise liegt mit dem Kater auf dem Bett und zeichnet. Ich tigere durch die Wohnung und kann mich nicht dazu durchringen, irgendjemanden anzurufen. Rachel kommt gleich, und ich muss dann zurück ins Restaurant. Jetzt wäre also der richtige Zeitpunkt, mir alles von der Seele zu reden. Doch ich schaffe es nicht. Ich laufe hin und her und vor und zurück. Ich trete auf der Stelle, und mein Schädel brummt.

Soll ich vielleicht meine oder Aurélias Eltern anrufen? Nein. Ich möchte sie nicht beunruhigen, vor allem für den Fall, dass ich beschließe, nichts an Louises Leben zu ändern und sie sich »normal« entwickeln zu lassen. Sie haben so schon genug Sorgen und neigen leider dazu, sich schrecklich viele Gedanken zu machen. Und Clémence ist sogar noch schlimmer.

Gustave? Ich weiß schon, was er sagen würde. »Du musst sie pushen, ihr Flügel verleihen.« Er würde alles vorwegnehmen und mich um eine eigene Einschätzung der Situation bringen.

Rachel ist ein bisschen zu jung, um die Sache mit dem nötigen Abstand zu betrachten.

Und meine Küchencrew möchte ich nicht in diese Familienangelegenheit hineinziehen.

Ja, es gibt eben nur eine Person, mit der ich jetzt gerne reden würde. Die, die nicht urteilen, aber sich alles anhören wird. Die, die sanft, verständig und maßvoll reagieren wird. Die, die es auf unerklärliche Weise schaffen wird, mir die Antwort zu zeigen, die ich bereits in mir trage. Sie wird das Chaos entwirren und mich mit einem Witz oder einem gewollt gewagten Vergleich zum Lachen bringen.

Luna.

In den letzten Wochen ist es mir derart zur Gewohnheit geworden, ihr alles zu erzählen, dass ich jetzt den Reflex habe, mit ihr reden zu wollen.

Aber ich kann jetzt nicht einfach so angepoltert kommen, nachdem ich mich zwei Tage lang nicht gemeldet habe. Das wäre unhöflich und egoistisch. Ich möchte eine Last bei ihr abladen und lasse völlig außer Acht, dass sie ja vielleicht auch das Bedürfnis hatte, etwas loszuwerden, während ich den Kopf in den Sand gesteckt habe.

Ich zögere.

Ich mache zwanzig Liegestütze. Das hilft mir manchmal bei der Entscheidungsfindung.

Außer Atem, aber nach wie vor unentschlossen, beginne ich von vorn. So findet Rachel mich auf dem Bauch liegend vor, als sie kommt, und muss mich natürlich darauf hinweisen, wie spät es bereits ist.

Mist.

*

»Liebe Luna, es tut mir leid, dass ich nichts von mir habe hören lassen in den letzten Tagen. Ich möchte dir das gern erklären, aber nicht schriftlich. Hättest du morgen Zeit, mit mir zu Abend zu essen? Danke. Küsschen.«

Nachdem ich die SMS abgeschickt habe, rattern die Fragen in meinem Kopf, in dem es heißer kocht als in meinen Töpfen.

Bin ich fähig, eine neue Beziehung einzugehen? Was hat Tisch 28 noch gleich bestellt? Kann ich mich wirklich in Luna verlieben? Habe ich das Gratin vor fünf oder vor zehn Minuten in den Ofen geschoben? Wie soll ich jemals mit jemand anderem schlafen? Vor Aurélia habe ich nur ein anderes Mädchen berührt, und meine Frau kannte mich dann in- und auswendig. Wir hatten eine sehr zärtliche Beziehung und ein Sexleben ohne Tabus. Wenn wir uns liebten, war das eine Explosion der Leidenschaft. Wahrscheinlich kam es mir deshalb nie auch nur ansatzweise in den Sinn, mich anderweitig umzuschauen. Und, verdammt, wie kann ich es überhaupt wagen, mir diese Frage zu stellen? Man kann und man sollte mit zwei verschiedenen Menschen nicht dasselbe erleben.

Wenn Luna mir antwortet, wenn ich sie küsse und weitere Küsse folgen, wird sie mehr wollen. Aber ich bin völlig eingerostet.

»Tom, machst du bitte das Lachstatar?«

»Haben wir heute nicht Thunfisch, Chef?«

»Doch, natürlich.«

»Ich würde sehr gern morgen Abend mit dir essen.«

Die Antwort ist knapp, aber, ein Glück, positiv. Es wurde Zeit, dass sie sich meldet, damit ich mich endlich auf das Kochen konzentrieren kann.

»Vorsicht! Heiß und fettig.«

*

Wir sind im *Camélia* verabredet, dem Sternerestaurant vom Hotel *Mandarin Oriental*. Wenn wir schon auf mehreren Gebieten harte Nüsse zu knacken haben, können wir dabei wenigstens unsere Gaumen verwöhnen. Thierry Marx vertraue ich blind. Sein Talent verdient es, sich an diesem prestigeträchtigen Ort zu entfalten.

Ich setze mich auf die Terrasse und genieße das Dekor. Die Mischung aus Holz, Weißtönen und frischem Grün mitten in Paris hat immer eine beruhigende Wirkung auf mich. Hoffentlich gefällt Luna diese kleine Oase genauso gut wie mir.

Ich studiere die Karte und zwinge mich, nicht ständig auf die Uhr zu schauen. Normalerweise ist sie sehr pünktlich. Ich vertreibe den Gedanken, dass sie ihre Meinung geändert hat, ohne mir Bescheid zu geben.

Stattdessen konzentriere ich mich auf das, was ich ihr sagen möchte, und erstelle innerlich einen Gesprächsplan, wie ein nervöser Student vor einer mündlichen Prüfung. Dabei lasse ich mich eigentlich nicht so leicht stressen, sonst hätte ich einen anderen Beruf gewählt. Unter Druck zu arbeiten lässt mich über mich hinauswachsen. Hindernisse fürchte ich nicht, da das in keiner Weise dabei hilft, ihnen auszuweichen.

Doch diese Begegnung, diese Geschichte und diese Frau treiben meinen Puls in die Höhe. Nur Menschen, die mir wichtig sind, können mich zu irrationalem Verhalten verleiten.

Eine Dreiviertelstunde später bin ich ernstlich besorgt. Ich rufe sie an, auf die Gefahr hin, die brutale Wahrheit zu hören.

Keine Antwort. Es klingelt nicht mal. Sofort die Mailbox.

Die nächste Viertelstunde verbringe ich damit, eine Entscheidung zu fällen. Soll ich nach Hause gehen? Oder noch ein Glas Wein bestellen und weiter warten? Oder zu ihrem Boot fahren und eine Erklärung verlangen?

Schließlich siegt die letzte Option über die beiden anderen.

*

Ich stelle meinen Roller auf dem Bürgersteig ab, wohl wissend, dass das verboten ist, und springe die berühmte Treppe unserer ersten Begegnung hinunter.

Es brennt Licht, das ist ein gutes Zeichen. Ich will jetzt dieses Gespräch führen, egal, wie es ausgeht. Als ich an Bord gehe, wundere ich mich, dass das Törchen nicht geschlossen ist. Dahinter präsentiert sich mir ein Schlachtfeld.

»Luna? Bist du da?«

Kein Echo, keine Antwort.

Auf dem Boden ist Kleidung verstreut, und zwei zerborstene Stühle liegen in einem großen Durcheinander. Scheiße, was ist hier passiert?

Als ich gerade zum Handy greife, um die Polizei zu verständigen, unterbricht mich eine Stimme: »Was ist das denn für ein Chaos? Wer sind Sie?«

»Ich heiße Paul, ich suche Luna.«

»Sollte sie nicht längst bei Ihnen sein? Ich bin Apolline, eine von Lunas Mitbewohnerinnen. Was ist hier los?«

»Keine Ahnung. Ich bin gerade erst gekommen, weil Luna nicht zu unserer Verabredung aufgetaucht ist.«

»Bei uns wurde eingebrochen? So eine Scheiße! Und, wenn Luna nicht bei Ihnen ist, wo ist sie dann?«

21

Der Pelzige

Seit dem peinlichen Vorfall war ich nicht mehr draußen. Ich konnte keine Pfote vor die Tür setzen. Ich fühlte mich gar nicht mehr wie eine Katze. Oder jedenfalls nicht mehr wie ein richtiger Kater.

Nach drei Minuten zu kommen, das ist etwas für Chihuahuas.

Aber dann, nachdem ich gesehen habe, wie Ana Christian in *Fifty Shades of Grey* viel Schlimmeres verzeiht – Gustave hatte Paul zu dem Film gezwungen –, habe ich nachgedacht. Heute beschloss ich, dass immer noch alles möglich ist. Also marschierte ich mit erhobenem Schwanz und straffen Schultern zum Blumenladen. Iris war gerade mit ihrer Toilette beschäftigt, unterbrach sich aber, als sie mich sah.

Ich war auf eine Abreibung gefasst, doch stattdessen strich mir Iris um den Bart, als wolle sie mehr. Da wurde mir klar, dass sie auf schnelle Nummern steht und dass langsames Rein-Raus gar nicht ihr Ding ist.

Da wurde es plötzlich wieder hell um mich. Und wir machten es noch einmal.

Es war geil, wie vulgäre Menschen sagen würden.

Diese Kätzin ist eine Löwin. Und ich bin ihr Löwe.

*

Louise ist heute Abend richtig in Fahrt. Sie kritzelt in ihr Heft und breitet dabei ihr Leben vor mir aus. Zum Glück bin ich es gewöhnt, ihr stundenlang zuzuhören, und da sie von einem Thema zum anderen springt, kommt auch keine Langeweile auf.

»Dann hat Jessica zu Ella gesagt, ich solle ein Bild von ihnen malen. Aber ich glaube, das kann ich noch nicht. Außer vielleicht mit einem Foto. Ich habe Angst, dass sie mich nicht mehr mögen, wenn ich es verpatze, verstehst du, Katerchen? Dann haben wir Gummitwist gespielt. Diesmal habe ich mich gar nicht verheddert, da war ich froh. Enzo hat sogar geklatscht. Manon und Julia standen doof in der Ecke rum. Jetzt schauen nicht mehr alle nur auf sie. Wir dürfen schließlich auch existieren.«

Da ich meine Zustimmung nicht anders ausdrücken kann, stupse ich sie mit dem Kopf an.

Manchmal würde ich sie gern mit in meine Welt nehmen. Ihr zeigen, was ich ihr nicht sagen kann. Mit ihr auf allen vieren das Universum der Katzen erkunden. Ihr Iris vorstellen.

Verdammt, sie haben mich in einen Softie verwandelt! Diese Gefühlsduselei geht ja gar nicht.

22

Paul

»Lass mich das machen, Chef, und du machst mal Pause. Sonst schneidest du dir noch einen Finger ab.«

Damit hat Denis nicht unrecht. Ich hacke so wild mit dem Messer herum, dass ich sicher am Ende meine Hand mit der Möhre verwechsele.

»Soll ich dir einen Kaffee machen?«, fragt Éric.

»Warum nicht. Wie spät ist es?«

»11 Uhr 30. Wir haben dicke Zeit dafür. Dann erzählst du mir, was vorgestern Abend genau passiert ist. Seitdem läufst du nämlich rum wie ein Zombie.«

Im Restaurant habe ich nur Éric und Véronique von Luna erzählt. Aber ich bin noch nicht dazu gekommen, sie über die Details der letzten Ereignisse aufzuklären. Sie wissen, dass Luna nicht zum *Camélia* kam, dass ihr Hausboot verwüstet wurde und ich nicht wusste, wo sie steckt … Aber es ist alles noch viel komplizierter.

Man hätte denken können, dass sie es sich einfach anders überlegt hatte, ausgegangen war, und dass in ihrer Abwesenheit jemand bei ihr eingebrochen war.

Weit gefehlt.

Nachdem Apolline und ich an Deck aufeinandergetroffen waren, riefen wir die Polizei und setzten uns zum Warten nach drinnen. Sie stand unter Schock, ich war in größter Sorge. Wir tranken nicht, wir aßen nicht, wir sprachen kaum. Wir waren in einen lethargischen Sog geraten. Nach langen Minuten des Schweigens hatten wir nur konstatiert, dass das Wohnzimmer ziemlich ordentlich aussah. Drei Zigaretten später raffte Apolline sich zusammen und sah nach, ob von ihren Sachen irgendetwas fehlte.

Es war alles da.

Also doch kein Einbruch? Wie erklärte sich dann das Durcheinander an Deck? Hatte es einen Streit zwischen Luna und ihrer anderen Mitbewohnerin gegeben?

»Völlig ausgeschlossen«, meinte Apolline dazu. Luna und Rose verstehen sich sehr gut.

Was war dann passiert?

Als diese Frage sich gerade zu einem unerträglich beunruhigenden Knoten verdichtet hatte, kam Luna angestürzt. Sie war außer Atem, ihre Klamotten waren zerrissen, die Haare völlig zerzaust und die Augen rot und geschwollen.

Sie warf sich in meine Arme und weinte eine gefühlte Ewigkeit, bevor sie ihre ersten Worte hervorbrachte.

Apolline nahm ihre Hand und rief: »Scheiße, sag nicht, dass er das war! Wieso bin ich nicht darauf gekommen? Die Polizei ist gleich hier. Hat er dir wehgetan?«

»Nein, keine Polizei. Bitte. Ich kann das jetzt nicht.«

Wir versuchten, sie zu überzeugen, aber Lunas Widerstand war stärker. Wir riefen wieder beim Kommissariat an und meldeten, dass doch nicht eingebrochen wurde und die vermisste Person wiederaufgetaucht war.

Nach und nach verstand ich, dass Luna von ihrem Ex Erwann angegriffen worden war. Dem Typen mit der Persönlichkeitsstörung, den ich schlicht und einfach »verrückt« nennen würde.

Er war unangemeldet bei ihr aufgetaucht, als sie sich gerade für unsere Verabredung fertig machte. Irgendwie hatte er also ihre neue Adresse herausgefunden. Zunächst bombardierte er sie mit Fragen zu ihrem sexy Outfit und ihrem Date, doch sie weigerte sich zu antworten. Da wurde er so wütend, dass er ihr Handy in die Seine warf und verkündete, er sei gekommen, um sie mit zum Flughafen zu nehmen. Für seinen Job gehe er für ein halbes Jahr in die Schweiz, und eigentlich habe er sie bitten wollen, ihn zu begleiten. Aber da sie so reagiere, nehme er sie nun mit, ob sie wolle oder nicht, denn dieses Theater habe lange genug gedauert. Im Grunde wisse sie schließlich genau, dass sie ihm gehöre. Luna sagte natürlich, dass das nicht infrage käme. Genauso wenig wie die Wiederaufnahme ihrer Beziehung, es sei Zeit, dass er das verstehe. Seine Wut steigerte sich zur Raserei. Er warf Dinge durch die Gegend und riss an Lunas Kleidung. Fasste sie an, sprach von ihren Brüsten, die niemals ein Kind nähren würden, ihn aber dennoch geil machten. Er befahl ihr, ihren Koffer zu packen. Je mehr sie sich widersetzte, desto frenetischer wiederholte er, sie würde ihn gleich wirklich rasend machen. Als ob er das nicht schon wäre.

Allein beim Gedanken an diese Szene wird mir übel. Luna hat Verstand und einen starken Charakter, aber wenn jemand so lange psychische und körperliche Macht über einen ausgeübt hat, steht man ihm häufig hilflos gegenüber. Wäre ich da gewesen, ich hätte ihn plattgemacht. Hätte ich Luna doch nur angeboten, sie abzuholen …

Er hatte sie dann mit Gewalt gezwungen, ihm zu einem Taxi zu folgen, dessen Fahrer geduldig gewartet hatte. Ich glaube, sie wehrte sich nicht mehr, um sich nicht zu verletzen. Und um über einen Ausweg nachdenken zu können.

Wie kann man so wenig Selbstachtung haben? Luna während der Jahre ihrer Beziehung kleinzumachen war ihm nicht genug. Er muss sie immer noch weiter belästigen.

Als sie losgefahren waren, wartete Luna auf eine rote Ampel, sprang aus dem Auto und rannte los, bis sie nicht mehr konnte und auf einer Bank zusammenbrach. Als sie wieder zur Besinnung gekommen war, ging sie nach Hause. Gedemütigt und zutiefst erschüttert.

Während ich Éric die Geschichte in groben Zügen erzähle, kocht die Wut in mir. Bestimmt ist der Kerl seelenruhig in seinen Flieger gestiegen, nachdem er Luna zum wiederholten Male fertiggemacht hat. Wie eine Katze, die eine Maus loslässt, wenn sie genug mit ihr gespielt hat.

Aber Luna ist keine Maus, und ich fühle mich durchaus in der Lage, eine Katze zu verschlingen.

In der schlaflosen Nacht, die folgte, erfuhr ich einiges über diesen Gestörten, wir tranken ein paar Gläser zur Beruhigung und räumten dann auf dem Boot auf. Am Morgen blieben Apolline und Rose zum Aufpassen dort, während ich Luna zur Polizei begleitete, um Anzeige zu erstatten. Letztlich entschied sie sich gegen eine Anzeige und gab die Ereignisse nur zu Protokoll, ohne dass Erwann davon in Kenntnis gesetzt wird. Sie ist überzeugt, dass alles andere nur Öl ins Feuer gießen würde. Danach brachte ich sie und ihre Katze zu ihren Eltern.

Am liebsten hätte ich sie gar nicht mehr losgelassen. Die Frage ist nicht mehr, ob wir uns wieder küssen werden. Sie lautet jetzt: Wie kann ich sie vor diesem Irren beschützen? Wenn man solche Angst um jemanden hat, ist klar, dass bereits ziemlich tiefe Gefühle vorhanden sind.

*

»Wie geht es dir heute? Ich denke an dich.«

»Schon gleich viel besser. Dein Gedanke = mein erstes Lächeln. Es ist schwierig, mit 31 wieder bei den Eltern zu wohnen. Sie machen sich Sorgen wegen meiner Schlaflosigkeit, meine Mutter macht mir Frühstück, und mein Vater fragt, um wie viel Uhr ich gedenke, nach Hause zu kommen. Anstrengend.«

»Komisch, aber auch irgendwie schön, oder? Die Familie bietet einem in jedem Alter Geborgenheit. Also, glaube ich.«

»Du hast recht. Die Narben verschwinden davon nicht, aber immerhin werden offene Wunden verbunden.«

»Sollen wir das Essen im Camélia *nachholen? Es wartet noch ein Gespräch auf uns.«*

»Morgen Abend?«

»Ist notiert. Bis dahin bedecke deine Narben mit Lächeln. Ich werde ganz viel an dich denken. Kuss.«

»Ich freue mich. Du bist wirklich die Sanftheit in Person.«

»Sagt die sanfteste Frau der Welt.«

*

Lunas Schönheit lässt mich die wundervolle Umgebung vergessen. Sie überstrahlt alles. Je öfter ich sie sehe, desto offenbarer wird es. Wenn sie spricht oder zuhört, bewegen sich ihre Gesichtszüge und erzählen eine eigene untergründige Geschichte. Ich möchte sie jedes Mal noch länger und intensiver anschauen.

»Ich bekam kalte Füße. Seit Aurélia habe ich niemanden mehr in mein Leben eingelassen. Und vor ihr gab es nur ein einziges Mädchen. Du hast also gewissermaßen diese wohl etablierte Unordnung durcheinandergebracht.«

Sie senkt den Blick, atmet tief durch und schaut mir dann wieder in die Augen.

»Mir gefällt der Gedanke. Es ist schön, dass du anders bist als die meisten Männer. Normalerweise reicht ihnen ein Kuss nicht. Und für dich war es in dem Moment fast zu viel.«

»Ich habe nicht damit gerechnet, etwas zu empfinden. Ich habe mit dir nicht gerechnet. Es tut mir leid, dass ich mich rargemacht habe, wie ein Idiot. Ich wusste nicht, wie ich es dir sagen sollte.«

»Ich habe es verstanden, mach dir keinen Kopf. Außerdem haben Hochgeschwindigkeitszüge sowieso weitaus weniger Charme als ein gemütlicher Eselsritt, oder?«

»Solche Vergleiche findest nur du.«

Wir halten einen Augenblick inne, während der Kellner die Vorspeise serviert. Ein schön angerichteter Teller mit Roter Bete, Granatapfelkernen, Ricotta, Meerrettich und traditionellem Modena-Balsamessig für Luna. Und für mich Chicoréesalat an cremiger Hummer-Bisque.

»Wie wunderschön«, haucht Luna angesichts des Farbenspiels, das sie gewählt hat.

Wir versinken selig zwischen Gabeln voller Geschmack,

meinem Pinot Gris, ihrem Crozes-Hermitage und zufriedenem Lächeln. Es ist wirklich eine Explosion der allerfeinsten Aromen.

»Wie geht es Louise?«

»Ja, also, vor allem darüber wollte ich mit dir reden. Ich wurde mal wieder ins Büro der Direktorin bestellt. Sie und die Klassenlehrerin haben mir mitgeteilt, dass sie Louise als hochbegabt einschätzen. Sie rieten mir, mit ihr IQ-Tests durchzuführen. Außerdem meinen sie, Louise könne eine Klasse überspringen.«

»Wow. Was denkst du?«

»Ich habe ehrlich gesagt keine Ahnung. Ich bin kein Fan davon, Menschen nach vorgefertigten Kriterien in Schubladen zu stecken.«

»Das verstehe ich. Geht es ihr denn besser seit ihrer Party?«

»Ja, viel besser. Sie scheint ihre Freundin Ella wiedergefunden zu haben und hat sich auch mit anderen Mädchen und besonders einem Jungen angefreundet. Aber es ist krass, wie grausam Kinder sein können.«

»Das stimmt. Und Teenager auch. Ich wurde lange Zeit wegen meiner buschigen Augenbrauen, meiner Brüste und meiner Muttermale gehänselt.«

Mir persönlich sind zwei aufgefallen. Eins rechts am Hals und eins unter ihrem linken Auge. Sie verleihen Luna eine extra Dosis Charme. Natürlich spreche ich das nicht laut aus. Ich habe mich in letzter Zeit schon weit genug vorgewagt.

»Ich trug eine Brille, bis ich Kontaktlinsen entdeckte, war ein ›Streber‹, zurückhaltend und kochte gern, ›wie ein Mädchen‹. Aber mit den Jahren ließen sie von mir ab.«

»Ach ja, die Genderisierung von Tätigkeiten …«

»Bescheuert. Manche Mädchen spielen gerne Fußball, und manche Jungs kochen eben gern.«

»Auf jeden Fall. Und Louise mag hochbegabt sein, aber sie muss es nicht wissen und entsprechend leben, oder?«

»Ja. Ich fürchte, im Moment würde es sie nur verstören. Sie fühlt sich schon so anders genug, und ich glaube, sie möchte lieber mit der Menge verschmelzen, als durch einen weiteren Grund herauszustechen.«

»Da hast du deine Antwort.«

»Danke.«

»Ich habe nicht viel gesagt.«

»Ja, eben.«

Sie fährt sich mit der Hand durchs Haar, wie so oft, wenn sie verlegen ist. Aha, und ich bin also so weit, dass ich ihre Ticks kenne …

»Ich weiß, dass du nicht über den Vorfall reden willst … Aber geht es dir gut?«

Instinktiv fasst sie an ihre Handgelenke.

»Die blauen Flecken verblassen langsam. Und ich fühle mich nicht mehr bedroht, weil ich zum Glück nichts mehr von ihm gehört habe. Ich habe schon viel Schlimmeres erlebt. Es ist nur ein weiteres Steinchen im Schuh. Das einzig Blöde ist, dass ich bei meinen Eltern pennen muss, aber ich traue mich nicht zurück aufs Boot. Ich fühle mich so schuldig gegenüber meinen Mitbewohnerinnen. Er hat ihre Sachen zwar nicht angefasst, aber er ist dennoch meinetwegen bei ihnen eingedrungen.«

»*Du* fühlst dich schuldig? Das darfst du nicht sagen. Es ist Quatsch.«

»Unglückliche Wortwahl.«

»Vor allem eine schlechte Angewohnheit. Er ist ganz allein für seine Taten verantwortlich. Das wissen Apolline und Rose genauso gut wie ich. Du darfst dir nicht den Irrsinn eines anderen vorwerfen.«

»Ich weiß. Durch diesen Vorfall habe ich einen kleinen Rückschritt gemacht, aber das regelt sich wieder. Ich hatte mir geschworen, mich nie wieder wegen dieses Irren zu erniedrigen.«

Gern würde ich ihr sagen, dass das ein guter Vorsatz ist, aber steht es mir zu, das zu kommentieren? Es sind ihr Weg, ihre Wunden, ihre Maßnahmen.

Ich kann eventuell ihre Gegenwart beeinflussen, aber nicht ihre Vergangenheit.

*

Zwei Wochen sind gleichzeitig so kurz und so lang. Ich war mit Luna im Kino, sie begleitete mich einmal zum Markt, als sie Überstunden abbaute, sie hat mit Rose im Restaurant Mittag gegessen, und es hat mich gefreut, dass sie die Bali-Kulisse gewählt hat, wir waren noch einmal mit Gustave etwas trinken, und es ist ihnen schleierhaft, wie sie sich jemals hassen konnten, zusammen lasen wir die erquickliche Kritik auf Mauds Blog, auf die ich ziemlich stolz bin, wir küssten uns auf Parkbänken, vor ihrer Haustür, auf meinem Roller, im Dunkeln und im Hellen.

Außerdem rief ich die Schuldirektorin an und sagte ihr, dass ich vorerst nichts unternehmen wolle.

Heute schläft Louise mit Jessica bei Ella. Es ist das erste Mal, dass sie bei einer Freundin übernachtet. Das ist ein gutes Zeichen. Das meint Luna auch, die auf meinem Sofa sitzt und die Katzen streichelt.

Wir verbringen den Abend zusammen, und sie hat Chanel mitgebracht. Ich dachte, Harold würde sich vielleicht über tierische Gesellschaft freuen, aber er gibt sich kratzbürstig. Vielleicht ist Chanel nicht sein Typ? Haben Katzen einen Typ? Das würde ich ihn gern fragen. Offenbar habe ich mich wirklich daran gewöhnt, dass er bei uns ist. Wenn mir vor ein paar Monaten jemand gesagt hätte, ich würde mal ein Fellmonster lieb gewinnen, hätte ich es nicht geglaubt.

Aber es ist ja allgemein bekannt, dass nur Dummköpfe niemals ihre Meinung ändern.

Luna hat seit dem Vorfall nichts mehr von Erwann gehört. Sie geht davon aus, dass sein Job in der Schweiz ihn fortan auf Abstand halten wird. Ich frage mich, für wie lange, hoffe aber vor allem, dass ihr Instinkt sie nicht trügt. Ich würde es gern vermeiden, wegen Mordes in den Knast zu wandern.

Jetzt gerade habe ich keine Lust, über den Kerl nachzudenken. Luna trägt ein Wollkleid und Strumpfhosen. Vielleicht sind es auch halterlose Strümpfe. Wer weiß? Sie hat ihre Haare zu einem Zopf geflochten, was ihr ebenso gut steht wie ein Pferdeschwanz. Sie ist ungemein anziehend.

Ich begehre sie. Und das ist an sich schon ein Geschenk.

Die Katzen dösen auf dem Teppich, friedliche Eintracht sieht allerdings anders aus. Ich streichele Lunas Wange. Ihre Haut ist so weich, es ist wunderbar, sie zu spüren. Wie ein reifer Pfirsich.

»Wir könnten es doch machen wie die Katzen.«

»Du willst, dass ich bleibe?«

»Ich sehne mich nach nichts anderem.«

Meine Lippen berühren noch einmal die ihren. Unsere Zungen kennen sich inzwischen. Sie sind sich vertraut.

Luna fährt mit den Händen über meine Brust, als wolle sie sich jedes Detail einprägen. Ich lasse meine Hand unter ihren Rock gleiten. Sie trägt Strümpfe, keine Strumpfhose. Mein Begehren steigert sich zu hitziger Erregung.

Es tut so gut, das zu empfinden. Zu wissen, dass dieses Gefühl noch existiert. Mein Herz ist ebenso entflammt wie mein Leib. Ich kann mich vollkommen hingeben.

»Zeigst du mir dein Zimmer?«

Ich hebe sie hoch und trage sie zu meinem Bett. Ich beginne, sie langsam zu entblättern, doch dann überkommt mich die Leidenschaft. Die für mich so typische Inbrunst. Das scheint ihr zu gefallen. Sie tut es mir gleich und zieht mich aus, mit einem höchst aufreizenden Blick. Dieser Blick verrät ihre Euphorie und ihr Verlangen. Dieser Blick macht mich heiß. Diesen Blick habe ich gebraucht.

23

Der Pelzige

Unmöglich, dieses Miststück hat sich einfach meinen Korb gekrallt! Die glaubt wohl, sie wäre hier zu Hause. Ich habe die Nase voll vom »Ladies first«-Gelaber. Das hier ist mein Zuhause, und ich sehe nicht ein, meine Sachen mit irgendwem zu teilen. Ich möchte keinen Krieg anzetteln, weil sie ziemlich kräftig aussieht, aber sie soll mal schön wieder verschwinden, samt ihrem Frauchen, das sie für eine Luxusmarke hält. Chanel, pah! Sie ist nichts weiter als eine eingebildete Katze in Möchtegern-Leopardenverkleidung. Wenn der Teufel Prada trägt, kann er sich definitiv auch hinter Chanel verbergen, also bleibe ich lieber auf der Hut.

Neuankömmlinge machen immer nur Ärger: Sie klauen einem den Platz. Man hat mir einmal ein Baby aufgehalst, das lasse ich mir nicht noch mal gefallen, erst recht nicht von einer Katze mit mehr Rasseanteil als ich. Ganz sicher nicht.

Bis mir einfällt, wie ich sie loswerden kann, verlasse ich das Wohnzimmer lieber. Keine Sekunde werde ich länger mit ihr im selben Raum verbringen und zusehen, wie sie um meine Näpfe schleicht. Schlimm genug, dass ihre Schälchen neben meine gestellt wurden, da fehlt es gerade noch, dass sie von meinen Brekkies nascht.

Ich stoße die Tür zu Pauls Schlafzimmer auf und

springe buchstäblich vor Schreck in die Höhe. Gesträubtes Fell, alle viere von mir gestreckt, Buckel, aufgerichteter Schwanz und Ohren. Paul liegt auf Luna, ganz gechillt, wie die Jugend von heute zu sagen pflegt. Sie poppen. Einfach so, in der Wohnung. *Igitt*. Das wollte ich wirklich nicht sehen.

Aber da ich schon mal hier bin, ist die Neugier größer als der Ekel. Ganz offensichtlich dauert es länger als mit Iris. Es geht leidenschaftlich zu, aber nicht nur. Oh Mann, du machst mich fertig, Paul, aber du hast es drauf. Sie scheint mächtig Spaß zu haben. Vielleicht sollte ich mir davon einen Happen abbeißen.

Plötzlich muss ich an Louise denken, da gehe ich lieber raus. Was würde sie von der Sache halten, die sich hier offenbar entwickelt? Nicht viel, nehme ich an. Das heißt, ich habe keine Ahnung. Ich stelle mich in jedem Fall auf ihre Seite. Sie wollte mich hier, sie hat dafür gesorgt, dass ich mich hier zu Hause fühle. Also ist sie mein Hauptfrauchen. Auch wenn mir dieses Eingeständnis einiges abverlangt.

*

Jetzt miaut sie! Mit eindringlicher Reibeisenstimme. Geht's noch? Ich hätte nicht übel Lust, ihr den Chihuahua vorzustellen. Dann könnten sie in ihrer jeweiligen Tonlage die gesamte Nachbarschaft aus dem Schlaf jaulen. Allerdings mag ich die Nachbarn nicht besonders. Wenn ich Chanel also nach draußen sperren könnte, hätte ich mal wieder zwei Fliegen mit einem Happs erledigt.

Doch leider kann ich die Terrassentür nicht allein öffnen.

Da Paul und Luna noch nicht aus den Federn gekrochen sind und ich mein Bestes tue, sie zu ignorieren, klettert diese unselige Chanel über alle Möbel. Sie sieht sich um und springt. Sie strauchelt, fängt sich aber wieder. Schade! Ich hätte zu gern gesehen, wie sie auf ihr Näschen knallt. Wenn Rachel da wäre, würde sie sie ausschimpfen. Sie wird überall ihre Haare hinterlassen, und nachher bin ich wieder schuld.

So weit kommt es noch!

Ich springe ihr hinterher, um sie zu verjagen, da rollt sie sich auf den Rücken, weil sie denkt, ich wolle spielen. Ich fauche und plustere mich ein wenig auf, damit sie es kapiert. Aber es ist zwecklos. Sie macht einfach weiter.

Jetzt hat sie gerade den Wasserhahn angemacht, auf der Spüle balancierend schlappt sie das laufende Wasser. Kann sie nicht wie jede vernünftige Katze aus ihrer Schale trinken? Nein, sie muss sich interessant machen.

Ich spüre, dass ich sie aus tiefstem Herzen verabscheuen werde. Sie und ihr dämliches Lachender-Delfin-Gehabe.

»Hey! Chanel, was machst du da?«

Ah, endlich etwas wacher Menschenverstand. Mir persönlich nützt Paul in aufrechter Stellung weit mehr. Aber die Brünette mischt sich ein.

»Sie ist in der Küche super selbstständig geworden. Ich find's witzig.«

Ja, zum Totlachen.

Die beiden scharwenzeln blöde kichernd umeinander herum. Wie zwei Wellensittiche, die zusammen auf einem Ast kleben und versuchen, den Raum, der sie trennt, auf das absolute Minimum zu reduzieren. Paul bereitet das Frühstück zu, während Luna nur wenige Zentimeter von ihm entfernt an ihren Haaren rumfummelt. Und Chanel streicht den beiden um die Beine, vermutlich in der Hoffnung, dass ein leckerer Bissen für sie abfällt.

Ich ertrage dieses Theater nicht. Ich fühle mich beraubt. Man nimmt mir alles. Paul, Louise und ich, wir haben unsere Routine, und heute ist alles durcheinander. Louise ist nicht nur spät dran, sie ist nicht mal da. Paul malt keine Gesichter auf ihr Butterbrot, sondern kümmert sich um eine Frau. Niemand knuddelt mich. Wir spielen nicht mit dem dämlichen Katzen-Laserpointer, der mich absolut wahnsinnig macht.

Wir sind nicht unsere Familie.

Ich will keine Luna und keine Chanel. Ich will, dass wir zu dritt bleiben. Drei ist eine gute Zahl. So hat das mit Patrick und Caroline am Anfang auch super funktioniert, bis der sabbernde Zwerg alles zerstört hat. Wir haben hier unseren Rhythmus gefunden, das lassen wir uns doch jetzt nicht von diesen beiden Puten kaputt machen. In dieser Wohnung hat nur eine kleine Prinzessin Platz, und die wurde schon lange gekrönt.

Als sie etwas später alle aufbrechen, stürze ich mich trotz allem auf Paul, um ihm Tschüs zu sagen, wie wir es seit einer Weile immer tun.

»Einen schönen Tag, mein lieber Kater. Hast du deinen Appetit wiedergefunden, geht es dir besser? Na, los, du verstehst kein Wort, aber du bist ein Schöner.«

Doch, ich verstehe alles. Und ich bin froh, dein Kater zu sein. Aber sei dir meiner bloß nicht zu sicher.

*

Das Wiedersehen mit Louise gab mir genug Energie für einen kleinen Spaziergang. Wir haben eine Viertelstunde lang geschmust und rumgetollt, fast wie zwei fröhliche Hunde, nur ohne das Gesabbere. Sie scheint mit ihrer Pyjama-Party zufrieden zu sein, und das Bild hat ihren Freundinnen gefallen. Ich wusste, dass sie es kann. Das Mädel ist einfach genial. Manchmal hätte ich gern eine Tochter wie sie. Es ist eine ganz schöne Aufgabe, ein Kind gut hinzukriegen. Die meisten sind so dumm. Eins aufzuziehen, das aus dem Rahmen fällt, muss schwierig sein.

Während sie mit Rachel Hausaufgaben macht, gehe ich ein Weilchen hinaus. Paul gab mir grünes Licht, bevor er zum Restaurant aufbrach, und ich nahm den üblichen Weg. Ich würde sehr gern Saxo wiedersehen, und heute ging mir auf, dass das absolut möglich ist. Ich kenne den Weg, ich weiß gar nicht, warum ich nicht schon früher auf die Idee gekommen bin. Vermutlich, weil kein vernünftiges Tier freiwillig zum Tierarzt geht.

Aber ich bin nicht vernünftig. Und er ist nicht nur Tierarzt, sondern auch mein Saxo.

Ich habe überhaupt keine Lust, zum Friseursalon mit der netten Blondine und der tätowierten Dicken zurückzukehren, aber Saxo wiederzusehen bedeutet mir viel. Es war seine Entscheidung, mich zu Paul zu geben. Andere Kandidaten hatte er abgelehnt, aber bei diesem hatte er ein gutes Gefühl. Ich hatte seine Wahl zunächst angezweifelt und dann vehement dagegen protestiert, aber inzwischen ist mir klar geworden, dass er den richtigen Riecher hatte. Wenn ich mich dankbar zeige, bleiben wir vielleicht zu dritt. Vielleicht werden wir dann nicht fünf. Vielleicht bringt der gute Doktor mir Glück.

Danke sagen kann ich ja nicht. Deshalb möchte ich ihn überraschen und eine Runde mit ihm spielen. Wir hatten so viel Spaß zusammen. Er ist ein viel durchtriebenerer Gegner als Louise. Das machte unsere Spiele so spannend.

Am Ziel angekommen wird mir klar, dass die Glastür zu schwer ist, als dass ich sie aufdrücken könnte. Und natürlich kann ich die Sache mit der Klingel vergessen. Nichts zu machen, wenn man keine Stelzen hat. Und die Jalousien verhindern, dass er mich sehen kann.

Um das Debakel komplett zu machen, ist natürlich niemand in Sicht, der die Praxis betreten will, ich habe keine Chance hineinzuschlüpfen. Mist.

Aber das ist mir *schnurrz*, ich warte einfach, bis er herauskommt. Laut der Uhr des Restaurants nebenan ist es bereits 18 Uhr 15, er macht spätestens um 19 Uhr 30 Schluss. Nur Geduld.

Während ich warte, überlege ich, ob es nicht Verrat ist, Louise nicht von Luna und Chanel zu erzählen. Ich spreche ja ihre Sprache nicht. Aber was treibt Paul für ein Spiel? Vielleicht ist es nur eine Sache fürs Bett, aber warum bringt er sie dann mit in die Wohnung? Wenn es nur etwas Kurzes ist, ist es normal, dass er nichts sagt, und deshalb bin ich vorerst nicht sauer auf ihn. Aber das erklärt nicht, warum er sie mit nach Hause genommen hat.

Ich bete einfach, dass sich das Ganze schnell erledigt hat.

*

19 Uhr 35, der Doc kommt in Freizeitkleidung durch die Tür. Es ist komisch, ihn ohne seinen Kittel zu sehen.

»Harold? Was machst du denn hier?«

Ich stupse ihn dreimal in die Waden, er beugt sich runter, um mich zu streicheln. Seine Riesenhände habe ich wirklich vermisst.

»Hast du dich verlaufen?«

Wo denkst du hin, Saxo? Ich bin schlau, das weißt du doch. Ich nehme meine Spielposition ein und wedele auffordernd mit dem Schwanz. So muss er es doch verstehen. Aber nein, er holt sein Handy raus. Vermutlich will er Paul Bescheid sagen.

Da er es nicht kapiert, husche ich in die Praxis.

»Hey, Dummkopf! Weißt du, wie spät es ist?«, ruft er und folgt mir hinein.

Als ich die Innentüren aufdrücke, die viel leichter sind als die Eingangstür, fängt er an zu lachen. Ich suche die Angel mit den bunten Federn. Als ich noch dort wohnte, räumte er sie immer an denselben Platz. Erstes Regal links, hinter den großen Futtersäcken. Bingo!

Ich nehme sie ins Maul und lege sie ihm vor die Füße. *Ist das jetzt eindeutig genug?*

Er hebt sie auf und lässt sie durch die Luft wirbeln. Genial. Je höher er sie wirft, desto besser kann ich ihm meine Sprungkraft demonstrieren.

»Du wolltest nur spielen? Du bist mir ein Schlitzohr!«

Aber hallo!

Er legt Mantel und Tasche ab.

»Na gut, fünf Minuten, aber dann gehst du nach Hause, und ich auch.«

Ich renne hin und her und kreuz und quer, um mit ihm mitzuhalten und ihn zum Lachen zu bringen.

Er scheint genauso froh zu sein wie ich. Ich glaube, das machen wir jetzt öfter. Es ist cool, so einen tollen Instrumenten-Kumpel zu haben.

24

Paul

Gaël stürzt in die Küche und schlägt die Tür hinter sich zu.

»Brauchst du was?«, fragt Tom.

»Nein, ich bin auf der Flucht.«

»Wovor denn?«

»Sophie und Natasha kratzen sich seit zwanzig Minuten die Augen aus.«

»Was hat das zu bedeuten?«, will ich wissen.

»Es geht um eine Reservierung. Natasha hat eine entgegengenommen, ohne Sophie Bescheid zu sagen oder es im Reservierungsbuch einzutragen. Sophie hat zwar heute Morgen den Zettel gefunden, aber da im Buch nichts stand, hat sie eine weitere Reservierung angenommen. Deshalb ist Moskau jetzt überbucht, und einem der Gäste muss abgesagt werden. Sie streiten sich darum, wer recht hat, und ich soll Schiedsrichter sein. Ich kann nicht mehr!«

»Das darf doch nicht wahr sein! Tom, kümmere dich bitte um die Soufflés.«

»Ja, Chef.«

Wenn Véronique nicht da ist, kommen diese beiden keine zwei Minuten aus, ohne Schaden anzurichten. Es ist unglaublich. Auf dem Weg zum Empfang atme ich tief ein und aus, damit ich sie nicht gleich mit den Köpfen zusammenknalle.

»So, Mädels, was soll das Theater?«

Plötzlich schweigen sie und sehen mich mit großen Kuhaugen an. Natürlich findet Sophie als Erste die Sprache wieder.

»Chef, würdest du Natasha bitte erklären, dass Véronique und ich für die Reservierungen zuständig sind, und dass sie, wenn sie schon ans Telefon gehen muss, es wenigstens im Buch eintragen und uns Bescheid geben soll?«

»Sophie, kannst du bitte die Lautstärke etwas herunterschrauben? Wir sind hier nicht auf dem Schulhof. Es kann dir doch völlig egal sein, dass Natasha einmal eine Reservierung angenommen hat. Und wenn es eine Doppelbelegung gibt, weil du es versäumt hast, es zu notieren, Natasha, nun ja, solche Dinge passieren eben. Machst du nie Fehler, Sophie? Das ist doch kein Grund, hier ein solches Affentheater aufzuführen.«

»Siehst du …«

»Natasha, es reicht. Ruft die letzte Person an, die reserviert hat, sagt, es gab einen Fehler, entschuldigt euch, bietet ihnen einen Tisch in einem anderen Ambiente oder für einen anderen Tag an und sagt, dass der Aperitif aufs Haus geht. Und Punkt!«

Natasha beruhigt sich sofort, aber Sophie nörgelt weiter vor sich hin.

»Sophie, komm mal mit. Natasha, bitte erledige den Anruf jetzt.«

Da der Betrieb noch nicht angefangen hat, führe ich Sophie nach New York.

»Sophie, ist etwas nicht in Ordnung? Du stehst in den letzten Tagen ziemlich unter Strom.«

»Nein, alles okay«, sagt sie wenig überzeugend.

»Also, entweder sagst du mir jetzt, was los ist, oder du verhältst dich einfach wieder normal, okay?«

»Willst du es wirklich wissen? Ich bin es leid, dass du Natasha immer in Schutz nimmst. Und außerdem …«

»Ich nehme niemanden in Schutz, sei nicht albern. Und außerdem, was?«

»Musstest du diese Luna hier anschleppen?«

Ich könnte aus der Haut fahren, aber ich beiße mir auf die Zunge, bevor ich antworte. Einerseits geht mein Privatleben Sophie absolut nichts an, und unser freundschaftliches berufliches Verhältnis erlaubt es ihr in keiner Weise, mir so etwas an den Kopf zu werfen. Andererseits weiß ich, dass sie seit Jahren für mich schwärmt. Und das darf ich ihr aus menschlicher Sicht nicht vorwerfen, auch wenn ich ihr Chef bin.

»Sophie, ich möchte mich nicht mit dir streiten. Deshalb gehe ich auf diese Frage lieber nicht ein. Wir tun so, als sei nichts geschehen, und du denkst heute Abend zu Hause in Ruhe über alles nach. Dann wirst du merken, dass du kein Recht hast, mir so etwas zu sagen, und dass ich solche Unterhaltungen nicht führen muss. Okay? Na, los, an die Arbeit.«

Sie lächelt ein wenig verlegen und zieht ab. Mein Gott, können Frauen anstrengend sein.

*

Während ich mein Garnelenfrikassee beim Garvorgang beobachte, gestehe ich mir ein, dass Frauen auch verblüffend, außergewöhnlich und notwendig sind. Nicht nur anstrengend. Schon allein, weil Louise eine von ihnen sein wird, und sie ist ein kleines Wunder.

»Chef?«

»Ja, Agathe?«

»Könnten wir irgendwann in der Küche wieder Musik hören? Ich habe mich nicht getraut, etwas zu sagen, aber es fehlt uns.«

Im Ernst? Haben sie auf einen Zeitpunkt gewartet, wenn es mir offensichtlich besser geht, um zu fragen, ob wir das Radio zurückholen können? Ich hatte es eines Tages verbannt, als ich neben dem in meinem Kopf wütenden Sturm keine anderen Geräusche ertragen konnte. Vor über zweieinhalb Jahren. Als ich wieder anfing, zu arbeiten, aber nur noch ein Schatten meiner selbst war.

»Ja, können wir. Hol es her, wenn du willst.«

»Jetzt?«

»Du hast es gehört, beeil dich.«

»Chef, ich bin stolz auf dich«, flüstert Denis mir zu und klopft mir mit seiner großen Pranke auf die Schulter.

Tom lächelt. Éric ist heute nicht da. Aber morgen wird er sich freuen, da bin ich sicher. Und Véronique auch, aus Prinzip. Es war unsere Tradition, beim Kochen beschwingte Musik zu hören. Wir waren daran gewöhnt, sodass es unsere Konzentration nicht störte.

»Was hören wir?«, fragt Agathe sofort, als sie wiederkommt. »Das erste Lied ist wichtig.«

»Guck erst mal, ob es überhaupt noch funktioniert.«

»Ja, alles super. Ich habe es unten mit meinem Kabel und Spotify getestet.«

»Bob Marley?«

»Perfekt.«

Die Energie in der Küche ändert ihre Farbe, Temperatur oder Form. Je nachdem, wie man Energie darstellen möchte. Die winzigen Schwingungen, die von uns ausgehen und während der Arbeit um uns herumwirbeln, sind plötzlich mit einer besonderen Kraft geladen. Wie um zu unterstreichen, dass dies ein besonderer Moment ist.

Ich lasse mich von den Klängen wiegen und kehre zu meinem Ausgangsgedanken zurück. Die Bedeutung der Frauen. Agathe hat gerade Wasser auf meine Mühlen gegossen. Frauen haben oft dieses beseelte Etwas, diese Prise Verrücktheit, diese Feinfühligkeit, diese Lebendigkeit, die unser Leben bereichert.

Maud, zum Beispiel, hat in mir einen Schalter umgelegt. Im Vorbeigehen, mit einer gewissen Lässigkeit, aber unwiderruflich. Sie hat die Tür entriegelt. Damit Luna sie dann aufstoßen konnte? Vielleicht. Davon abgesehen hat Maud mit den Fotos und Videos auf ihrem Blog einen wahren Hype ausgelöst. Für jeden Gang das passende Ambiente zu wählen hat sich als geniale Idee entpuppt, auch wenn das zu teilweise chaotischen Reservierungswünschen führt. Es hat die Kunden neugierig gemacht. Wir bekommen noch mehr Anrufe als vorher, und im Schnitt sind wir vier von fünf Mal ausgebucht.

Ich ließ es mir natürlich nicht nehmen, mich telefonisch bei ihr zu bedanken. Sie schien sich über meine Begeisterung ehrlich zu freuen. Die Frau macht nicht nur Stimmung, sie meint es auch gut mit uns. Sowohl mit mir als auch mit Gustave.

Man darf ein Buch nicht nach seinem Umschlag beurteilen. Niemals. Sonst wäre ich nur ein leicht autoritärer Brummbär und sie eine sehr rockige und ziemlich leichtlebige Blondine.

In uns steckt so viel mehr.

»Na, hier ist ja Stimmung. Das Comeback der musikalischen Küche?«, ruft Sophie durch die Durchreiche.

»Genau. Hol mal Nat und komm mit ihr her.«

»Wozu?«

Mein Blick verbietet ihr weitere Fragen. Ich mache auf Agathes Handy Zazies Hymne für Frieden und eine bessere Welt an: »Rue de la Paix«. Als die beiden missmutig angetrottet kommen, fasse ich sie bei der Schulter. Ich vermeide möglichst jeden Körperkontakt mit meinem Team, außer in Extremsituationen. Ich beschließe, dass das hier eine ist.

»So, jetzt konzentriert ihr euch auf den Refrain und umarmt euch zur Versöhnung, okay? Denn erstens sind wir ein Team, und das macht uns stark. Und zweitens bin ich mir sicher, dass euch euer Getratsche bereits fehlt.«

Sie lachen.

Geschafft!

Ich bin manchmal auch ganz nützlich. Für einen Mann, meine ich.

*

Als ich in mein Zimmer komme, trifft es mich wie der Schlag. Wie ein Blitz. Als hätte das Raum-Zeit-Gefüge meinem Hirn einen Streich gespielt. Aurélia liegt auf meinem Bett. Ihr Gesicht ist so hübsch, dass es fast real erscheint. Greifbar. Ich kann es nicht glauben. Louise hat sie auf eine große Leinwand gezeichnet und das Bild auf mein Bett gelegt. Es ist ein Bleistiftporträt, zugleich detailliert und schlicht. Sie hat die Züge ihrer Mutter faszinierend gut getroffen. Es geht mir durch und durch und treibt mir die Tränen in die Augen. Ich werfe mich aufs Bett, widerstehe aber der Versuchung, mich einfach eine Weile neben sie zu legen, denn das hieße, dass ich mich wieder in die Verdrängung zurückfallen ließe. Ich weiß, dass sie nie wieder zurückkommt. Und ich weiß, dass sie stolz auf ihre Tochter wäre. Bei diesem Gedanken wird mir warm ums Herz. Diese Brücke zwischen unseren Ufern wird es immer geben. Dieses Kind verbindet uns für immer. Und es entwickelt sich von Tag zu Tag zu einem erstaunlicheren Menschen.

Die Zeichnung ist absolut erschütternd.

Und wie Louise sie mir offenbart hat, ist ebenso berührend. Das Bild in mein Zimmer zu schmuggeln, kurz bevor sie mit Rachel zum Friseur ging, damit ich alleine bin, wenn ich es finde, ist ein Zeichen von Takt. Und – davon bin ich überzeugt – eine Art, mir genügend Raum zu geben, es auf mich wirken zu lassen.

An manchen Tagen überkommen mich urplötzlich Erinnerungen, nicht immer gibt es einen Auslöser dafür. Jetzt sehe ich ihr Gesicht vor mir, und es ist so ein Moment. Süß und schmerzlich zugleich. Ein Strudel von Bildern reißt mich fort, als sei es gestern gewesen, als wäre es auch noch morgen so. Wenn der Strom abbricht, wirkt die Leere umso größer. Schwerer. Die lastende Leere zu ertragen ist schlimmer als alles andere. Ich sehe unseren ersten Kuss, unser erstes gemeinsames Wochenende, unsere Hochzeit, unsere heftigsten Streite und unser dollstes Lachen. Ich denke an unsere lieben Gewohnheiten, so eindringlich, dass ich sie fast körperlich spüren kann. Ich höre ihre Stimme, ich atme ihren Duft. Ich erinnere mich daran, dass ich nur sie wollte, komme, was da wolle. Ich hatte es sofort gewusst, im

Grunde meines hüpfenden Herzens, als sie die Klasse betrat. Sie brauchte ein paar Monate, bis sie auch überzeugt war. Dann hatte sie mit Worten, die nur eine Frau finden kann, gesagt, welch unwahrscheinliches Glück wir hätten, uns schon so jung getroffen zu haben, weil unserer Liebe dadurch ein viel längeres Leben beschert sei. Ich fand das kitschig, aber auch irre intensiv. Sie hatte recht.

Wie sie morgens noch total verschlafen Eier kochte, wie sie in eine Decke gehüllt »E. T. nach Haus telefonieren« sagte, wie sie sinnlich ihre Strümpfe über die Beine streifte, wie ihre Haare sich immer überall verteilten. Die Details strömen auf mich ein, sprühen Funken, die dann im dunklen Nichts erlöschen.

Verdammt, ich muss sie loslassen. Das ist meine Maßnahme, um vorwärtszukommen. Ich muss mir verbieten, täglich in Erinnerungen zu schwelgen. Ich darf nicht in der Wunde bohren. Also schiebe ich sie beiseite. Ich vergesse sie nicht, aber ich schiebe sie ein wenig nach links oder rechts, damit ich sie nicht mehr ständig vor Augen habe. Damit ich weitermachen kann. Nur so kann ich diesen Weg ohne sie gehen. Ich muss sie hierlassen, im Warmen, aber unter vielen Decken vergraben, damit sie mich nicht zu sehr lockt.

Ich gebe mir ein paar schallende Ohrfeigen und stehe auf.

Da klingelt mein Handy in das Brodeln meiner Gedanken hinein. Ich sehe leicht verschwommen, wie im Halbschlaf gehe ich dran.

Luna.

»Hallo, Paul. Wie geht's?«

»Gut. Und dir?«, antworte ich automatisch.

»Auch gut! Ich wollte dir etwas vorschlagen. Ich kann drei Karten für *Disney on Ice* bekommen, übermorgen im Zénith. Hättest du Lust, mit Louise dahinzugehen?«

»Und mit dir?«

»Öh, ja. Ich liebe solche Ausflüge in die Kindheit.«

Was erzählt sie da? Louise, sie und ich, zusammen? Sie ist nicht Aurélia, verdammt! Sie hat mich im allerfalschesten Moment erwischt. Ich habe keine Lust, taktvoll zu sein. Ich habe Lust, ihr zu sagen, dass ich lieber mit meiner Frau reden würde. Dass Louise Aurélia gezeichnet hat und dass das Bild großartig ist. Dass ich unsere Familie vermisse.

»Hallo?«

Das sage ich dann doch nicht.

»Ich kann dich nicht Louise vorstellen, Luna. Das ist undenkbar.«

»Ah. ›Undenkbar‹, ja?«

»Ja.«

Nach einer kurzen Pause spricht sie vorsichtig weiter.

»Warum? Du könntest doch sagen, ich sei einfach eine Freundin. Wir hätten sicher Spaß.«

Ich schnappe mir den Kater, der gerade vorbeistreift, um mich an irgendetwas festzuhalten. Ich streichele ihn, doch die richtigen Worte wollen einfach nicht kommen. Ich wende den Blick von dem Porträt ab.

»Nein, Luna. Louise ist doch nicht blöd.«

»Das habe ich nicht gesagt.«

»Ich weiß. Aber bitte akzeptiere mein Nein als gültige Antwort.«

»Okay. Tschüs.«

Sie hat aufgelegt. Wie dreist ist das denn? So etwas

hat sie bis jetzt noch nie gebracht. *Sie* ist beleidigt? Dabei war ja wohl *ihr* Vorschlag völlig unangebracht.

Ich rufe sie bestimmt nicht zurück.

*

Meine Eltern, Nathalie und André, Aurélias Eltern, Suzanne und Émile, sowie ihre Schwester Clémence sind überwältigt von Louises Talent. Jeder reagiert auf seine Weise, aber alle sind sich einig: Es ist unglaublich.

Die Künstlerin versteckt sich in Harolds Fell. Sie schützt Schüchternheit vor, aber ich sehe auch Zufriedenheit durchblitzen. Das ist gut. Man muss seine Stärken kennen, um Selbstsicherheit zu erlangen.

Ich schaue meinem Essen beim Köcheln zu und freue mich schon, mich gleich zu den anderen zu setzen. Unsere Drei-Generationen-Treffen sind viel zu selten geworden. Dabei sprühen sie nur so vor Diskussionen, Anekdoten, Gelächter und vertraulichen Geständnissen. Aber ohne Aurélia hat es sich immer schal angefühlt.

Heute werde ich versuchen, es für zwei zu genießen und die Nostalgie wegzusperren. Oder sie zusammen mit dem Bild an die Wand zu nageln.

»Essen ist fertig!«

»Oh, wie das duftet, Paul. Ist das ein Gericht aus dem Restaurant?«

»Ja. Ganz neu.«

»Wunderbar. Émile, komm, setz dich an den Tisch, statt mit der Katze zu spielen.«

»Du auch, André. Ihr seid ja schlimmer als Kleinkinder!«

Ich muss lachen. Für diese beiden Mütter ist die sogenannte »patriarchale Gesellschaft« wirklich ein absolutes Fremdwort.

25

Der Pelzige

Clémence, das Trampeltier, ist mir auf dem Weg zu ihrem Stuhl gerade auf den Schwanz getreten. Sie sticht wirklich unter den anderen hervor, und zwar nicht im positiven Sinne. Beim Anblick ihrer ständigen Trauermiene kräuselt es mir die Schnurrhaare. Nicht genug damit, dass die Dicke mich »Schnubbelchen« nennt und sich aus meinem Fell Ringe dreht, jetzt muss sie mich auch noch platt treten und ihr Unglück auf mich übertragen.

Ich verziehe mich schnell unter den Tisch zwischen Louises Beine. Sie ist feiner, zarter, luftiger. Sie gibt mir heimlich einen Teil von ihrem Essen ab, und im Gegenzug bin ich ihr Mülleimer, wenn ihr etwas wirklich nicht schmeckt. Ich schlinge es einfach runter. Was keiner weiß …

Von dieser Position aus muss ich wenigstens die Alten nicht mehr sehen. Sie sind zwar weit davon entfernt, Pflegefälle zu sein, doch sie sind eindeutig im Niedergang begriffen. Vier Gesichter voller Falten, das ist ziemlich viel für eine einzige Wohnung. Bisher müffeln sie noch nicht, aber es wird nicht mehr lange dauern. Bei Paul werden die Düfte aus der Küche zum Glück immer die Ausdünstungen alter Haut überdecken.

Was mich an den Grauköpfen nervt, ist, dass sie denselben großen Fehler haben wie Kinder: Ständig müssen sie Nase und Finger in alles hineinstecken. Sie fassen alles an, schnüffeln rum und mischen sich in das Leben anderer ein. Denn sie wissen es natürlich besser, klar, oder? Sie haben schon alles gesehen, erlebt und gelernt.

Davon abgesehen muss ich zugeben, dass diese Großeltern rührend sind. Zwei Pärchen, die in dem Alter noch Händchen halten, das ist allerliebst. Das ist etwas anderes als diese neue rastlose Gesellschaft, die Partner und Katzen ohne Zögern einfach austauscht. Die sich im Fernsehen in ach so paradiesischen Villen bloßstellt, um die große Liebe zu finden, die ebenso wie die ganze Suche ein einziger großer Fake ist. Die Alten dieser Familie sind immerhin ein Vorbild an Ausdauer und langlebigen Werten. Ich bin froh, dass Louise in diesem Umfeld aufwächst. So bleibt ihr Geist rein und unbefleckt.

Verdammt, dieses Haus greift mein Hirn an. »Rein« und »unbefleckt« gehören eigentlich nicht zu meinem Vokabular. Ich werde sensibel. Morgen bin ich ein Schlappschwanz. Und übermorgen dann ein Hund.

Es wird Zeit, dass ich mir Iris mal wieder vornehme. Wir haben es schon seit mindestens drei Tagen nicht getrieben. Alphonse und Henry kleben wie Pech an uns. Ich glaube, sie sind eifersüchtig. Und ich kann sie verstehen.

*

Für manche ist der Sonntag der Tag des Herrn. Für uns ist es der Tag der Festessen, der Spaziergänge, der Verfolgungsjagden und des Kuschelns im Bett.

Heute Morgen haben wir so wild getobt, dass meine Angel kaputtgegangen ist. Erst war ich sehr verstimmt, doch dann habe ich mich abgeregt. Paul hat gesagt, er würde mir eine neue kaufen. Und ich dachte mir, dass nur Gegenstände nicht kaputtgehen, die man nie benutzt. Wie öde. Da soll man doch lieber Spaß haben und den Schaden hinnehmen, als sich zu Tode zu langweilen.

Paul hängt im Wohnzimmer ein gerahmtes Bild von uns dreien auf, und Louise heftet ihre jüngste Zeichnung von mir mit Magneten an den Kühlschrank. Ich putze mich, Ballen für Ballen, und bin stolz. Mit diesem Akt machen sie für jeden Besucher sichtbar, dass hier eine Katze wohnt, die ihnen wichtig ist. Und diese Katze bin ich. Das finde ich toll. Jetzt fehlt nur noch ein Foto von unserem Vermittler. Dem guten alten Saxo.

Ich beeile mich, meinen Schwanz zu säubern, da ich spüre, dass wir gleich rausgehen werden, und dann sind sie sicher wieder von meiner Hygienebesessenheit genervt. Louise zieht ihren Mantel an, und Paul redet von Schals und dicken Socken. Zu meinem großen Leidwesen schwant mir, dass er mir die schreckliche Katzenjacke anziehen wollen wird. Ich werde kämpfen, bis zum bitteren Ende. Dass die Menschen sich vermummen, wenn die Temperaturen sinken, okay: Mit ihrem mistigen Metabolismus sind sie anfällig für allerlei Krankheiten. Aber dass sie das absurderweise auf uns übertragen und uns zu unserem »Schutz« verkleiden, nein, das kommt nicht in die Tüte. Dann hätten sie eben einen Dackel adoptieren sollen.

Bestimmt haben die angezogenen Katzen hier im Viertel Paul auf diese abstruse Idee gebracht. Wahrscheinlich meint er es gut, der Arme, aber meine Loyalität hat ihre Grenzen.

»Harold, komm her.«

Nur über meine Leiche. Ich schiebe mich unter den Sofatisch und schaue ihn mit angelegten Ohren scharf an. Solange er mit diesem Ungetüm wedelt, rühre ich mich nicht vom Fleck.

»Papa, ich glaube, Harold möchte sich nicht anziehen. Er ist doch eine Katze. Er hat ein dickes Fell.«

Braves Mädchen. Schlaues Köpfchen. Ich werde noch zugeben müssen, dass Eltern manchmal von ihrem Nachwuchs lernen können.

Paul legt die Jacke weg, also komme ich aus meinem Versteck.

»Du bist ganz schön stur, Fellmonster.«

Wenn du wüsstest …

Ich lasse mir Geschirr und Leine anlegen, und er nutzt das nicht aus, um mir doch noch das Ding aufzuzwingen. Gut. Ein Pluspunkt für den Koch. Ich beobachte ihn, er wirkt traurig. Er ist neben der Spur. Selbst beim Spielen vorhin war er nicht ganz bei der Sache. Das hat bestimmt etwas mit Luna und dem Telefonat zu tun, bei dem ich als Kratzbaum gedient habe. Also für mich war es ein Genuss.

Wir gehen auf die Straße. Egoistisch denke ich mir, dass es besser so ist. Er wird darüber hinwegkommen, da bin ich mir sicher, denn wir kommen über alles hinweg. Ich über das Ausgesetztwerden, er über den Tod. Eine Frau, die er erst so kurze Zeit kennt, ein kleines Abenteuer, das wird er ja wohl vergessen können.

Könnte ich Iris vergessen? Ach, das ist ja jetzt nicht die Frage.

Hauptsache, wir bleiben zu dritt. Ohne Eindringlinge.

*

Bei unseren Spaziergängen treffen wir immer ungehobelte Menschen, die sich über mich lustig machen. Das nervt, aber ich kann es ertragen. Man lacht nur über Dinge, die man nicht versteht, weil man zu blöd ist. Sie lachen über Louise, dabei wird sie mal eine große Künstlerin. Sie lachen über mich, dabei bin ich bereits ein großer Kater.

In der Nähe von Les Halles fällt mein Blick plötzlich auf einen Zettel an einem Laternenpfahl. Ich bleibe wie angewurzelt stehen. Das ist ein Foto von mir. Ja, das bin ich, kein Zweifel. Es ist ein Bild von einem Laienwettbewerb von 2014. Ich erinnere mich, als sei es gestern gewesen. Ich war so jung, aber schon so schön. Darunter steht in fetten Buchstaben »Katze entlaufen«, dazu eine Telefonnummer und mein alter Name, Figaro. Ich habe keine Zeit, den Rest zu lesen, weil Paul an der Leine zieht.

»Katze entlaufen«? Von wegen, »Katze ausgesetzt«!

Bereuen Caroline und Patrick endlich ihre abartige Tat? Geschieht ihnen recht. Bestimmt hat sie den Flughafen, alle Vorstädte und Bahnhöfe plakatiert. Es sieht ihr ähnlich, es total zu übertreiben, wenn sie etwas will. Ich sage »sie«, da ich mir sicher bin, *wenn* in dieser Familie jemand zur Besinnung gekommen ist, dann wohl Caroline.

Ich habe mit so etwas nicht gerechnet. Weder heute noch sonst irgendwann. Paul und Louise haben zum Glück nichts gesehen. Es ist zwar schön zu wissen, dass Caroline Gewissensbisse hat, aber das ändert jetzt nichts mehr. Insgeheim tröstet es mich, denn es bedeutet, dass ihre Zuneigung nicht nur vorgetäuscht war. Aber das ist jetzt vorbei. Ich bin weder ein Möbelstück noch ein

Spielzeug. Ich habe Gefühle. Figaro gibt es nicht mehr, und Harold verzeiht nicht.

Außerdem braucht Louise mich.

26

Paul

Seit einer Stunde finde ich keine Ruhe. Luna hat nicht auf die einzige SMS geantwortet, die ich ihr diese Woche geschickt habe, nachdem ich mich – wie sie – fünf Tage lang ausgeschwiegen habe. Ich lese sie immer wieder und bin inzwischen beim vierten Kaffee.

»Wir wollen jetzt doch nicht ewig schmollen, oder? Dein Vorschlag war ziemlich haarig und meine Antwort etwas zu heftig. Telefonieren wir heute Abend?«

Müll. Ein halbgares Teilen der Schuld. Zum Kotzen. So etwas schreiben nur Idioten. Oder Feiglinge. Kein Wunder, dass sie mich schmoren lässt. Was kann sie schon dafür, dass ich in einem ungünstigen Moment ans Telefon gegangen bin? Sie ist weder für Aurélias Tod noch für meine Traumata verantwortlich. Sie hat ihre eigenen. Wir haben jeder unser Päckchen zu tragen. Die Frage ist, wie Gustave immer sagt: Schleifen wir es wie einen Klotz am Bein hinter uns her, sodass wir kaum noch vorwärtskommen, oder entscheiden wir uns, es in einen Rollkoffer zu packen? So oder so müssen wir mit dem Inhalt leben. Da können wir uns wenigstens den Transport erleichtern.

Gustaves metaphorische Ratschläge sind manchmal

sehr nützlich. Auf jeden Fall nützlicher als der Mix aus meinem Stolz, meinen Ängsten und meiner Lähmung.

Das Abendgeschäft hat noch nicht begonnen. Luna ist vielleicht noch im Büro oder schon zu Hause.

Ich klammere mich an mein Handy. Und wenn sie nicht drangeht? Absichtlich? Diese Geschichte macht mich echt fertig. Einerseits komme ich mir blöd vor, andererseits meine ich, in Bezug auf Louise völlig im Recht zu sein. Doch je länger ich darüber nachdenke, desto klarer wird mir, dass nicht immer die Grundfrage das Problem ist. Es geht auch um die Form, die man ihr gibt, und darum, wie man die Dinge formuliert. Und da gibt es nichts zu diskutieren: Ich habe es eindeutig verbockt.

Es klingelt. Und dann lande ich auf der Mailbox. Ich versuche es noch einmal. Denn wenn man zweimal anruft, signalisiert man dem anderen, dass es wichtig ist, dass es kein zufälliger Anruf war. Dass man es ernst meint.

»Hallo?« Ihre Stimme klingt so verkrampft, wie ich mir auch ihr Gesicht vorstelle.

»Warte kurz.«

Ich wechsele zum Videochat. Ich möchte, dass wir uns sehen. Sie nimmt die Anfrage an.

»So. Hallo. Du siehst schön aus im Licht deiner Lampe …«

Ich stocke. Sie wirkt so verschlossen.

»Danke, Paul. Aber ganz ehrlich, das ist mir ziemlich egal. Ich habe viel nachgedacht seit unserem Gespräch und …«

»Ich auch, Luna. Ich möchte mich dafür entschuldigen, wie ich mit dir geredet und dir mein Nein vor den Latz geknallt habe. Ich hatte gerade …«

»Ja, du hattest bestimmt einen guten Grund. Aber darum geht es gar nicht. Du und ich, wir sind irgendwie ineinandergerast. Es war nicht geplant, es gab keine Erwartungen, es bekam erst Tiefgang und wurde dann unglaublich schön. Aber …«

Das klingt alles gar nicht gut. Sie schaut nicht mal in die Kamera.

»Luna, bitte, lass mich auch etwas sagen. Ich verstehe, was du sagst, aber ich glaube, ich möchte deine Schlussfolgerung nicht hören.«

»Ich sage sie dir trotzdem: Du hast in deinem Leben keinen Platz für mich, zwischen deinem Restaurant und deiner kleinen Louise. Wahrscheinlich ist es zu früh, oder ich gefalle dir nicht genug. Ich verstehe das. Aber ich will nicht mehr im Schatten von jemand anderem leben, im Schatten seiner Vergangenheit oder seines Wahnsinns. Ich war lange genug in der Dunkelheit, das ist vorbei. Aber ich möchte dich auch nicht vor den Kopf stoßen. Kurz und gut, ich dachte, wir könnten Freunde bleiben.«

Okay. Ich bin beruhigt. Sie meint das nicht ernst. Sie ist kein bisschen überzeugt. Es ist viel zu heftig. Sie möchte resigniert erscheinen, aber eigentlich will sie nur, dass ich reagiere. Das ist sonnenklar.

Wenn ich auf sie eingehe und Argumente für unsere Beziehung vorbringe, wird sie in derselben Richtung weitermachen, um das Gesicht zu wahren. Dann warten wir eine Woche und raufen uns irgendwie wieder zusammen. Wenn ich mich aufrege, wird sie die Krallen ausfahren. Und wenn ich sage, dass sie recht hat, wird sie versuchen, die Fassade aufrechtzuerhalten, und nach dem Auflegen denken, mir liege nichts an ihr.

Durch die Mädels im Restaurant habe ich zum Glück ein Diplom mit Auszeichnung in Frauensprache. Und in Körpersprache.

Dennoch entscheide ich mich für eine gewagte Option.

»Luna, bitte, sieh mich an.«

Sie richtet ihre blauen Augen auf mich.

»Ich weiß, dass ich dich verletzt habe, und ich entschuldige mich aufrichtig dafür. Aber ich ziehe das, was du gerade gesagt hast, nicht ernsthaft in Betracht, weil ich ganz genau weiß, dass das nicht das ist, was dein Bauch sagt. Du versuchst, eine Festung um dich zu errichten, ich kenne das. Du willst nicht mit mir befreundet sein …«

»Hör auf.«

»Habe ich nicht recht?«

»Du nervst.«

»Was machst du heute Abend?«

»Nichts. Lesen und schlafen.«

»Gut, dann decke ich dich nachher zu, ja? Damit wir richtig reden können. Éric ist da, ich kann weg, bevor wir schließen.«

»Du lädst dich zu mir ein? Vielleicht will ich ja nicht, dass dich jemand bei mir sieht!«

Sie setzt ihre maliziöse So-leicht-kriegst-du-mich-nicht-Miene auf.

»Und falls du nicht gegessen haben solltest, kann ich dir nur Konserven, Fertiggerichte oder die McDonalds-Reste meiner Mitbewohnerinnen anbieten. Du machst echt kein gutes Geschäft.«

»Ich werde nichts essen. Noch besser: Ich esse alles, was du mir gerne vorsetzen willst. Einverstanden?«

»Du gibst ja eh nicht auf, bis ich Ja sage. Um wie viel Uhr?«

»22 Uhr? Vor 21 Uhr 30 komme ich nicht weg, wir sind fast ausgebucht, und ich habe nicht angekündigt, dass ich früher gehe. Aber in der Küche sind alle da, es sollte also gehen.«

»Okay. Und jetzt geh mir aus den Augen, du unseliger schöner Mann!«

»Sie sind auch nicht übel, Mademoiselle.«

»Nicht übel?«

»Man wird doch noch untertreiben dürfen.«

Sie lächelt.

»Kuss.«

»Bis nachher.«

Mir gefällt ihr aufreizender Charakter, auch wenn er die verwirrende Zwiespältigkeit unterstreicht, die in Luna steckt. Sie hat einerseits ein feuriges Temperament und ist andererseits eindeutig auf der Suche nach einem Mann, der sie bezwingen kann. Das wurde mir bei unseren intimeren Gesprächen klar. Sie steht gern unter dem Einfluss ihres Partners, auch wenn sie das Gegenteil schwört. Vermutlich eine Folge ihrer sturmgeschüttelten Jahre.

*

Ich bin da.

Lunas rebellischer Auftritt amüsiert mich. Sie trägt einen Overall-Schlafanzug, weil man »um diese Zeit ja kaum erwarten kann, dass die Leute noch geschniegelt und gebügelt zu Hause sitzen«. 22 Uhr 30 ist natürlich etwas spät.

Sie hat sich wieder auf ihr Bett auf die Decke gelegt, neben sich ein aufgeschlagenes Buch. Ihre Haare sind das reinste Durcheinander, und sie hat eine Brille auf der Nase.

Als ich mich neben sie setze, rückt sie von mir ab.

»Du trägst eine Brille?«

»Abends zum Lesen, ja.«

»Das hast du mir gar nicht erzählt.«

»Ich erzähle dir eben nicht alles.«

»Hm.«

»Hast du gegessen? Oder willst du eine Konserve? Ich habe irgendwo noch eine Dose Cassoulet rumfliegen«, sagt sie herausfordernd.

»Wenn du Hunger hast, esse ich mit. Aber eigentlich bin ich satt.«

»Stell dir vor, ich habe bereits gegessen.«

»Können wir uns kurz richtig unterhalten?«

»Ich höre. Du hast mich ja schließlich angerufen.«

Ich versuche, mich zu konzentrieren, denn ganz offensichtlich trägt sie unter ihrer ziemlich figurbetonten Baumwollkluft nichts. Das setzt bei mir ein Kopfkino in Gang.

Sie hat bemerkt, wohin meine Augen gewandert sind, sagt aber nichts dazu.

»Es tut mir leid, wie dieses besagte Gespräch verlaufen ist. Ich wollte dich nicht kränken.«

»Ich war nicht gekränkt.«

»Luna, du hast einfach aufgelegt.«

»Na gut.«

»Es war ein spezieller Augenblick. Louise hatte gerade ein Porträt ihrer Mutter gezeichnet.«

»Das habe ich ja vorhin gesagt: Du bist noch nicht bereit, und ich kann das verstehen.«

»Das hat nichts mit der Zeit zu tun. Ich wollte niemanden kennenlernen, aber du bist mir einfach irgendwie vor die Füße gefallen. Und ich konnte nicht ausweichen.

Das habe ich dir schon gesagt. Ich weiß nicht, ob ich bereit bin, jemanden in mein Leben zu lassen, aber ich bin bereit für dich. Wenn wir uns nicht sehen, fehlst du mir.«

»Ehrlich?«, fragt sie schon viel weicher.

»Nein, es ist ein wahnsinnig verspäteter oder ziemlich verfrühter Aprilscherz.«

»Phh!«

Sie rückt wieder näher an mich heran.

»Und in Bezug auf Louise meinte ich nicht, dass ich euch niemals miteinander bekannt machen werde, nur nicht sofort. Sie ist sehr aufgeweckt. Ich glaube nicht, dass die Vertrautheit zwischen uns ihr entgehen würde. Und ich möchte sie auf keinen Fall überfordern. Sie ist gerade dabei, sich von den Strapazen der letzten Wochen zu erholen.«

Luna spielt mit einer Haarsträhne und starrt dabei auf Chanel, die sich am Fell zupft.

»Du kannst dir nicht vorstellen …«

»Oh nein! Sag nicht, ich kann mir nicht vorstellen, wie es ist, wenn man ein Kind beschützen muss. Ich habe keines und werde nie eines haben. Das ist mir deutlich bewusst.«

»Das wollte ich überhaupt nicht …«

»Verzeih mir. Ich bin im Moment leicht reizbar und kriege alles in den falschen Hals. Im Grunde verstehe ich sehr gut, was du empfindest. Das ist ja völlig normal. Ich war nur enttäuscht, weil ich – so dumm das klingt – bei dieser Show sofort an euch gedacht habe. Ich rief dich an, ohne nachzudenken. Ganz spontan. Ich wollte die Show gerne mit dir sehen und Louise eine Freude machen, obwohl ich sie nicht kenne. Es waren nämlich

Feen mit im Programm, und Louise ist mir durch deine Erzählungen sehr nah.«

Ich umarme sie.

»Du bist wunderbar. Auch ich verstehe dich. Eines Tages, wenn alles gut läuft, werden wir zu dritt Feen und Prinzessinnen anschauen, ob mit oder ohne Schlittschuhe, versprochen.«

Luna richtet sich plötzlich auf und nähert ihre Lippen den meinen.

»In Ordnung.«

Wir küssen uns, dann zieht sie mich an sich. Ich glaube, es hat sich jetzt ausgeplaudert. Unsere Körper schreien nacheinander, die unterschwellige Spannung der letzten langen Minuten muss sich entladen.

Luna setzt Chanel auf den Boden. Missmutig miauend verzieht sich die Katze. Harold und sie würden super zusammenpassen.

Endlich ziehe ich den Reißverschluss ihres Ganzkörperanzuges auf und befreie ihre Glieder von dem viel zu dicken Baumwollstoff. Lunas Brüste sind lustvoll aufgerichtet und bringen alle meine Sinne zum Klingen. Ich lasse meine Hände von ihren zierlichen Füßen und den anmutigen Knöcheln über ihre Beine zu den leicht zitternden Schenkeln gleiten.

»Ist dir kalt?«

»Nein, ich will dich.«

Ich beginne, mit Fingern und Lippen ihre Muttermale zu zählen. Sie bebt, aber ich drehe sie auf den Bauch und zähle auf Rücken und Po weiter. Die sinnlichen Rundungen ihres Hinterns machen mich jedes Mal wuschig, wenn ich nur daran denke.

Sie dreht ihr Gesicht zu mir.

»Ich will dich spüren. Ich brauche es. Jetzt.«

»Sofort?«

»Ja.«

Sie hat so ein Flehen in der Stimme. Das erregt mich ungemein und erinnert mich wieder an ihr Bedürfnis, beherrscht zu werden. Im Leben finde ich das zwar bedenklich, aber im Bett liebe ich es.

Ich wirbele sie herum und fahre mit der Zunge über ihre Hüften. Sie stöhnt. Sie zieht mir die Boxershorts aus und nimmt mein Glied in ihre feuchte Hand.

Diese noch so junge Nacht verspricht uns bereits einen leidenschaftlichen Sinnesrausch.

*

Ich schmecke Luna noch mit jeder Faser. Kaffee, Orangensaft und Butterbrot werden daran nichts ändern. Ich bin um fünf Uhr heimgekommen und preise Rachel dafür, dass sie so gern in unserem Gästezimmer schläft.

»Alles klar, Papa? Du scheinst über den Wolken zu schweben.«

»Noch besser, Prinzessin. Ich gleite durch ein Sternenmeer.«

»Echt? Dann male ich nach der Schule ein Bild von dir zwischen den Sternen. Dann habe ich ein neues Motiv.«

»Da freue ich mich drauf. Aber jetzt duschst du erst mal, ja?«

»Jaha! Mit Harold? Irgendwann müssen wir ihn doch mal waschen.«

Der Kater verschwindet mit Lichtgeschwindigkeit unter dem Sofatisch. Das tut er immer, wenn er sein Missfallen zum Ausdruck bringen will. Manchmal habe ich wirklich das Gefühl, er versteht jedes Wort.

»Ich glaube, Harold mag Wasser nicht, mein Herz. Und jetzt ab mit dir.«

»Dann füllen wir ihm die Wanne eben mit Milch!«, ruft Louise im Weggehen.

Ich lache, aber das Fellmonster scheint nicht überzeugt zu sein.

Während ich die Spülmaschine einräume, denke ich an Noémie und Mathieu, ohne die ich Luna nie kennengelernt hätte. Sie sind fast Nachbarn, leben nur wenige Hundert Meter voneinander entfernt, und ich habe ihnen noch nicht mal von ihr erzählt. Außer Gustave, dem Restaurantpersonal und dem Kater weiß niemand von Luna. Vermutlich, weil alle meine Freunde auch Aurélias Freunde sind und ich Angst vor ihrer Reaktion habe. Aber seit dieser Nacht ist es noch klarer, dass Luna von nun an ihren Platz in meinem Leben hat.

Ich muss also meinen Mut zusammennehmen und sie anrufen. Oder ihnen eine Mail schicken. Oder eine SMS. Oder ich warte.

Ach, ist das kompliziert.

*

Louise ist mit Ella und Jessica in ihrem Zimmer. Sie haben sich den Bauch mit meiner Pizza vollgeschlagen und spielen jetzt ihre kindlichen Spiele, während ich mir das Hirn zermartere, wie ein Erwachsener. Zum Glück leistet mir mein achtzehnjähriger Whisky Gesellschaft. Gleich kommt Gustave, um mir von seinen nächtlichen

Abenteuern zu berichten. Ich habe schon eine halbe Stunde mit Luna diskutiert, und ich weiß, was mir zu tun bleibt: die Angst überwinden.

»Hey, Paul, wie geht's?«

»Hallo, Mathieu. Gut, und dir?«

»Ach, ich bin im Clinch mit einem Investor, aber das ist ja nichts Ungewöhnliches.«

»Und Noémie?«

»Der geht's prima, und gerade strickt sie mir einen Schal. Was gibt's Neues? Wie läuft's im Restaurant?«

»Sehr gut. Wir haben eine tolle Kritik von einer YouTuberin bekommen, und die Reservierungen überschlagen sich.«

»Und Louise?«

»Ihr geht es viel besser. Sie hatte ein paar Probleme in der Schule, aber das hat sich gelegt. Und ich wollte euch sagen … dass ich jemanden kennengelernt habe.«

»Echt? Da freue ich mich aber für dich! Noémie wird begeistert sein. Wir haben so gehofft, dass du dich wieder öffnen kannst. Wie heißt sie?«

»Luna. Und ich bin ihr dank euch begegnet.«

»Ach ja?«

»Ja, nach unserem letzten gemeinsamen Essen. Ich traf sie ein Stück weiter unten am Quai. Es ging ihr nicht so gut, und da kamen wir ins Gespräch.«

»Guter Samariter und … Geheimniskrämer! Wann stellst du sie uns vor?«

»Bald!«

»Habt ihr nächste Woche Donnerstag Zeit?«

Ich bin etwas überrumpelt.

»Äh, ich frage sie und sage dir dann Bescheid, okay?«

»Super. Ich frage Noémie. Und ich lade die beiden

anderen ein. Und, versprochen, ich bitte Ingrid, ohne ihre Trompete zu kommen.«

»Ha ha! Abgemacht. Danke, Mat.«

Wir beenden das Gespräch, und ich atme auf. Es war nicht nur gar nicht so schlimm, sie freuen sich sogar. Ich habe schon tolle Freunde.

27

Der Pelzige

Carolines Suchanzeige treibt mich nachts ein wenig um. Louise übernachtet jetzt oft bei ihren Freundinnen Ella und Jessica. Paul hat sich mit Luna versöhnt, sie ist heute Abend hier. Und Iris wird mich verlassen.

Das ist doch alles ein Riesenmäusedreck.

Ein heftiger Sturm fegt über mein Leben hinweg. Da könnte ich glatt die Krallen in die Vorhänge schlagen und mich daran herunterrutschen lassen, um zu spüren, wie der Stoff reißt. Ich muss mich an irgendetwas rächen, aber die Vögel sitzen lieber auf dem Rasen beim Chihuahua.

Der Rauch von Lunas Zigarette steigt mir in die Augen. Natürlich ist der an meinem wässrigen Blick schuld. Ich werde doch nicht wegen einer Kätzin heulen. Aber dennoch fühle ich mich der Dinge beraubt, die mich in der letzten Zeit glücklich gemacht haben.

Ich gehe von der Terrasse ins Haus und verziehe mich in meinen Korb. Paul wird mich eh nicht beachten, *ich* habe ja keine Brüste. Und ich habe jetzt keine Kraft, den Clown zu spielen, damit er sich mit mir beschäftigt. Da kann ich mich lieber gründlich putzen, denn sauber zu sein tut immer gut.

Ich bin schrecklich niedergeschlagen, seit Iris mir vor zwei Tagen gesagt hat, dass sie bald weg ist. Die Blumenhändlerin geht in Rente, sie hat den Laden verkauft und zieht aufs Land. Iris geht mit ihr. Das habe ich nicht kommen sehen.

Seitdem schlafe ich nicht mehr. Ich fixiere die Lichtpunkte in der Wohnung, um die Dunkelheit zu bekämpfen, und beobachte die Zahlen auf der Internetbox. Beide Augen gleichzeitig zu schließen gelingt mir nicht. Iris hat mich gebeten, mit ihr zu kommen, die Alte sei einverstanden. Sie lockte mich mit der aromatischen Milch, täglicher Kopulation, Mäusejagd und den Gerüchen der Natur. Ich sah davon ab, die Ausdünstungen ihres Frauchens zu erwähnen, die alles andere als einladend sind.

Sex, Beute, viel Platz und eine Gefährtin – oder meine neue Familie? Das ist ein bescheuertes Dilemma. Ich will alles.

Die Argumente dafür und dagegen kreisen unaufhörlich in meinem Schädel. Ich habe Iris keine direkte Antwort gegeben, weil sie mich dermaßen überrumpelt hat. Aber im Grunde wusste ich: Ich wurde zwar verlassen, aber ich werde meine Familie nicht verlassen. Das würde zu einem Schneeballeffekt führen, in der Art von Gestörten, die andere verletzen, um nicht selbst als Erste verletzt zu werden.

Caroline und Patrick haben mich geschädigt. Letztlich bin ich glimpflich davongekommen, aber auch wenn die Wunde jetzt verheilt ist, so bleibt dennoch eine Narbe zurück. Daher fällt es mir schwer, anderen vollkommen zu vertrauen.

Louise ist heute nicht da, und Paul ist beschäftigt, da frage ich mich, ob sie mich wirklich noch so sehr brauchen. Vielleicht war es unser Schicksal, uns gegenseitig zu helfen, aber jetzt gehen sie ihren Weg mit Luna und Chanel? Vielleicht sollte ich Iris begleiten, um nicht auf der Strecke zu bleiben?

Verkatert noch mal, woher soll ich das wissen?

Wenn ich bleibe und dann das fünfte Rad an ihrem Vierergespann bin, was wird dann aus mir? Wenn ich gehe, obwohl Iris vielleicht nur eine vorübergehende Affäre ist, und dafür denen den Rücken kehre, die mich aufgenommen haben, was sagt das dann über mich aus?

Ich habe im Flur Lunas Schuhe erspäht. Die schwarzen Schnürsenkel ihrer Stiefel rufen nach mir. Ich weiß, woran ich meinen Frust auslasse, während sie in Pauls Zimmer ihren Leibesübungen nachgehen.

*

Schlafmangel kann einen Kater brechen. Ich bin wackelig auf den Beinen, Körper und Lider fühlen sich schwer an. Ich bewege mich im Automatikmodus fort, das kann auf der Straße gefährlich werden. Aber, was soll's, ich muss Saxo einfach sehen. Es ist Samstag, Paul ist im Restaurant, und Louise übt mit Rachel Gummitwist. Währenddessen verkümmere ich. Deshalb schleppe ich mich durch die Straßen und hoffe, keinem Artgenossen zu begegnen. Das ist nicht das Ziel meines Ausflugs.

Mir läuft ein Schauder die Wirbelsäule entlang. Der Sommer ist vorbei, es wird immer kälter. Der eisige Wind fährt mir in die Eingeweide, aber ich setze meinen Weg fort. Solange es nicht regnet, kann ich alles aushalten.

Ich hatte es so kalkuliert, dass ich genau um 17 Uhr ankomme, weil Saxo am Wochenende um diese Zeit aufhört. Aber ich hatte meine heutige Langsamkeit nicht bedacht. Verdammt, ich hasse es, wenn ich nicht im Vollbesitz meiner Kräfte bin. Sagt bloß nicht, dass ich ihn verpasst habe. Das hätte gerade noch gefehlt.

Ich lege mich vor das große Fenster, und natürlich überkommt mich hier auf einmal eine unwiderstehliche Müdigkeit. Toller Witz. Ich kämpfe dagegen an.

Das Geräusch sich drehender Schlüssel in den Innentüren gibt mir neue Energie. Ich habe zwar keine Kraft, mit Saxo zu spielen, aber wir finden schon einen anderen Weg der Kommunikation, da vertraue ich ihm völlig.

Mein Stolz lässt mich mich aufrichten. Schlappe Katzen sind zum Weglaufen.

Verdammt. Statt Saxo kommt eine junge Rothaarige aus der Praxis und schließt ab. Sie trägt einen Käfig mit einem mümmelnden Kaninchen. Dämlicher Nager.

Wer ist die Frau? Und wo ist Saxo? Mir fallen die Telefonate mit seiner Frau ein, da erwähnte er mal eine Vertretung.

Ich bin wirklich vom Pech verfolgt, das ist die einzige Erklärung. Ich trete den Rückzug an, die Frau bemerkt mich nicht einmal. Die hat doch von nichts eine Ahnung. Rothaarige sind sowieso grundsätzlich zu nichts nütze, außer Kate Walsh. Ah! Sie als Addison Montgomery in *Grey's Anatomy*. Schön und mit Charakter. So mag ich es. Ja, ich bin fernsehsüchtig, na und?

*

Zurück zu Hause fällt es mir wie Schuppen von den Augen, auch wenn ich Fische sonst lieber im Maul habe: Ich hänge sehr an Saxo, das beweist meine Enttäuschung.

Er, Louise und Paul, das macht also drei. Drei gegen Iris.

Die Entscheidung steht, ich bleibe. Das sage ich Iris morgen. Ich hoffe, dass sie genug Verständnis aufbringen wird, um mir noch einen letzten Ritt zu gönnen. Und dass sie mir nicht allzu sehr fehlen wird.

28

Paul

Während ich uns einen Brunch vorbereite, versucht Louise, den Kater aufzumuntern. Er ist ziemlich schlapp, aber sie gibt nicht auf. Letztendlich gelingt es ihr immer, ihn aus der Reserve zu locken. Ihre Hartnäckigkeit würde so manchen mürbe machen, aber Harold wird nicht ungeduldig. Er lässt es mit sich machen. Ich habe wirklich einen guten Riecher gehabt, als ich an jenem Nachmittag in die Tierarztpraxis ging. Der Kater verdiente ein gutes Zuhause, und Louise brauchte einen Kater wie ihn.

Was hat ihm wohl auf die Stimmung geschlagen? Vielleicht möchte er gern Chanel wiedersehen? Oder will ich nur baldmöglichst Luna wiedersehen? Die regelmäßigen SMS und ihre Stimme am Telefon sind nicht mehr genug, um die Zeit bis zu unserem nächsten Treffen zu überbrücken. Das Band zieht sich enger. Ich binde mich an sie. Und ich kämpfe nicht mehr dagegen an.

»Komm essen, mein Spatz!«

»Komm essen, Harold!«, echot Louise.

»Ach, das Fellmonster will auch mitessen?«

»Papa!«

»Was denn?«

Ich liebe es, sie ein wenig zu verschaukeln.

»Ich weiß genau, dass du ihm auch etwas gibst.«

»Besser noch. Da er etwas neben der Spur zu sein scheint, habe ich zwei Näpfe für ihn. Einen mit ein wenig Milch und einen mit Thunfisch-Omelett.«

Der Kater kommt zu uns herübergeschlendert. Irgendwann glaube ich tatsächlich noch, dass er alles versteht, was wir sagen. Oder er hat den Zufall verdammt oft auf seiner Seite.

Louise setzt sich verschmitzt grinsend auf ihren Hocker.

»Das ist ja ein richtiges Festessen, Papa. Kommt noch jemand?«

»Ja, klar, der Weihnachtsmann.«

»So ein Quatsch. Ich weiß doch schon, dass es den nicht gibt. Und außerdem ist gar nicht Dezember!«

Ich hätte ihr diesen kindlichen Glauben so gern noch länger gegönnt.

»Du bist einfach zu schlau.«

»Nein. Ich dachte nur, du hättest vielleicht die Frau eingeladen.«

»Welche Frau?«

»Na, die, mit der du immer telefonierst. Eben gerade wieder. Luna?«

Uff. Ich lasse mich auf den Hocker fallen und versuche, nicht völlig die Fassung zu verlieren. Sie hat mich total überrumpelt.

»Hast du eines unserer Gespräche gehört?«

»Die Wände sind so dünn wie Esspapier, und außerdem habe ich gute Ohren. So wie Harold – stimmt's, Katerchen?«

Ich weiß nicht, was das Fellmonster jetzt damit zu tun haben soll. Ich bin baff. Sie beobachtet mich, während ich meinen Obstsalat löffele. Sie wartet auf meine Antwort. Irgendetwas muss ich sagen, aber was? Sie wirkt sehr entspannt. Was hat sie wohl genau gehört?

»Papa, du wirst rot.«

»Quatsch! Deine Augen sind wohl noch nicht ganz wach.«

Die eigene Tochter necken, um selbst nicht das Gesicht zu verlieren. Na, herzlichen Glückwunsch!

»Harold, was meinst du? Er ist rot wie eine Tomate, oder?«

»Da haben wir's: Du träumst noch. Wenn du sogar glaubst, dass die Katze dir antwortet …«

»Phh! Du willst ja nur das Thema wechseln.«

Sie klatscht lachend in die Hände. Als ich gerade antworten will, rettet mich die Türklingel aus dieser haarigen Situation.

»Ich mache auf.«

»Ich wusste doch, wir kriegen Besuch«, jubelt Louise.

In diesem jungen Geist reift ein recht ausgeprägtes Selbstbewusstsein heran.

Als ich die Tür aufmache, steht mir plötzlich eine ganze Horde von Menschen gegenüber. Der heutige Tag spart wirklich nicht mit Emotionen.

»Überraschung!«

»Was macht ihr denn alle hier? Es hat doch niemand Geburtstag.«

»So begrüßt du deine Freunde?«

»Ich bin nur überrascht.«

»Das ist Sinn der Sache.«

Aurélias zwei beste Freundinnen, Florence und Sandra, die ich seit dem Sommer nicht mehr gesehen habe. Mein ehemaliger Fitnesscoach, Guillaume, der etwa zehn Jahre älter ist als ich. Ein Pärchen, das ich noch aus der

Schule kenne, Élise und Damien. JB, ein Kumpel, mit dem ich Squash gespielt habe. Fab und Lynda, ein Paar, das wir in New York kennengelernt hatten.

Dieser ganze kleine Kosmos von Menschen, die sich auf unserer Hochzeit angefreundet haben, erstreckt sich vor mir.

»Kommt rein! Ich habe gerade Brunch gemacht, aber das reicht wohl nicht für alle.«

»Wir haben alles dabei«, sagt Sandra, Tüten schwenkend.

»Entschuldige den Überfall, mein Lieber, aber wir möchten uns mal mit dir an einen Tisch setzen und reden«, erklärt JB.

»Und, Louise, wenn du fertig gegessen hast, gehst du mit deiner Patentante zum Ponyreiten.«

Florence ist außerdem Louises Patentante.

»Cool! Aber können wir nicht alle zusammen dahin gehen?«

Die Neugier meiner Tochter kann mühelos mit der Dreistigkeit meiner Freunde mithalten.

»Nein, Süße, wir gehen zu zweit«, bestätigt Florence.

Es ist ein sonntäglicher Überfall, Widerstand ist zwecklos. Ich habe eine vage Vorstellung von ihrer Beschwerdeliste. Ich habe seit Monaten keinen von ihnen gesehen, und mit manchen habe ich seit Ewigkeiten nicht einmal telefoniert. Luna und Gustave sind die Einzigen, mit denen ich mich regelmäßig unterhalte. Ich habe die Schwäche, nicht immer gleich zurückzurufen und Nachrichten einfach zu vergessen, wenn ich nicht sofort antworte.

Dabei hatte dieser Sonntag so schön angefangen …

*

Eine halbe Stunde später fällt es mir angesichts ihrer gemunkelten Vermutungen und besorgten Mienen schwer, mich noch zu zügeln. Kaum ist Louise aus der Tür, platze ich mit der Neuigkeit heraus.

»Ich habe jemanden kennengelernt.«

»Wirklich?«

»Nein!«

»Was?«

»Echt?«

»Wen?«

»Seit wann?«

»Kinder, Kinder, ganz ruhig, eine Frage nach der anderen«, schaltet Guillaume sich ein. »Wo hast du sie kennengelernt?«

»Das ist nicht gerade die einfachste Frage zum Einstieg, aber gut: Ich bin vor einigen Wochen an einem Seine-Quai auf sie gestoßen. Sie war unglücklich. Und zwei vom Leben gebeutelte Seelen können sich offenbar aneinander aufrichten.«

»Wie schön!«, meint Lynda.

Doch ich glaube, feindselige Blicke von Sandra und Élise wahrzunehmen. Ich habe das Gefühl, mich rechtfertigen zu müssen.

»Ich habe schon mit mir selbst zu kämpfen, damit ich ihr einen Platz zugestehe und mir die Gefühle gestatte, mit denen ich absolut nicht gerechnet habe. Da wollte ich nicht auch noch gegen euch kämpfen. Also, ich meine, ich wollte euch nicht schockieren oder enttäuschen.«

»Machst du Witze? Wir freuen uns für dich, Paul«, antwortet Fab darauf. »Ich glaube, ich spreche für uns alle. Wir möchten, dass es dir gut geht, dass du weiterlebst, nur darauf kommt es an.«

»Genau. Niemand ist gegen irgendetwas«, betont Élise, die sich von dem Schock erholt zu haben scheint. »Ich bin zwar erstaunt, aber im positiven Sinne. Du verdienst, dass …«

Sie sucht nach Worten.

»Ich glaube, Élise will sagen, dass du es verdienst, wieder glücklich zu sein. Und wenn dir eine Frau wirklich gefällt, dann hast du unseren Segen«, schließt sich Sandra an.

»Solange du uns nicht vergisst!«

»Natürlich nicht, Lynda. Wie sollte ich euch je vergessen? Ich habe nur im Moment nicht so viel Zeit. Mit dem Restaurant und Louise und jetzt Luna ist es eine ständige Rennerei.«

»Luna ist ein hübscher Name.«

»Ja.«

Jeder hat etwas zu kommentieren, und dann geht das Verhör erst richtig los. Dieser Überraschungsbesuch hat mich zwar etwas aus der Balance gebracht, aber irgendwie bin ich auch erleichtert. So konnte ich die Neuigkeit gleich bei allen gleichzeitig loswerden.

Außerdem ist es auch mal schön, andere Meinungen als die von Gustave zu hören. Wenn ich mit ihm rede, kann das je nach Laune und Thema sowohl angenehm als auch unangenehm sein, aber jedenfalls habe ich bei ihm keine Angst, ihn mit Emotionen zu überschütten.

Das kann ich über die hier Versammelten nicht sagen, speziell über Aurélias beste Freundinnen. Dennoch hat mir ihre Reaktion gezeigt, dass ich ihnen ruhig mehr zumuten darf. Sie sind allem gewachsen, das haben sie in den letzten Jahren Schritt für Schritt gezeigt.

*

Das trübe Grau ist dichter Dunkelheit gewichen, das Funkeln nächtlicher Lichter erfüllt jetzt die Stadt. Kein Zweifel: In Paris sind die Abende im Spätherbst viel angenehmer als die Tage. Das Lichterballett von Straßenlaternen, Ampeln, Autoscheinwerfern und Laserstrahlern gibt den Augen eine Wärme, die der blasse Himmel tagsüber nicht bieten kann. Lunas Hände krallen sich in meine Lederjacke. Wirklich sicher fühlt sie sich hinter mir nie, aber ich glaube, gerade das gefällt ihr. Unsere Körper werden auf dem Roller eins. Wenn man sich mag, ist das auf jeden Fall ein schönes Gefühl. Und der kleine Adrenalinkick verdirbt ihr das Erlebnis nicht, das weiß ich. Luna ist eine Spielerin. Und sie liebt die Gefahr. Etwas zu sehr für meinen Geschmack, wie ich ihren Erzählungen entnommen habe. Unter dem Deckmantel des vernünftigen Mädchens versteckt sich ein höllisch komplexer Charakter. Sie liebt Nervenkitzel und Euphorie und geht gern an ihre Grenzen.

Ich habe solide Schultern, stehe mit beiden Füßen fest auf dem Boden und bin mit dem Kopf schnell wieder in der Realität. Und das ist gut so. Das Wichtigste bei jedem Rezept ist die Ausgewogenheit.

Ich parke vor Noémies und Mathieus Hausboot. Nach dreieinhalb anstrengenden Tagen im Restaurant freue ich mich auf einen entspannten Abend. Ich hätte Gaël als Kellner fast verloren, weil er ein anderes Angebot hatte, und Sophie spielt sich auf wie eine Diva, sie zeigt sich mal verführerisch, mal zerbrechlich, mal intrigant. Ich wusste kaum noch, wo mir der Kopf steht.

»Ich hätte wenigstens die Tasche wechseln sollen, oder? Ich sehe aus wie jemand, der gerade von der Arbeit kommt. Ich schäme mich ein wenig.«

»Du siehst super aus. Burschikos, aber dabei unglaublich weiblich.«

»Gefällt es dir?«

»Sehr.«

Ich tue so cool, aber mein Blutdruck steigt. Nachdem ich Luna im Restaurant vorgestellt habe, sie Gustave kennengelernt hat und ich an einem einzigen Wochenende einem Dutzend Freunden von ihr erzählt habe, wartet nun die nächste Begegnung auf mich, zu allem Überfluss wieder mit einer ganzen Gruppe.

Ich denke daran zurück, wie ich das letzte Mal alleine über den Anlegesteg ging. Mit zugleich leichtem und schwerem Herzen und dem Gefühl, dass Aurélia mich begleitete. Ich spreche innerlich zu ihr, während Luna ihre Frisur richtet. Ich sage ihr, dass ich an sie denke. Dass ich sie nicht ersetze. Dass sie nicht weniger Platz in meinem Herzen haben wird. Dass ich nur einem aufkeimenden Gefühl nachgehe, um nicht frühzeitig in der Dämmerung zu versinken. Und dann formuliere ich es neu. Weil das bescheuert klingt. Mir ist klar, dass sie mich nicht wirklich hört. Aber es ist mir dennoch wichtig, ihr im Geiste mitzuteilen, dass sie in mir immer weiterexistieren wird. Ganz egal, welches Morgen auf mich wartet.

Ich muss wissen, dass sie es weiß. Damit sie sich unter keinen Umständen verraten fühlt.

Luna hakt sich bei mir ein, statt meine Hand zu nehmen. Wie feinfühlig von ihr. Ich küsse sie, und wir gehen los. Mat und Noémie begrüßen uns auf ihre typisch herzliche Art. Ingrid und Antoine, die einfach immer vor mir da sind, tun es ihnen gleich, mit großer Freundlichkeit. Sie nennen Luna die »berühmte Nachbarin« –

ob bei Gustave oder hier, dieser Titel haftet ihr einfach an.

Wir setzen uns, das Büfett ist wunderschön angerichtet. Das Kennenlernen kann beginnen.

*

Die letzten vier Stunden vergingen wie im Fluge. Wir haben uns buchstäblich vom nicht abbrechenden Redestrom mitreißen lassen. Man kann sagen, dass es problemlos gefunkt hat. Es gab keine Störwellen. Luna hat meine Freunde für sich erobert, und es beruht auf Gegenseitigkeit.

Als wir bei ihrem Boot ankommen, halten wir uns nicht lange mit Kommentaren zu dem Abendessen auf. Der Ruf der Leidenschaft ist zu laut. Ich streiche ihr durchs Haar, sie legt mir die Hände um den Nacken, springt hoch und umschlingt mich mit den Beinen. Ich bin überrascht, wanke aber nicht.

Ich gewöhne mich an ihre Verwegenheit. Ich gewöhne mich an alles, was sie ist.

29

Der Pelzige

Ich weiß nicht, wie mir geschieht, aber ich bin mit Louise in der Schule. Paul hat uns mit dem Taxi hier abgesetzt und uns viel Glück gewünscht. Warum brauchen wir Glück? Ich habe keine Ahnung.

Während ich mit Trübsalblasen beschäftigt war, habe ich offenbar wesentliche Unterhaltungen verpasst.

Louise gehorcht ihrem Vater und lässt mich im Käfig, bis wir drinnen angekommen sind. Auf dem Hof und in den Fluren wimmelt es nur so von hüpfenden Flöhen, zum Kotzen. Nur weil ich Louise inzwischen mag, heißt das nicht, dass ich Kinder an sich leiden kann. Das ist wie mit den Menschen und Babys: Man liebt sein eigenes, aber nicht das der Nachbarin.

Als wir die Klasse betreten, begaffen uns all die fiesen kleinen Insekten wie Zirkustiere. Haben die noch nie eine Katze und eine lila Strähne gesehen, oder was? Wie hält Louise das bloß jeden Tag aus? In gewisser Weise bin ich ganz froh, jetzt ihre Welt kennenzulernen. Sicherlich werde ich von nun an besser verstehen, was sie mir allabendlich erzählt.

»Komm, mein lieber Kater, wir stellen dich vor«, flüstert sie mir ins Ohr. Noch leiser fügt sie hinzu: »Und, bitte, mach niemanden tot. Sei ein braver Harold. Für uns beide.«

Auf ihrem Arm sitzend beobachte ich unser Umfeld. Ein Haufen Rotzlöffel. Ich erkenne Ella und Jessica und den Jungen von der Party, Enzo, und fünf andere Kinder, die auch ein Tier dabeihaben. Oh, Mann. Ein Meerschweinchen, das mich an das Vieh in Saxos Praxis erinnert, ein Frettchen, ein Goldfisch im Glas, ein Einsiedlerkrebs und eine Schildkröte. Letztere ist recht hübsch. Die Kreuzung aus E.T. und fliegender Untertasse fand ich schon immer faszinierend. Das Frettchen hingegen erinnert mich an den Chihuahua, beim Anblick des Goldfischs knurrt mein Magen, das Meerschwein ist dämlich, und die laufende Muschel ist ein Witz. Wer holt sich denn so etwas ins Haus?

Wenn ich das richtig verstehe, ist heute also Haustiertag. Wir werden vorgestellt, und dann diskutieren die Kinder über unsere Unterschiede. Laut der Lehrerin ist das eine »spielerische und lehrreiche« Erfahrung.

Immerhin ist kein Hund dabei. Ich als Katze bin also *die* Attraktion. Das kann mir schon gefallen.

Jedenfalls verspricht es großartige Ablenkung von Iris. Sie hat nicht gewollt, dass wir uns ein letztes Mal vereinen. Sie hat mich weggeschickt wie einen räudigen Köter, weil sie beleidigt war, dass ich mich nicht für sie entschieden habe.

Altes, mürrisches, rachsüchtiges Weibsstück.

Sie geht, und *ich* werde dafür angefaucht? Sie kann ja ihre Olle verlassen und bleiben. Diese Tattergreisin kann meine Louise wirklich nicht aufwiegen. Das müsste Iris doch verstehen. Das Leben ihres Frauchens ist zu Ende, das Leben meines Frauchens liegt noch vor ihr. Wenn das nicht in Iris' vernebeltes Hirn geht, hat sie eben Pech gehabt.

Meine Traurigkeit verwandelt sich seit gestern mehr und mehr in Wut. *Lasst auf keinen Fall das Meerschwein los!*

Das Nagetier heißt Plume, obwohl es alles andere als federleicht ist und wie ein dickes Marshmallow aussieht, das Frettchen heißt Idefix (ach, Asterix, Friede deiner Seele), die Muschel Schnecki, die Schildkröte Iglu und der Goldfisch Nemo – wie originell! Die Besitzer müssen farbenblind sein. Ich persönlich hätte ihn Sushi genannt. Da habe ich es mit Figaro und Harold eigentlich ganz gut getroffen.

Louise bewegt sich sehr gelassen im Kreis ihrer Kameraden. Ich bin stolz auf sie. Sie hat Format, und durch mich wird das noch verstärkt. Wir stechen als Paar hervor. Wir sind eindeutig beeindruckender als die anderen. Warum? Weil wir uns so nah sind. Natürlich werden die anderen da neidisch. Wir wissen, was der andere fühlt, wir beschützen und stützen uns gegenseitig.

Ich bin unbestreitbar intelligenter als die fünf anderen Viecher zusammen, aber auch Louises Intelligenz überstrahlt alle. Sie macht Vorschläge, stellt gezielte Fragen und spricht über mich, als sei sie selbst eine halbe Katze.

Nach und nach entspanne ich mich, ich fauche niemanden an und zeige mich lieb und zahm. Wenn ich einen kleinen Beitrag zu Louises steigender Beliebtheit leisten kann, tue ich das mit dem größten Vergnügen.

*

Nach einem viel zu langen theoretischen Teil wird endlich gespielt. Sie bauen mir einen Parcours aus Katzenbrekkies und selbst gemachten Frikadellen. Eine schöne

Idee, auch wenn das Fleisch etwas zu stark gewürzt ist. Während die Racker sich noch fragen, ob ich alles Essen aufspüren kann, – *denn Katzen haben nicht so eine gute Nase wie Hunde* –, labe ich mich an diesem Festmahl. Ich schlinge alles ungekaut hinunter. Ich bin unersättlich. Ich fresse weiter, bis ich fast platze, um ihnen zu beweisen, dass ich einem Köter in nichts nachstehe. Ich springe, schnüffele und finde meine Leckerchen. Doch dann verschlucke ich in meinem Elan plötzlich drei Brekkies auf einmal, und sie bleiben stecken. Ich halte inne. Verdammt, ich kann nicht mehr schlucken. Ich huste wie wahnsinnig. Hilfe, ich ersticke. Es tut weh, und die Dinger bewegen sich kein Stück. Ebenso wenig wie ich.

»Was ist los?«, fragt die Lehrerin.

»Harold!«, brüllt Louise.

»Wir müssen ihn an den Hinterpfoten aufhängen, damit er es ausspuckt«, sagt jemand.

Wag es nicht, sonst bringe ich dich um, und wenn es das Letzte ist, was ich tue.

»Nein, keiner fasst ihn an.«

Louise kommt auf mich zu, und ich spüre, dass ich echt in der Scheiße sitze. Ich atme nicht mehr. Ich habe mindestens ein, wenn nicht zwei, Brekkies quer in der Kehle stecken. Wie bescheuert. So einen dämlichen Tod wollte ich nicht sterben. Das Einzige, das mich ein wenig beruhigt, ist, dass ich noch kein helles Licht sehe.

»Harold, mach den Mund auf.«

Louise zieht mir die Lefzen hoch und nähert ihre Finger meinem Maul. Bisher sind sie mir nie so riesig vorgekommen. Ohne zu zögern, steckt sie sie mir in den Schlund. Bevor ich noch darüber nachdenken kann, schleudere ich die Bösewichte samt etwas Erbrochenem heraus und kann wieder atmen. Ich bin überwältigt. Während die ganze Klasse starr vor Schreck dastand, bewahrte Louise einen kühlen Kopf und tat das Nötige. Sie hat mir schlicht und ergreifend das Leben gerettet.

Dieses Mädchen ist ein Meisterwerk. Paul und Aurélia sind wahre Künstler.

»Super, Louise«, sagt die eindeutig nicht besonders helle Lehrerin.

Wie nützlich, dass solche Erwachsenen die Jugend bilden sollen.

Das Frettchen lacht sich in seiner Ecke scheckig über mich und glaubt, ich würde es nicht bemerken. Ich sehe darüber hinweg, weil ich mich erstens ein wenig schäme und zweitens weiß, dass Louise nicht wollen würde, dass sich dieses Klassenzimmer in einen Schlachthof verwandelt.

*

Als ich mich am Abend hinlege, weiß ich, dass ich dieses Mal gut schlafen werde. Mag sein, dass Iris weggeht, mag sein, dass Paul Luna liebt. Aber Louise wird mich nie im Stich lassen. Das weiß ich jetzt. Man rettet nicht jemandem das Leben, um ihn danach abzuschieben.

Was sich zwischen uns entwickelt hat, ist stärker als alle Prüfungen, die das Leben noch für uns bereithält. Das sagt mir mein Katzeninstinkt.

30

Paul

Trotz der Kältewelle schmolzen die letzten zwei Wochen dahin wie Schnee in der Frühlingssonne. Mein Leben steckt jetzt derart voller Energie. Vorher kümmerte ich mich um Louise, rackerte im Restaurant, entspannte zwischendurch mit Gustave und ruhte mich nachts aus, jetzt denke ich außerdem ständig an Luna. Ich will sie um mich spüren und meine Welt, meinen Geist und meinen Alltag mit ihr teilen. Neben diesen Hauptpfeilern des Lebens zwängen sich meine Familie, meine Freunde und mein Team in die übrigen Löcher, sodass durchaus mal Stau entsteht.

Die Last der Leere wurde vom Gewicht des Lebens ersetzt, das dauernd in Bewegung ist. Mein Hirn hat neue Felder eröffnet, die Grenzen verschoben und sich neu formatiert.

Bei uns scheint sich eine andere Lebensart durchzusetzen. Harold, Louise, Luna und ich, wir vom Schicksal Gebeutelten, erschließen uns ein völlig neues Leben. Der Kater hat sich samt seiner Stimmungsschwankungen und irren Anfälle bei uns eingeschlichen, und ich kann ihn mir nicht mehr wegdenken. Luna kämpft gegen ihre Dämonen, ist aber in der Gegenwart verankert, die sie durch ihre Anwesenheit zum Strahlen bringt. Und Louise entfaltet ihre Flügel. Etwas zu sehr sogar.

»Papa, es tut mir leid.«

»Das will ich hoffen. Setz dich.«

Ich habe gerade eine Nachricht von Louises Lehrerin in ihrem Hausaufgabenheft gelesen. Das macht mich aus zwei Gründen fuchsig. Erstens finde ich, dass diese Frau sich zu häufig in meinen Alltag drängt, und zweitens bin ich sauer auf meine Tochter. Ich gebe mir Mühe, meine erste Reaktion zu unterdrücken, während Louise auf ihrem Hocker schmort. Meine Worte sollen Wirkung zeigen, sie dürfen also nicht emotionsgeladen sein.

»Ich bin gar nicht froh. Weißt du, warum?«

»Ja«, sagt sie mit angemessener Ernsthaftigkeit.

Ich entscheide mich für eine Methode des Dialoges statt für eine unverständliche Standpauke.

»Was ging denn bloß in deinem Kopf vor?«

»Na ja, also, Manon hat sich in der Pause über mich lustig gemacht, vor Ella und Jessica. Sie sagte, ich sei eine Streberin. Ich hätte keine Persönlichkeit, und man solle mir die lila Strähne abschneiden, die mich originell aussehen lässt.«

»Aha. Und dann?«

»Als Madame Bastien im Unterricht gesagt hat, ich soll vorlesen, was an der Tafel steht, habe ich Nein gesagt. Da mich alle ansahen, habe ich noch gesagt, ich bin nicht ihr Hund. Manon und Anne haben gelacht. Julia und Marie haben von ihren Heften aufgeschaut. Dann habe ich der Lehrerin die Zunge rausgestreckt.«

»Und all das nur, um ein paar Dummschwätzerinnen zu gefallen?«

»Ja.«

»Bereust du es?«

»Ich habe es sofort bereut, Papa. Ich schwöre. Madame

Bastien ist nett, und sie sah so enttäuscht aus. Als wir nur noch zu zweit in der Klasse waren, habe ich mich entschuldigt. Ich habe gesehen, dass sie dir das auch geschrieben hat.«

»Ich habe es gelesen. Aber man muss erst nachdenken und dann handeln, nicht andersherum. Verstehst du?«

Louise nickt, und anhand ihrer Erklärung kann ich besser nachvollziehen, was sie getan hat. Ihre Aufmüpfigkeit war nur ein Verteidigungsmechanismus. Ich hoffe wirklich, dass diese fiesen Mädchen bald aus ihrem Umfeld verschwinden oder mit der Zeit netter werden. Sie sind schlimmer als meine Erinnerungen an die Schulzeit.

»Du hättest Manon lieber die Meinung geigen sollen, statt dich beeinflussen zu lassen.«

»Wie denn?«

»Du hättest sagen können, dass du angesichts ihres sonstigen Niveaus über ihre Eloquenz erstaunt bist. Über Persönlichkeit und Originalität zu sprechen ist für so ein Dummchen ziemlich komplex.«

»Papa, das ist aber gemein!«

»Ja, aber es ist wirksam. Damit es richtig sitzt, hättest du noch hinzufügen können, dass du deinen Kater auf sie hetzt, wenn sie jemals deiner lila Strähne zu nahekommt. Sie hat ja gesehen, dass Harold dir gehorcht.«

Na gut, ich übertreibe. Angriff ist nicht immer die beste Verteidigung. Aber ich glaube, Louise muss diesen Weg gehen. Wenn mich das zu einem atypischen Vater macht, dann ist das halt so. Das Leben ist kein Ponyhof, und meine Priorität ist, dass Louise den Feind nicht an der falschen Stelle sieht. Mir ist lieber, dass sie eine zu spitze Zunge hat, als dass sie vor Mobbern katzbuckelt. Das Wort ist ein mächtiger Verbündeter, wenn man mit ihm umzugehen weiß.

Louise lächelt schüchtern.

»Komm in meine Arme, mein Spatz.«

Gesagt, getan. Offensichtlich erleichtert lässt sie ihr Judy-Stofftier los. Vorhin ging es ihr gar nicht gut. Ich bin froh, dass sie sich der Schwere ihrer Taten bewusst ist.

»Ich verspreche, dass ich so was nie wieder tue. Nächstes Mal sage ich Manon, dass sie eh nur neidisch ist, weil Lila ihr nicht steht.«

»Sehr gut.«

*

Der kalte Krieg zwischen dem Kater und der Nanny ist ein grandioses Schauspiel. Er schützt größtes Desinteresse vor, beobachtet sie aber ständig. Sie hat endlich verstanden, dass er nie ihr nettes Kuscheltier sein wird. Sie sind beide auf der Hut, und sobald sie ein wenig nachlässt, schickt er ihr eine deutliche Botschaft.

»Harold, geh in deinen Korb. Du bist unerträglich.«

Es ist wieder so weit. Er kaute seelenruhig auf Rachels Kopfhörern herum. Die Unschuld in Person.

Jetzt schaut er sie an, ohne sich einen Millimeter zu bewegen.

Ich werde laut: »Harold, lass das! Geh da weg.«

Er verzieht sich mit angelegten Ohren, allerdings nicht auf sein Kissen, sondern unter den Sofatisch. Das war zu erwarten.

Schimpfend testet Rachel die Kopfhörer. Offenbar funktionieren sie noch. Puh!

Louise beobachtet die Szene grinsend, und ich unterdrücke ein Lachen. Für die beiden ist es sehr ernst. Ich frage mich, was wohl der Auslöser für diese absurde Feindschaft war. Vom Fellmonster werde ich kaum eine Erklärung bekommen, und ich fürchte, Rachel würde mir die Frage krummnehmen. Ist ja auch egal. Ich setze ihre Versöhnung jedenfalls auf meine To-do-Liste.

»Rachel, geht das mit morgen Abend klar?«

»Ja, natürlich. Ich übernachte hier.«

»Super, danke!«

»Kommst du spät nach Hause?«

»Wahrscheinlich. Gustave und ich gehen tanzen – mit Luna.«

Rachel hat Luna nur einmal getroffen. Da hatte sie einen bearbeiteten Text bei uns in der Wohnung vergessen. Sie wollte ihn morgens abholen, in dem Glauben, es sei niemand zu Hause, weil Louise bei Freunden übernachtet hatte und ich schon im Restaurant hätte sein sollen. Sie hatte uns überrascht, während wir uns eilig für den Tag fertig machten. Wir haben seitdem nie darüber gesprochen. Mit Louise im Übrigen auch nicht, da sie die Frage noch nicht wieder aufgebracht hat.

»Hm. Luna. Aha.«

Im Weggehen murmelt sie etwas Unverständliches.

»Hast du ein Problem?«

»Nein, nein. Nur hast du mich noch nie mit Gustave zum Tanzen mitgenommen. Und diese Frau nimmt plötzlich deine ganze Aufmerksamkeit in Anspruch.«

Ich schlucke.

»Was?«

Ich weiß nicht, was ich sagen soll. Will Rachel andeuten, dass sie gern mit Gustave und mir ausgehen würde?

»Ich hätte nur ... Ach, nichts. Ich helfe jetzt Louise bei den Hausaufgaben.«

»Was hättest du? Rachel, was meinst du? Du gehst nicht gleichzeitig mit mir aus, weil der Sinn der Sache ja ist, dass du bei Louise bleibst, wenn ich nicht da bin.«

Ich stelle mich etwas unbeholfen an, weil ich Angst vor der Wahrheit habe. Sie hat so ein Funkeln in den Augen, das mir bekannt vorkommt.

»Ja, eben. Ich bin schon so lange bei euch, und du siehst mich nur als Kindermädchen. Ach, tut mir leid. Vergiss es einfach.«

Sie wird rot, als seien ihr diese Worte unwillentlich entschlüpft.

»Rachel ... Du darfst das nicht missverstehen.«

Ich wünsche mir die Zeit zurück, als wir uns noch siezten. Offenbar wäre dieses Zeichen der Distanz nötig. Unser Altersunterschied von fast zehn Jahren scheint als Barriere nicht auszureichen.

»Ja, tut mir leid, ich bin müde. Morgen geht in Ordnung. Reden wir nicht mehr darüber.«

Da mir nichts mehr dazu einfällt, lenke ich ebenfalls ein.

»Gut, reden wir nicht mehr darüber. Ich schätze dich sehr, aber ich denke, unser Umgang sollte sich auf den Austausch rund um Louise beschränken.«

»Natürlich.«

Erst Sophie, jetzt Rachel. Mir gefällt dieses seltsame Abgleiten nicht. Unsere tägliche Nähe regt ihre Fantasie zu sehr an. Vielleicht ist es meine Schuld. Vielleicht lasse ich ihnen nicht genug Zeit, einen Mann zu finden.

Vielleicht ist unsere doch recht enge Beziehung nicht präzise genug abgesteckt. Die beiden sollten mal Urlaub machen. Und ich übrigens auch.

*

Gustave nimmt meine Hand, während Luna sich innerlich kringelig lacht. Wir stehen in der Warteschlange des Schwulenklubs *Tango*, Beiname *La Boîte à Frissons*, in den sie mich unbedingt schleppen mussten, und wollen den Türsteher davon überzeugen, dass wir ein schwules Pärchen mit einer partyverrückten Lesbe im Schlepptau sind. Die beiden finden das lustiger als ich, aber ich lasse ihnen ihren Spaß. Es freut mich, dass sie sich so gut verstehen.

Wir sind drin. Es ist eine Diskothek mit Musik von gestern und heute vor einer Kulisse der Fünfzigerjahre mit einer einzigen Tanzfläche.

»Gin Tonic für alle?«, fragt Gustave eher rhetorisch. Er scheint sich hier so wohlzufühlen wie ein Löwe in der Savanne.

»Klar«, sagt Luna.

Ich stimme ebenfalls zu, während ich mich gründlich umschaue, ich betrete den Laden heute zum ersten Mal. Es ist ungewöhnlich, aber erfrischend. Man steht zum Eklektizismus des Ortes, und die Gäste zeigen furchtlos ihre Andersartigkeit. Außerdem herrscht eine gesellige Stimmung, wahre Kameradschaft, was in Paris sonst eher selten ist.

Die Drinks sind alle ziemlich schlecht, aber in der gemütlichen Wärme schlürft man sie weg, ohne groß darüber nachzudenken.

Nach einem wilden Tanz mit Gustave zu Mylène Farmers »Sans contrefaçon« hat Luna sich gerade zu mir an die Bar gestellt.

»Es ist toll, sich einfach mal gehen zu lassen, du solltest mittanzen.«

»Ich bereite mich mental darauf vor, dann komme ich. Aber solange entgeht mir von hier aus keine deiner Bewegungen.«

Sie küsst mich flüchtig, als sei es ihr peinlich, unsere Flunkerei auffliegen zu lassen.

»Apolline und Rose reden seit dem Essen letzte Woche ununterbrochen von dir. Dein kulinarisches Talent hat sie wirklich beeindruckt.«

»Ach ja?«

»Ja … Sie sagen, es hätte ihnen noch nie jemand zu Hause ein so tolles Essen gezaubert, und offenbar habe ich großes Glück.«

Sie blitzt mich lächelnd aus ihren blauen Augen an.

»Vielleicht haben sie recht«, antworte ich schelmisch.

Luna verdreht die Augen. Ich möchte nicht in die Kitschkiste greifen und ihr sagen, dass ich genauso großes Glück mit ihr habe, auch wenn ich davon überzeugt bin.

»Kommst du mit in die Raucherlounge?«

»Übertreib's nicht. Hast du gesehen, wie klein der Raum ist? Ich würde sofort ersticken.«

»Na gut.«

»Ich wage währenddessen schon mal ein paar Schritte mit Gustave.«

»Gute Idee! ›Je te donne‹ ist der perfekte Song für den Anfang.«

Sie kichert. Zum Glück habe ich ein gewisses Gefühl für die Musik.

*

Luna starrt mich an, sie hat ein Flehen im Blick, das ich nicht deuten kann. Ein Mann hat sie angesprochen, vermutlich, um ein wenig zu flirten. Ein Hetero, der wohl seine sexuelle Orientierung verschleiert hat, um hier mit seinen Freunden zu feiern. Ich habe die kurze Szene beobachtet, ohne mich einzumischen, weil ich der Meinung bin, dass Frauen sich selbst solcher ungebetenen Annäherungen erwehren können. So habe ich das schon immer gehandhabt. Ich schreite nur ein, falls es nötig wird, aber nicht aus purer Freude daran, rumzuprotzen oder einen gewissen Besitzanspruch zur Schau zu stellen.

Während Gustave sich in den Armen wiegt, die ihn heute Nacht beschäftigen werden, bahnt sich Luna etwas unsicher einen Weg zu mir. Sie wirkt verärgert.

»Warum hast du nichts gesagt?«

»Zu dem Typen? Du bist ihn doch wunderbar allein losgeworden.«

»Stört es dich nicht, wenn ein Kerl mich vor deinen Augen anmacht?«

»Überhaupt nicht, er versucht eben sein Glück. Solange du ihn abweist, habe ich kein Problem damit.«

»Seltsam.«

»Seltsam?«

»Ja. Männer verteidigen doch eigentlich ihr Revier und das, was ihnen gehört. Es sei denn ...«

Ich nehme ihre leicht zitternden Hände in meine. Mir ist bewusst, dass wohl vor allem der Alkohol aus ihr spricht.

»Du gehörst mir nicht. Niemand gehört irgendjemandem. Ich vertraue dir. Du bist kein Vogel im Käfig oder ein Stück Käse unter einer Glocke. Du hast etwas Besseres verdient als jemanden, der deine Freiheit beschneidet.«

»Wir führen also eine offene Beziehung?«

»Nein, ganz und gar nicht. Es gibt noch ein Mittelding zwischen offener Beziehung und totaler Unterordnung.«

»Ich habe manchmal das Gefühl, dass ich nur ein kleiner Teil von deinem Leben bin, aber kein wesentlicher«, sagt sie traurig.

»Liebste Luna, ich glaube, Gin Tonic und Raucherlounge haben dir die Sinne vernebelt. Du redest Unsinn.«

»Komm tanzen!«

Ja, sie ist eben sprunghaft.

Wir wiegen uns fest umschlungen auf der Tanzfläche, völlig außer Takt. Wir sind in unserer eigenen Blase. Ich versuche, den seltsamen Moment von eben objektiv zu betrachten. Ich weiß, es ist der Nachhall ihrer Vergangenheit. Es ist so, als säßen noch ein paar Stacheln in ihr, die hin und wieder Reflexe und Automatismen auslösen, die jedoch auf die Gegenwart nicht anwendbar sind. Die Spuren ihrer toxischen Beziehung holen sie manchmal ohne Vorwarnung ein und bringen ihren Verstand durcheinander. Sie stauchen sie zusammen und greifen ihr Selbstvertrauen an.

Luna strebt danach, sich von allen Strippen zu befreien, aber sie kann ohne den Puppenspieler noch nicht richtig laufen.

Ich möchte ihr mit allem, was ich habe, den Weg weisen.

31

Der Pelzige

Ich habe es doch die ganze Zeit gewusst. Von Anfang an. Die dumme Nanny ist in Paul verknallt. Sie ist total bekloppt, und Paul ist blind. Wenn die Intelligenz der Menschen nur ansatzweise an die der Katzen heranreichen würde, wäre die Welt wesentlich besser dran.

Seit Rachel diesen absurden Kommentar über Luna abgelassen hat, ist sie etwas geknickt. Sobald Paul nicht hinsieht, legt sie ihr aufgesetztes Lächeln und das fröhliche Getue ab. Vor ihm lässt sie die Maske nie ganz fallen, und das ist auch gut so. Er muss sich diese Last nicht auch noch auf die Schultern laden. Sie wird schon darüber hinwegkommen und den irrsinnigen Glauben aufgeben, diese Familie könne die ihre werden. Es ist nämlich meine. Punkt.

Sie mögen Rachel, und ich toleriere sie, aber nur in Teilzeit. Und dass Zeitarbeiter nie zu Festangestellten werden, weiß doch jeder.

Ich wende meinen Blick von ihrem flachen Hintern ab und gehe in Louises Zimmer. Louise geht es heute nicht gut, aber sie hat mir noch nicht erzählt, warum. Sie hat sich ins Bett verkrochen, mit Stift in der Hand und Zeichenheft auf den Knien. Ich springe zu ihr hoch, damit sie ihren vertraulichen Monolog beginnen kann. Ich würde ihr auch gern mein Herz ausschütten. Ihr erzählen, dass ich mich frage, wo Iris jetzt ist, ob ihr neues Zuhause ihr gefällt, ob die Alte noch nicht ins Gras gebissen hat, und ob die Mäusejagd ihren Erwartungen entspricht. Wie gern würde ich Louise sagen, dass sie, wenn sie groß ist, ein Telefon für Katzen erfinden soll. Dass sie ihr schlaues Menschengehirn in den Dienst meiner Spezies stellen soll. Doch mein Miauen erreicht sie nicht. Deshalb schiebe ich wie immer den Krempel beiseite, lege mich hin, hoffe auf eine Krauleinheit und spitze die Ohren.

Sie sagt nichts.

Sie zeichnet weiter. Ein Mädchen in einer Ecke und viele andere zusammen in einer Turnhalle oder so.

Ich setze mich auf ihr Kunstwerk, um ihre Aufmerksamkeit zu erlangen. Sie schubst mich weg.

»Hör auf, Katerchen. Ich muss das fertig machen.«

Ich fixiere sie mit den Augen. *Jetzt rede schon.* Ich will wissen, was los ist. Ich will sie nicht unnötig verärgern, versuche es aber weiter, indem ich ihr mit dem Maul den Stift aus der Hand ziehe.

»Du bist ganz schön stur! Was willst du? Ich hatte einen schlechten Tag, weißt du? Nein, weißt du natürlich nicht.«

Doch, weiß ich. Genau das wollte ich hören.

»Verzeih mir, mein lieber Kater, du kannst ja nichts dafür.«

Sie drückt mich an ihre schmale Kinderbrust. Das ist mir schon lange nicht mehr unangenehm. Schlimmer noch, es ist sogar inzwischen mein Lieblingsschraubstock. Zwischen uns fließt ein Energiestrom, der uns beiden wohltut. Ich schnurre, was das Zeug hält.

»Ich habe es nur so satt. Ich habe heute alles verpatzt. Ich bin eine Versagerin und eine Lusche.«

Dem kann ich nicht zustimmen. Eine Lusche hätte ich bestimmt nicht lieb gewonnen.

»Wir hatten eine Turnprüfung, und ich war mit Ella, Jessica und Marie in einem Team. Sogar Marie mochte mich ein bisschen, obwohl Manon, Anne und Julia immer über uns tuscheln. Und dann – haben sie wegen mir verloren. Jessica ist supergut. Ella und Marie sind nicht schlecht, und ich hatte versprochen, dass ich es auch schaffe. Aber ich bin so steif. Ich glaube, das ist ein Geburtsfehler. Ich habe eine schiefe Vorwärtsrolle gemacht, und die Rückwärtsrolle und den Handstand habe ich gar nicht hingekriegt. Über mein Rad haben alle gelacht. Deshalb wurden wir Vorletzte. Jetzt sind sie sauer auf mich, zu Recht.«

Ich würde ihr gern sagen, dass sie – im Gegensatz zu mir – nicht extrem beweglich sein muss. Wer verstößt denn ein so großes Mädchen, nur weil sie sich nicht die Füße hinter die Ohren klemmen kann? Das ist lächerlich. Schon wieder wird auf ihr rumgehackt, weil sie anders ist. Wenn Louise sie doch nur mit Missachtung strafen könnte! Sie sollte stolz darauf sein, zu sein, wie sie ist. Aber nein, sie geißelt sich. Sie ist sauer auf sich selbst, weil sie von der Norm abweicht, die einen angeblich beliebt macht. Und zum Schaf.

Louise weiß noch nicht, dass sie zur Schafhirtin geboren ist. Aber Gustave und ich, wir wissen es. Und zu Paul sickert es auch langsam durch.

Ich belle nicht, gebe nicht Pfötchen – welch ein Graus –, und ich bin nicht »der beste Freund des Menschen«. Dennoch bin ich ein Wunder der Natur. Genau wie Louise. Sie hat keine Hundeseele. Louise ist eine Katze. Und Katzen werden gefürchtet; man lacht über sie, aber niemand kommt umhin, sie zu bewundern. *Nur Geduld, meine Kleine. Dein langer steifer Körper wird deine Stärke sein, zusammen mit deinen mutigen Fäusten.*

Miau, miau, sie versteht nur Bahnhof, aber sie lächelt. Immerhin kann ich sie aufheitern, auch wenn ich ihr leider nicht von meinem heutigen Kampf mit dem Chihuahua erzählen kann, um sie richtig zum Lachen zu bringen. Dabei hätte diese Geschichte es wirklich verdient, dass man sie aus meiner Sprache übersetzt. Der rot-schwarze Zwerg war in seinem Garten, am Rand von meinem. Ohne Unterlass schnüffelte er an seinen Pissemarkierungen, beobachtete seine Vogelfreunde und jaulte jedes noch so kleine Geräusch an. Meine Nerven waren zum Zerreißen gespannt. Wegen Iris, wegen der Nanny und wegen Henry, der sich wegen eines Stücks Lachs mit Alphonse zerstritten hat. Und dieser Miniwirbelwind, der wie ein Gepard in einem Kaninchenkörper herumrennt, treibt mich sowieso immer die Bäume hoch. Als er mich also durch das Gatter anknurrte und dann auf und ab hüpfend gellend zu kläffen begann, beschloss ich, das sei genug. Ich würde der Gemeinschaft einen Gefallen tun und die Töle ein für alle Mal ausschalten. Auf samtenen Pfoten schlich ich mich geduckt an das Mäuerchen heran, das unsere Grundstücke trennt. Geschickt kletterte ich darüber und sprang mit ausgefahrenen Krallen auf seine Seite. Der Schisser machte, um sein Leben bellend, einen Riesensatz nach hinten, bevor ich ihn auch nur gestreift hätte. Selbstsicher folgte ich ihm, um ihn in die Enge zu treiben.

Ja, mein Plan war fast perfekt. Ich hatte nur einen Faktor

nicht mit einberechnet. Das Frauchen des Chihuahuas. Eine absolut klischeehafte Gluckenmutter. Und sogar noch hysterischer als ihr rot-schwarzes Würstchen. Von den schrillen Tönen des Köters alarmiert, stürzte sie aus dem Haus. Ich wich keinen Millimeter zurück. *Du machst mir keine Angst, meine Gute. Hier bin ich und hier bleib ich. Das Vieh muss heute verschwinden.* Ich ignorierte also ihre Anwesenheit und konzentrierte mich auf meine Beute. Das Hündchen zitterte wie Espenlaub, es versprach ein tolles Schauspiel zu werden. Dem Kläffding waren Atem und Töne ausgegangen, er stand starr wie eine (zitternde) Statue. Er war mir ausgeliefert, aber dann stoppte mich die blöde Kuh. Ich muss ausgesehen haben wie eine verschreckte Fledermaus, als das Wasser mein Fell berührte. Sie hat es tatsächlich gewagt. Verwünschungen ausstoßend jagte sie mich mit dem Wasserstrahl und schwor ihrem Hund, dass sie ihn immer verteidigen wird. Ziemlich verblödet, aber mutig, unsere gute Nachbarin.

Ich raste davon, kam tropfnass nach Hause und musste mich in einem vom Pauls Handtüchern aus der Schmutzwäsche trocken wälzen. Was für ein Mistleben!

Adieu, Chihuahua-Braten. Ich habe verloren, wie ein blutiger Anfänger. Aber das wird Louise nie erfahren.

*

Über eine Sache freue ich mich im Moment: Es ist Ende November. Das heißt, es riecht nach Weihnachten. Und das wiederum heißt, ich bekomme bald einen Weihnachtsbaum zum Plündern.

Ich werde versuchen, nicht alles kaputt zu machen, Louise zuliebe.

Allerdings muss ich gestehen, dass es eine meiner größten Leidenschaften ist, die von den Menschen hübsch ordentlich aufgehängte Weihnachtsdeko zu zerrupfen. Ich hoffe, es wird kleine weiße Federn und Holzfigürchen geben und nicht nur Glaskugeln. Mit den Tannennadeln nehme ich es ja gern auf, aber Glas, nein, danke. Ich habe meinen zerschnittenen Ballen noch zu gut in schmerzhafter Erinnerung.

Paul ist in der Küche beschäftigt. Es ist Donnerstag, und heute Abend machen wir wieder ein Testessen. Louise vertraut sich unterdessen ihrem Vater an.

»Papa, ich glaube, ich werde in den Pausen wieder alleine spielen.«

»Wegen der Sache mit den Turnübungen? Sind die Mädchen wirklich so dumm? Man kann doch nicht in allem gut sein. Ich kann zum Beispiel nicht zeichnen, aber ich kann gut kochen. Du kannst super zeichnen, aber bist halt nicht sehr sportlich. Worin ist Ella gut und worin nicht so?«

»Sie hat Klavierunterricht und spielt ziemlich gut. Aber sie kann sich zum Beispiel überhaupt keine Gedichte merken.«

»Na, siehst du. Jeder hat Stärken und Schwächen. Es ist bedauerlich, dass du ihnen das beibringen musst. Aber vielleicht ist es ja deine Rolle, ihr Bewusstsein zu erweitern.«

»Wie denn das?«

»Entschuldige, da sind etwas die Pferde mit mir durchgegangen.«

Paul nimmt Louise in den Arm und setzt noch einmal neu an. Louise ist zwar ein kleines Genie, das oft mit Erwachsenen redet, aber sie ist dennoch erst sieben Jahre alt.

»Du musst ihnen erklären, dass nicht jeder alles können kann. Du könntest zum Beispiel ein Porträt von Ella zeichnen, so wie von deiner Mama. Etwas richtig Starkes. Wenn du ihnen das zeigst, werden sie baff sein, weil sie so etwas nicht zeichnen können. Und dann sagst du ihnen, dass es bei dir mit dem Turnen genauso ist. Dass dein Körper einfach nicht so beweglich ist wie ihrer.«

»Das ist schlau. Aber ich weiß nicht, ob ich so ein Bild wie von Mama malen kann, weil …«

»Das verstehe ich, mein Herz. Eine Freundin ist nicht das Gleiche wie deine Mama. Aber ich bin überzeugt, dass es dennoch großartig wird.«

»Ich versuche es.«

»Sollen wir essen? Hast du Hunger?«

»Ja! Es duftet köstlich, und mein Bauch macht schon Geräusche«, antwortet Louise mit echter Begeisterung.

»Ich wollte auch mit dir reden.«

»Ja? Worüber denn?«

»Über Luna.«

»Ah. Ich habe mich schon gefragt, wann du das machst. Also will ich dir gern zuhören. Komm, Katerchen.«

Sie setzt mich auf ihren Schoß, als müssten wir beide uns jetzt gut konzentrieren. Mir ist Luna so was von *schnurrz!* Ich kenne sie schon. Sie und ihre hochnäsige Katze interessieren mich nicht.

Paul erzählt, dass Luna einunddreißig Jahre alt ist, bei einem Plattenlabel arbeitet, in ihrem Leben auch schon Schlimmes erlebt hat und mit zwei Freundinnen auf einem Hausboot wohnt. Natürlich erwähnt er Chanel und entlockt Louise damit ein Lächeln. Schleimer. Ich bin hier die Katze.

»Wie sieht sie aus?«

»Sie hat dunkelbraune Haare, tiefblaue Augen, wunderschöne Augenbrauen und viele Muttermale.«

»Ich meinte doch Chanel! Aber Luna scheint hübsch zu sein.«

Paul schaut etwas verlegen drein, so als habe er sich selbst verraten. Hat er ja auch. »Tiefblau« und »wunderschön« sind verräterische Worte. Louise hat aber kein Problem damit. Sie scheint sich sogar zu freuen, etwas über Luna zu hören. *Sie* hat die beiden ja auch nicht beim Vögeln erwischt.

»Und wann lernen wir die beiden kennen?«

Na toll, jetzt übertreibt sie es. Liegt das in der Familie, oder was? Wie wär's mit Ruhe und Besonnenheit statt kopfloser Begeisterung?

»Bald, meine kleine Fee.«

»Ich hoffe, sie mag auch Feen. Jedenfalls freue ich mich, dass du jemand Nettes kennengelernt hast. Und ich mag sowieso große Leute lieber. Also ist es ja toll, dass du mir noch jemanden vorstellst. Kommt Onkel Gus eigentlich nachher?«

»Ja, ja.«

Louises Gutgläubigkeit ärgert mich. Ich beruhige mich mit dem Gedanken, dass wir ja noch ganz am Anfang stehen. Aber dennoch stinkt diese Geschichte gewaltig.

32

Paul

Als Luna vor drei Tagen verkündete, wir würden verreisen, konnte ich mir das gar nicht vorstellen. Und jetzt, in der Abflughalle, habe ich immer noch das seltsame Gefühl, gleich aus einem Traum zu erwachen. Sie hatte alles vorbereitet, und wenn sie sich etwas in den Kopf gesetzt hat, bringt sie so leicht nichts davon ab. Sie wollte sich für ihr Verhalten im *Tango* entschuldigen, für ihre Verwirrtheit und ihre, wie sie es nennt, »Unwetterphasen«. Als sie zu unserem inzwischen fest etablierten Feierabend-Umtrunk ins Restaurant kam, teilte sie mir plötzlich mit, es täte ihr leid, und als Entschuldigung habe sie uns ein langes Wochenende in Budapest gebucht. Éric wusste schon Bescheid, und auf beruflicher Ebene war dank Véroniques Komplizenschaft alles geregelt. Abgesehen von Sophie scheint mein Team Luna wirklich zu mögen. Ich musste nur noch Louise und Harold unterbringen. Um Chanel würden sich Lunas Mitbewohnerinnen mit Freude kümmern. Ich war fast sprachlos angesichts dieser Überraschung. Ich fragte sie, warum sie mir nichts gesagt hatte, es sei eine wundervolle Idee, aber viel zu großzügig, ich würde sehr gern meinen Anteil bezahlen. Mit neu errungener Bestimmtheit antwortete sie, es sei eine therapeutische Maßnahme für sie, und ich dürfe nicht mit ihr darüber diskutieren. Sie sagte, ich habe recht gehabt. Sie wolle niemandes Marionette mehr sein und nicht mehr darauf warten, dass irgendwer ihre Strippen zieht. Sie wolle nicht mehr zwischen der, die sie war, und der, die sie werden möchte, hin und her switchen: Sie will handeln. Und ihre erste Handlung sei, die Zügel in die Hand zu nehmen. Um zu sehen, was das für ein Gefühl ist. Sie hatte große Lust, ein Wochenende mit mir zu verbringen, und beschloss, dass eine freie Frau auch eigene Pläne schmiedet. Früher habe sie sich allenfalls gefügt. Ab jetzt wird sie selbst Vorschläge machen. Ich konnte diesen psychologischen Vorgang nachvollziehen und war sogar stolz auf sie ob dieses großen Fortschritts. Sich selbst zu hinterfragen und seine eigenen Fehler zu verstehen ist schon eine wesentliche Etappe. Aber diese Analyse in eine ganz neue Handlungsweise umzusetzen ist ein richtig großer Sieg. Es berührt mich, dass Luna mir dieses Geschenk machen möchte, auch wenn es mich ein wenig in Verlegenheit bringt. Ich bin froh, ihre Wandlung aus der Nähe mitverfolgen zu können. Ganz offensichtlich hält sie noch die ein oder andere Überraschung für mich parat.

Ich beobachte die Leute, die ihr Gepäck mit unterschiedlichem Elan von A nach B befördern. Manche sind auf Dienstreise, manche fliegen zu einer Beerdigung, manche besuchen liebe Menschen, und manche brechen endlich in den wohlverdienten Urlaub auf. Ich kann kaum glauben, dass ich zu der letzten Kategorie gehöre und eine so charmante Begleitung bei mir habe.

Es fiel mir nicht leicht, Louise zu erzählen, dass Luna diese Reise für mich geplant hat. Dann musste ich ihr auch noch sagen, dass sie zwei Tage bei meinen Eltern bleiben würde und dass diese nichts von Luna wissen. Jedenfalls nichts Genaues. Meine Mutter ahnt natürlich etwas. Als wir uns voneinander verabschiedeten, wünschte sie »mir und meiner Freundin« viel Spaß, mit ganz spezieller Betonung auf dem Wort »Freundin«.

Wenn ich zurückkomme, werde ich meine Familie aufklären müssen. Jetzt, da Louise Bescheid weiß, werden sie es früher oder später eh erfahren, ob ich will oder nicht. Aber ich fürchte die Reaktion von Aurélias Angehörigen. Wie soll ich ihnen beibringen, dass ich eine neue Frau in meinem Leben habe? Wenn ich mir dieses Gespräch nur vorstelle, sinkt mir schon der Mut, und ich fühle mich wie gelähmt. Wie kann ich ihrer Schwester und ihren Eltern das zumuten?

»Alles klar, Chef?«

»Ja, ich war nur in Gedanken. Und nenn mich nicht ›Chef‹!«

»Ach, da stehst du doch drauf. Komm, wir sehen uns den Reiseführer an. Es gibt so viel zu entdecken.«

Ihre Ungeduld rührt mich. Ihre großen, sanften Augen mit den unendlich langen Wimpern holen mich in die Gegenwart zurück, zu uns. Ich vertreibe die Gedanken an mögliche Rückschläge in der Zukunft und begebe mich zu Luna in unsere Blase.

Von fern flüstert mir ein Stimmchen zu, dass wir uns das verdient haben.

*

Die Schönheit unseres Hotels haut mich um. Es ist ein architektonisches Meisterwerk, das modernes Design elegant mit alter Architektur verbindet. Grazile Arkaden umgeben einen schicken weitläufigen Gemeinschaftsbereich. Unser Zimmer ist gemütlich, im klassizistischen Stil und in Goldtönen gehalten. Wir fühlen uns sofort wohl.

Schnell packen wir unsere Koffer aus, widerstehen dem lockenden Ruf des Bettes und ebenso dem des Spas und des großen Schwimmbeckens, das in gedämpftes Licht getaucht ist.

Wir wollen uns lieber ins Straßenleben stürzen und die fremde Musik der Stadt in uns aufsaugen. Luna hat mich mit ihrer Aufregung angesteckt. Ich nehme ihre Hand, und wir stürmen aus dem Hotel. Wir können uns gerade noch zurückhalten, nicht wie aufgedrehte Kinder Luftsprünge zu machen.

Wir nehmen eine der Hauptstraßen, die zum *Hösök tere* führen, dem berühmten Heldenplatz. Luna möchte unbedingt den Zoo besuchen, der hinter diesem zum UNESCO-Welterbe gehörenden Platz liegt. Wir setzen uns unter eine der Statuen und bitten einen Passanten, uns zu fotografieren.

Mir wird bewusst, dass wir damit den Beginn einer wahren Liebesgeschichte verewigen.

*

Wir haben vor einigen viel zu kleinen Gehegen geseufzt, uns über respektlose Touristen aufgeregt, über die diebischen und gefräßigen Ziegen Tränen gelacht, und jetzt staunen wir über die zahmen Murmeltiere. Sie sind sehr lebhaft und neugierig. Und Luna hat einen Stock gefunden, der sie besonders zu interessieren scheint. Wir spielen, und die natürliche Vertrautheit zwischen uns hat eine ganz eigene Ausstrahlung. Sie könnte auf die Leute, die uns sehen, ansteckend wirken.

In diesen frühen Dezembertagen entdecke ich eine andere Luna. Eine kindliche Frau, nicht unterwürfig, sondern frech, unbeschwert, sensibel und begeistert über die Begegnung mit diesen kleinen Tieren. Ich beobachte, wie ihr Panzer langsam aufbricht und ihr Wesen enthüllt, von Rüstung und Ketten befreit. Sie hat eine gewisse Sorglosigkeit wiedergefunden, es ist, als nehme sie eine kleine Auszeit vom turbulenten Erwachsenendasein. Ich freue mich, diesen Moment mit ihr zu teilen.

»Luna, ich habe dich wirklich sehr gern. Danke für dieses Wochenende, es ist wunderbar, mal auszuspannen.«

Ich küsse sie, ohne ihr Zeit für eine Antwort zu lassen. Sie küsst mich zurück, will aber etwas sagen.

»Ich habe dich mehr als gern, ich liebe dich. Auch wenn es mir Angst macht, mein Leben wieder an jemanden zu binden. So, jetzt ist es raus.«

Oh, ja. Ich konzentriere mich lieber auf den zweiten Teil ihrer Aussage, weil der erste Teil gerade noch zu viel für mich ist.

»Weißt du, die schönste und sanfteste Weise, eine Beziehung zu sehen, ist nicht als bedingungsloser Zusammenschluss. Sondern als Ausdruck zweier sich liebender Wesen, die zwei eigene Einheiten bilden, die einander begleiten, die aber nicht miteinander verschmelzen.«

»Das hast du schön gesagt.«

»Die Stadt inspiriert mich.«

»Die Stadt? Nicht ich?«

»Du? Sicher nicht. Wie sollte ein vermummter Otter,

von dem man nur zwei blaue Äuglein sieht, mich inspirieren? Das geht nicht.«

Sie lacht, und wir kehren zur Leichtigkeit des Moments zurück.

*

In den drei Tagen in Budapest sind wir auf der riesigen Eisbahn im Városliget neben der Budapester Kunsthalle Schlittschuh gelaufen, haben auf dem Weg zum ungarischen Parlament Cupcakes gegessen, haben uns zwei Stunden lang im berühmten Széchenyi-Heilbad entspannt, wobei wir die ganze Zeit über die furchtbaren Liebestöter-Badekappen lachen mussten, und haben auf dem Weihnachtsmarkt das traditionelle Gebäck Trdelnik aus der Slowakei gekostet. Das ist Teig, der auf Stöcken gebacken und dann mit Zucker und Haselnusssplittern bestreut wird. Es ist eine zimtige Kalorienbombe, außen knusprig und innen weich. Einfach köstlich.

Außerdem sahen wir in der Oper *La Traviata* mit ungarischen und englischen Untertiteln, aßen auf dem Restaurantboot *Spoon* nahe der berüchtigten Kettenbrücke, die Buda und Pest verbindet, und genossen den spektakulären Blick auf den Burgpalast. Wir fuhren mit der Seilbahn auf den Burgberg, kraxelten dort ein wenig herum und kehrten dann im italienischen Restaurant mit dem französischen Namen *Comme Chez Soi* ein, wo wir sehr herzlich empfangen wurden.

Die Perle an der Donau im Herzen Europas hat ihren Ruf als quirlige Hauptstadt, in der das Leben pulsiert, wirklich verdient.

*

Bevor wir wieder ins Flugzeug steigen, haben wir uns ins *New York Café* gesetzt, um uns ein bisschen aufzuwärmen. Unter venezianischen Leuchtern und Fresken aus dem 9. Jahrhundert, inmitten gewundener Säulen, schlürfen wir zwei große Becher heiße Schokolade.

Mein Handy piept, ich habe eine Nachricht.

»Ah, das ist Mathieu. Noémie ist schwanger.«

Lunas Miene verdüstert sich, und ich könnte mir die Zunge abbeißen. Was bin ich nur für ein Trottel!

Sie sagt, sie fürchte, dass ich ihre Unfruchtbarkeit eines Tages hassen werde, und blickt in ihre Tasse. Ich fühle mich hilflos.

Ich rede wieder von Adoption, sage, dass Louise mein Leben völlig ausfüllt, und bemerke zu spät, dass dieses Argument ihr nur erneut vor Augen führt, dass sie dieses Glück nie erleben wird.

Sie zieht die Augenbrauen zusammen, und ihre bebenden Hände verraten, dass sie von Emotionen geschüttelt wird.

Die Unterhaltung wird plötzlich sehr ernst. Luna offenbart mir etwas, worauf ich nicht vorbereitet war. Sie sitzt zusammengesunken in ihrem Sessel und erzählt von einem Streit mit Erwann, bei dem er ihr in ihren »unnützen« Bauch geschlagen hatte. Dann hatte er sie zu falschem Versöhnungssex gezwungen. Völlig verzweifelt war sie danach ins Bad gestürzt und hatte einen Teil der Hausapotheke geschluckt. Mehrere Packungen starker Anxiolytika, eine Packung Paracetamol und noch eine, deren Wirkung sie gar nicht kannte. Dazu kam der zuvor getrunkene Alkohol. Heulend wartete sie in der gefüllten Badewanne auf das Ende. Schließlich trat Erwann die Tür ein und brachte sie ins Krankenhaus.

Sie hatte vorher schon über Selbstmord nachgedacht, aber nie ernsthaft. Der Gedanke der Freiheit lockte sie, aber sie wollte nicht wirklich sterben. Sie wollte nur, dass der Schmerz aufhört. Danach zog sie es noch einige Wochen lang in Erwägung und belog ihre Angehörigen und Ärzte. Doch dann war es vorbei. Das Leben in ihr war stärker als ihre Verletzungen und die schreckliche Behandlung durch Erwann. Stattdessen keimte in ihr die Idee, ihn zu verlassen. Sie hatte sich vorher nur in der Art und Weise des Ausbrechens geirrt.

Zuerst bin ich schockiert. Wie kann man sich das Leben nehmen wollen? Mich überkommt eine Zorneswelle, weil ich an Aurélia denke, die ihr Leben sicher gern behalten hätte. Dann versuche ich, mich in Luna hineinzuversetzen. Ich kann schließlich nicht die Reaktion auf psychische Folter verurteilen, die ich selbst nie erlebt habe.

Ich streichele ihre Hand, um durch Gesten die fehlenden Worte auszugleichen, bis ich sie finde.

»Du musst dich nicht mehr schuldig fühlen. Das ist vorbei. Du musst lernen, deinen Bauch so zu lieben, wie er ist. Ich werde dir helfen, das alles zu vergessen, diesen Irren, seine Gewalt und seine Perversität. Man liebt eine Frau nicht, weil sie Kinder gebären kann oder nicht. Ich liebe dich, so wie du bist, dein ganzes Wesen.«

So, da ist sie, meine Antwort, mit zweieinhalb Tagen Verzögerung.

Lunas Gesicht nimmt wieder Farbe an, ihre Züge entspannen sich.

Das Unwetter zieht ab.

*

Als ich die Tür aufschließe, um mein Gepäck abzustellen und dann Luna nach Hause zu bringen und Louise abzuholen, höre ich Geräusche in der Wohnung. Stimmen, die hier und jetzt nicht erklingen sollten. Was soll ich bloß tun?

33

Der Pelzige

Es ist das reinste Chaos. Ich habe zwei Tage bei Nathalie und André verbracht. Und als sei das nicht schon genug, beschlossen sie, sich mit Aurélias Eltern und Clémence – die sich wirklich langsam mal einen Mann suchen sollte – in Pauls Wohnung zu versammeln, weil Louise zu Hause an ihrer Staffelei malen wollte. Außerdem wollen sie Paul so bei seiner Rückkehr mit einem Essen überraschen. Dann muss er Louise nicht extra abholen und nicht kochen. Ja, toll.

Erst wurde ich dorthin geschleppt, dann wieder zurück, und jetzt werde ich im eigenen Heim belagert. Die Qualen nehmen kein Ende. Ich werde noch, düstere Poesie miauend, unter einer Brücke enden.

Louise, die eigentlich genau wie ich ihre Zeit für sich braucht, scheint unter diesem ausgedehnten Familientreffen nicht zu leiden. Ich umso mehr. Mir ist es lieber, wenn wir zu dritt sind. Als ich Pauls Schlüssel im Schloss höre und sehe, dass er Luna dabeihat, überkommt mich ein Gefühl der Erleichterung. Diese unnütze Versammlung verspricht plötzlich extrem unterhaltsam zu werden. Für diese Gesichter gebe ich gern alle Katzenbrekkies und alle Ruhe der Welt. »Überraschung!« Und wie, große Überraschung, und zwar für alle. Ich erfreue mich an dieser peinlichen Situation und habe deshalb nicht das kleinste Fitzelchen eines schlechten Gewissens. Louise wird keinen Schaden davontragen, also ist alles gut. Die anderen müssen eben sehen, wie sie klarkommen.

Paul kommt zögerlich herein. Luna hält sich hinter ihm. Bis eben wurde noch munter geplaudert, jetzt ist es still. Doch dann bricht Louise das Eis.

»Papa!«, ruft sie und wirft sich Paul in die Arme.

»Hallo, mein Spatz. Ich dachte, du wärst bei Oma und Opa. Hattest du ein schönes Wochenende?«

»Ja! Wir wollten alle zusammen deine Rückkehr feiern.«

Ach, die ewige kindliche Begeisterung.

»Das sehe ich.«

»Stellst du uns Luna vor?«

»Ach, du weißt schon, wie sie heißt?«, wundert sich Nathalie.

»Klar.«

Paul dreht sich zu der schüchternen Gestalt hinter ihm um. Na gut, jetzt könnte sie einem fast leidtun. Sie weiß wohl gar nicht mehr, wohin mit sich.

»Also, ihr Lieben, das ist Luna. Luna, das sind meine Eltern, meine Schwiegereltern und Clémence, Aurélias Schwester.«

Es ist ein haarsträubend grandioser Moment. Ich habe Paul noch nie so nervös gesehen. Es fehlt nicht viel, und er würde rot anlaufen und mit den Knien schlackern. Dabei ist er die Überraschungsbesuche seiner Familie doch gewöhnt.

»Sehr erfreut«, sagt Luna nun. »Es tut mir leid, ich wollte Ihr Wiedersehen nicht stören, ich gehe dann mal.«

»Nein, bleiben Sie doch. Suzanne und ich haben für eine ganze Kompanie gekocht. Wir sind zwar nicht so talentiert wie Paul, aber ganz übel ist es auch nicht.«

Nathalie scheint das Ganze viel lockerer zu sehen als ihr Sohn. Paul schiebt Luna zu Louise und geht zu Suzanne und Émile hinüber, die am Fenster zum Garten stehen. Ich folge ihm leise und lausche. Er umarmt sie herzlich, und an seinen Augen erkennt man seine Rührung.

Warum müssen die Menschen lustige Situationen immer in sentimentale Szenen verwandeln? Ich wollte mich amüsieren, nicht im Chor heulen.

»Verzeiht mir. Ich wollte nicht, dass ihr es auf diese Weise erfahrt. Es tut mir wirklich leid. Ich habe nicht damit gerechnet, euch heute hier zu sehen …«

»Das macht doch nichts, Paul«, antwortet Suzanne. »Schließlich sind wir ja uneingeladen hergekommen, um Louise und deine Eltern zu besuchen und dir Hallo zu sagen.«

»Du musst dich nicht schämen«, sagt nun Émile. »Aurélia hat uns vor über drei Jahren verlassen.« Seine Stimme zittert, doch er spricht weiter. »Du bist ein toller Vater, und du bist wie ein Sohn für uns. Wir wollen, dass du glücklich bist. Du und Louise. Es ist ganz normal, dass du dir jetzt ein neues Leben aufbaust. Du musst dich dafür nicht entschuldigen.«

»Ausnahmsweise hat mein Émile das mal besser ausgedrückt als ich. Genauso ist es. Wir reden noch einmal in Ruhe darüber, aber mach dir keine Sorgen um uns. Wir haben dich lieb und unterstützen deine Entscheidung.«

»Ihr seid wie zweite Eltern für mich. Danke. Danke, dass ihr so reagiert. Ich hatte solche Angst, euch zu enttäuschen.«

»Aber, nicht doch! Komm, mach uns näher miteinander bekannt, und dann essen wir.«

»Okay.«

Paul geht zu Luna, die sich angeregt mit Louise unterhält. Meine Kleine ist total aufgekratzt. Sie machen sich gegenseitig Komplimente zu ihren Haaren. Der nächste Schritt sind dann wohl vertrauliche Mädchengespräche im Kinderzimmer. Wehe, ich muss dafür meine Zeit mit Louise opfern!

Die dicke Clémence scheint die allgemeine Begeisterung nicht zu teilen. Da sind wir ausnahmsweise einmal einer Meinung.

Suzanne und Émile begrüßen Luna mit der ihnen eigenen Herzlichkeit. Das ist wirklich ergreifend. Dennoch lasse ich mir bestimmt nicht meine Familie stehlen. Ich bin ein Lebewesen. Ich brauche Aufmerksamkeit, und vor allem will ich die einzige Katze in diesem Haus bleiben. Denn Luna ist eine Sache. Aber es gibt sie ja nur im Doppelpack mit dieser eingebildeten Kratzbürste.

Nathalie nimmt Paul in der Küche beiseite.

»Es tut mir leid, Liebling. Du hattest gesagt, *du* würdest dein Gepäck zu Hause abstellen, bevor du Louise abholst. Ich dachte, ihr würdet euch am Flughafen trennen. Ich wollte nicht übergriffig sein.«

»Ihr und eure Überraschungen …«

»Na ja, Louise wollte hier malen, und da dachten wir, wir kochen gleich etwas. Es war doch praktischer, als dich durch die halbe Stadt zu hetzen. Bist du mir böse?«

»Ehrlich gesagt ist es schon ziemlich brutal. Aber immerhin erspart es mir langes Nachdenken darüber, wie ich sie euch vorstellen soll. Das ist ja jetzt erledigt.«

»Genau. Du musst das Glas halb voll sehen.«

»So hast du mich erzogen.«
»Ich habe dich lieb. Ich freue mich für dich.«
»Ich dich auch, Mama. Lass uns essen!«

*

Sich ein Nickerchen vor dem Fernseher zu gönnen kann vieles wiedergutmachen. Vor allem, wenn man weiß, dass die Menschen währenddessen arbeiten müssen. (Stellt euch vor, wie ich listig mit den Augen blinzele.)

Während ich eingehend meine Ballen lecke und die Ruhe in der Wohnung genieße, denke ich an den gestrigen Abend zurück. Viele Hände waren befleißigt, mich heimlich zu füttern, jeder in der Annahme, das als Einziger zu tun. Das ist mein persönliches Paradies. Wenn es um gutes Essen geht, stelle ich mich nicht an. Da nehme ich von den Alten und von den Jungen, und sogar von Fremden.

So ein Festmahl würde ich niemals verschmähen.

Clémence ging als Erste und sagte während des Essens kaum ein Wort. Da sie sonst immer lange Tiraden ablässt, ist das niemandem entgangen. Aurélias Eltern sagten zu Paul, er solle sich keine Sorgen machen. Sie sei eben so, dass sie alles erst ganz langsam verdauen muss, bevor sie sich dann beruhigt. Solange sie nicht an meinem Fell rumfummelt, um sich zu beruhigen, ist alles gut.

Louise ging sehr spät ins Bett und war heute Morgen kaum wach zu kriegen. Paul und ich haben es erst beim fünften Anlauf geschafft. Aber davon abgesehen ist sie gut drauf. Sie mag Luna, sie ist laut ihr »eine interessante Erwachsene« und »so, so hübsch«. Gut, zugegeben, das muss man ihr lassen. Selbst mir ist das beim ersten Mal gleich aufgefallen.

Louise nahm ihr jüngstes Werk mit zur Schule. Letztlich hat sie nicht Ella gezeichnet, sondern den Jungen, Enzo. Er wendet sich nie gegen sie. Ihr ist klar geworden, dass er viel netter ist als die Mädchen.

Ich hoffe nur, sie verliebt sich nicht in ihn. Ich glaube, er wird eher mal ein Gustave und kein Paul. Auch wenn es noch zu früh ist, das mit Bestimmtheit zu sagen.

*

Mit so etwas habe ich nicht gerechnet. Paul und ich sitzen in Saxos Wartezimmer, und ich würde mich glatt einpissen, wenn ich nicht so ein ausgeprägtes Ego hätte. Mir geht es megadreckig. Ich habe mich ziemlich verletzt. Ich wollte von einer Mauer auf eine Mülltonne springen, doch das Mistding hat gewackelt. Dumme Sache. Als ich nach Hause kam, sah Paul, dass ich humpelte. Deshalb sind wir jetzt bei meinem Lieblingsdoc. Er lacht sich bestimmt scheckig über mich. Eine Katze, die einen Sprung vergeigt, ist ziemlich erbärmlich. Und vermutlich eher selten. Ich schäme mich. Ich will nicht, dass Saxo mich so sieht.

Dennoch freue ich mich, ihn zu hören. Als ich aus dem Käfig komme, wird meine Freude, ihn zu sehen, aber jäh getrübt. Was soll das denn? Nein! Saxo hat einen Haufen Haare verloren. Oder er war beim Friseur und der Kerl hat ihn radikal verstümmelt? Die Haare sind dermaßen kurz, dass man Grau und Schwarz kaum noch unterscheiden kann. Wie abstoßend! Hängt den Schuldigen! Ich verschließe die Augen vor dieser Zumutung.

»Na, Harold, was hast du angestellt?«

Wenn du wüsstest. Die dumme Mülltonne war schuld.

»Er scheint Schmerzen zu haben und humpelt, wie ich Ihnen am Telefon sagte«, erklärt mein offensichtlich besorgtes Herrchen.

Wenigstens fühle ich mich geliebt.

Nach mehreren Untersuchungen, einem Röntgenbild und völlig themenfremder Plauderei steht die Diagnose. Ich habe mir nichts gebrochen, das Bein ist nur leicht verstaucht. In einer Woche sollte es mir wieder gut gehen, wenn wir die Anweisungen genauestens befolgen. Darauf könnt ihr Gift nehmen. Mir ist es zuwider, nicht fit zu sein, da werde ich bestimmt nichts riskieren.

Saxo erzählt Paul, dass ich ihn einmal hier besucht habe. Paul wundert sich.

»Er hat den Weg hierher gefunden?«

»Ja. Er wartete vor der Tür auf mich. Er wollte spielen.«

»Ist ja krass. Da sag noch einer, *Hunde* seien treu.«

Meine Rede. Ein weiteres Märchen, das die Liebhaber dieser unterwürfigen Viecher erfunden haben.

Die beiden lachen, sie verstehen sich. Das ist schön.

In einer Straße bei uns um die Ecke laufen uns Alphonse und Henry über den Weg. Zum Glück bemerken sie mich nicht. Das hätte mir gerade noch gefehlt. Ich habe hier im Viertel einen Ruf zu verteidigen. Aber es freut mich, dass die beiden Raufbolde sich endlich wieder versöhnt haben.

Nachtragend zu sein ist etwas für beleidigte Tussis. Etwas für Iris', die weggehen und dann nie wieder von sich hören lassen.

*

Luna und Louise kennen sich kaum. Sie befinden sich erst zum zweiten Mal im selben Raum, aber sie haben sich schnell angefreundet. Viel schneller als ich und Louise. Da sträubt sich mir das Fell. Allerdings ist das im Moment nicht meine größte Sorge.

Luna meint, ich würde nach Komposthaufen riechen und hätte »zweifelhaftes Zeug« am Rücken kleben. Ja, die Mülltonne hat ihre Spuren hinterlassen. Und ich bin gerade nicht in der Lage, mich zum Putzen komplett zu verrenken. Ich komme vorerst nicht an meinen Nacken dran. Sorry, Prinzesschen.

»Wir könnten seine Schlaffheit ausnutzen und ihn waschen.«

Bitte? Ich habe mich wohl verhört. Meine was? Ich geb dir gleich Schlaffheit. *Ich bin strammer als dein Popöchen, Miststück.*

Ich kann nicht mal wegrennen. Ich warte hoffnungsvoll darauf, dass Louise ihr eine Abfuhr erteilt.

»Au ja! Papa sagt, Harold mag das nicht, aber ich wollte ihn schon lange mal baden.«

Mich was? Gut. Ich stehe auf und entferne mich so gut es irgend geht.

»Du hast recht. Weißt du, Paul, Chanel duscht mindestens zweimal im Jahr.«

Chanel kann mich mal.

»Echt? Wie ihr wollt, Mädels.«

Na toll, der Hahn ist so froh, dass sein Küken mit seiner neuen Henne zusammengluckt, dass ihm jede Vernunft abhandengekommen ist. Verdammt. Saxo? Alphonse? Henry? Irgendjemand?

»Halt still, mein lieber Kater, deine Pfote ist noch nicht geheilt.«

Nee, also jetzt bin ich nicht dein lieber Kater. Das kannst du vergessen.

Louise hebt mich hoch und bringt mich ins Badezimmer. Ich kann nicht mal kratzen und beißen, weil die Kleine mich trägt und nicht die schwachsinnige Große.

Ich fürchte, mein Leben wird gnadenlos auf den Kopf gestellt. Ich habe mich wirklich mit allen vieren dagegen gesträubt, aber jetzt sind Luna und Chanel doch bei uns eingedrungen.

34

Paul

Ein halbes Jahr später

Nach unserem Wochenende in Budapest verbrachten wir noch zwei Monate zusammen. Zwei Monate, in denen wir aufblühten, dem Leben dankten und an uns arbeiteten. Zwei Monate, in denen wir versuchten, unseren Alltag aufeinander abzustimmen und die in der Vergangenheit erlittenen Schäden zu kitten. Zwei Monate, in denen wir uns noch ein wenig mehr im Leben des anderen einrichteten. Luna stellte mir ihre Eltern vor, Michel und Catherine, sowie ihre kleine Schwester Amandine, die in Kanada lebt. Ich lernte weitere Freunde und einen ihrer Arbeitskollegen kennen. Wir feierten Heiligabend zusammen mit Louise, Harold und Chanel, den ersten Weihnachtfeiertag verbrachten wir dann jeweils mit unseren Familien. Und an Silvester organisierte ich eine kleine Party im *Décalage horaire*. Luna hatte ihren Schützling überzeugt, für uns zu singen. Wir öffneten die Türen zwischen allen sechs Ambientbereichen und drängten uns in New York zusammen, um dem begnadeten Mädel zu lauschen. Es war ein großartiger Moment und eine Premiere für Louise, die fast bis ein Uhr morgens aufblieb.

Im Januar hatten wir unseren Rhythmus gefunden, und nach und nach gewöhnten sich auch unsere Verwandten daran. Sogar Clémence entspannte sich langsam und stellte fest, dass Luna ihr eine gute Freundin werden könnte. Doch dann kam dieser Sonntag im Februar. An diesem Tag schreckten Louise und Luna beide voreinander zurück. Sie saßen auf dem Sofa und schauten Disneys *Rapunzel – Neu verföhnt*. Louise wollte keinen Kuchen essen, weil irgendein Biest gesagt hatte, sie sei fett geworden. Sie fand den Gedanken unerträglich, groß *und* dick zu sein. Natürlich war Letzteres Unsinn. Doch wie soll man einer deformierten Linse erklären, dass ihre Wahrnehmung gestört ist? Luna versuchte es und scheiterte jäh. Louise antwortete ihr, zwar nicht aggressiv, aber voller Bestimmtheit, dass Luna niemals ihre Mutter sein würde. Das müsse ihr klar sein, wenn sie wolle, dass es zwischen ihnen gut läuft. Das traf natürlich genau Lunas wunden Punkt. Sie sagte, sie wolle niemanden ersetzen, und sowieso sei sie keine Mutter, weil ihr diese Möglichkeit biologisch untersagt geblieben sei, denn sie könne keine Kinder bekommen. Darauf schwieg Louise. Mit dieser Offenbarung hatte sie wohl kaum gerechnet.

Als ich versuchte, die Unterhaltung zu retten, war es zu spät. Ich prallte gegen zwei Mauern. Gegen Louises, die vermutlich ihre Worte bereute, und gegen Lunas, die sich von ihren Gefühlen hatte überwältigen lassen. Ich konnte nicht mehr an den Fronten rütteln. Luna fuhr nach Hause, und Louise ging zum Malen in ihr Zimmer.

Das war der Beginn einer langen dunklen Phase. Ich war nicht länger derjenige, der die Zweifel hegte. Ich war nicht mehr für den Aufbau und ein gelegentliches Destabilisieren der Beziehung zuständig. Es ging nicht mehr darum, ob ich bereit sei für diese neue Liebe, bereit zu vergessen, dass das Leben uns übel mitgespielt hatte, und bereit, gegen die Gespenster der Vergangenheit zu kämpfen. Nein. Diese Hindernisse hatte ich bereits überwunden. Ich hatte mich damit arrangiert, weil unsere Geschichte es wert war. Jetzt war Luna an der Reihe, in Panik zu geraten und sich ohne Vorwarnung davonzustehlen. Waren Louises Bemerkung und die wiederholte Erwähnung ihrer Unfruchtbarkeit wirklich der Grund dafür? Oder war das nur ein Vorwand, um vom fahrenden Zug abzuspringen, bevor er zu schnell wurde?

Und, die wichtigste aller Fragen: Würde der Aufprall auf dem Boden sich als nützlich erweisen?

Ich fühlte mich ohnmächtig. Handlungsunfähig. Einerseits war mir bewusst, dass sie ihre Dämonen nicht so leicht allein besiegen würde, andererseits dachte ich, wenn ich derjenige wäre, der abgesprungen war, würde ich es nicht ertragen, dass man mir folgt. Also stürzte ich mich in die Arbeit, nachdem Luna mir in einer ziemlich wirren Nachricht mitgeteilt hatte, dass sie Zeit zum Nachdenken brauche. Ich nahm mir abends nicht mehr frei, sodass Éric wieder die ihm zustehende Freizeit bekam. Ein paar Tage später schüttete ich Luna dann mit SMS und Mails zu. Ich bot ihr Argumente für unsere Beziehung, die ihr den Weg weisen und zeigen sollten, dass wir gemeinsam alles meistern können, wenn wir es nur versuchen. Vergebens. Also versuchte ich es ein Wochenende lang wieder mit Schweigen. Denn wenn die Person, die man sich ausgesucht hat, sich einmauert, probiert man herum, tastet sich heran, geht zwei Schritte vor und drei zurück. So etwas hatte ich vorher noch nie erlebt. Mit Aurélia war alles so selbstverständlich gewesen.

Es gab kein Hin und Her. Vielleicht weil eine Jugendliebe im selben Tempo wächst wie wir selbst?

Mit Luna wurden mein Charakter, meine Nerven und meine Empfindsamkeit von Anfang an auf eine harte Probe gestellt. Und in jenem Moment war ich am Tiefpunkt dieser Erfahrung angelangt.

Mein Schweigen war auch nicht ergiebiger als meine Nachrichten. Luna war völlig durch den Wind. Mal hörte ich gar nichts, dann sprudelten die Worte nur so aus ihr heraus, doch entscheiden konnte sie sich nie. Sie erzählte, dass Erwann in der Ferne wieder aufgetaucht war. Er schickte ihr lächerliche Geschenke und gequälte Briefe und versuchte, sie emotional zu erpressen. Sie wollte uns da heraushalten. Er würde sie immer weiter verfolgen. Louise bräuchte Sicherheit. Und ich bräuchte eine gesunde Frau. Sie sei zu kaputt.

Ich gab ihr noch eine Woche, bevor ich etwas unternahm, ohne es ihr zu sagen, versteht sich. Eine Woche, in der ich viel nachdachte und uns vermisste. Eine Woche, damit meine Rückkehr nicht übereilt erscheinen würde. Dann fuhr ich mit dem Roller zu ihrer Arbeitsstelle, nicht zu nah an den Ausgang, um sie nicht zu bedrängen. Ich hatte den größten Blumenstrauß gekauft, den ich in einer Hand halten konnte, und wartete in der Kälte auf sie.

Als sie mich sah, hat sie gelächelt. Sie war einverstanden, mit mir etwas trinken zu gehen. Sie war in einen großen Schal gewickelt. Doch sie musste in den letzten drei Wochen so wenig gegessen haben, dass ihre Magerkeit trotz der dicken Kleidung auffiel. Sie sah müde aus, ihre Stimme war vom vielen Rauchen kratzig. Wir setzten uns einander gegenüber in das nächstbeste Bistro und zogen für die Blumen noch einen dritten Stuhl heran. Sie sprach wieder von Louise. Sie sei ein großartiges Mädchen, und sie wolle ihr Leben nicht unnötig noch mehr durcheinanderbringen. Ihr sei klar, dass wir das bereits getan hätten. Dann entschuldigte sie sich dafür, mir nicht früher von Erwanns erneuter Annäherung erzählt zu haben. Sie hatte mich nicht beunruhigen und schon wieder in ihren Schlamassel mit reinziehen wollen. Ich hörte sie geduldig an, da mir das unabdingbar erschien. Dann sagte ich, sie habe alle Themen angesprochen, bis auf das wichtigste: uns. Sie entgegnete, Louise, Erwann, ihr sie anbaggernder Chef, unsere Jobs und unsere Narben seien untrennbar mit uns als Paar verbunden.

Da sie mir dieses Schicksal als unabwendbar präsentierte, während ich mich abmühte, uns zu retten, rastete ich plötzlich aus. Ich wetterte gegen ihre Scheuklappen und ihre Neigung, einen Sturm in einer Badewanne heraufzubeschwören.

Sie war von meinem harten Tonfall überrascht, und ich auch. Ich habe nicht geschrien, oh nein. Ich habe nur meine Ungeduld herausgelassen. Ich erklärte bestimmt, sie könne mich jederzeit anrufen, wenn sie wieder klarsehen würde, denn ich würde nicht einfach so aufhören, sie zu lieben. Aber für diesen Abend sei es genug. Dann lief ich davon, und obwohl ich warm angezogen war, zitterte ich am ganzen Leib.

*

Ich telefonierte die ganze Nacht mit Gustave, schlief nicht, und hatte danach einen entsprechend anstrengenden Tag im Restaurant. Als ich nach Hause gehen wollte, wartete diesmal Luna draußen auf mich. Ohne Blumenstrauß, aber dafür mit einem Korb voller Delikatessen und einer kleinen Karte: »Es tut mir leid.«

Ein paar Stunden später, nach einer körperlichen Versöhnung, die nötig war, um die Worte kommen zu lassen, erfuhr ich, dass Gustave an dieser Wendung nicht unschuldig war. Er hatte Luna so oft angerufen, bis sie endlich drangegangen war. Und es war ihm gelungen, seine gebrochene Ex-Nachbarin aufzurichten. Er hatte ihren Blick auf die Situation geradegerückt.

Es gab also einen guten Grund dafür, dass unsere Schicksale alle miteinander verwoben sind.

*

Heute packen wir Kisten aus. Die ersten, die Luna zu uns mitgenommen hat, obwohl sie seit über einem Monat alle Abende bei uns verbringt und Chanel schon bei uns wohnt. Wir lachen über die Katzen, die die Kartons für uns zerlegen, und werden uns der Bedeutung des Moments bewusst. Die arme Apolline treiben die Bewerbungsgespräche für die Wohngemeinschaft in den Wahnsinn. Sie sucht nämlich gleich zwei neue Mitbewohner, da Rose auch mit ihrem Liebsten zusammenzieht. Doch sie und Luna verbringen noch ein, zwei Abende pro Woche auf dem Hausboot, damit der Übergang sanft vonstatten geht, und weil die drei mehr verbindet als nur die gemeinsame Wohnung.

Louise kugelt mit den Fellmonstern auf dem Boden herum. Die Traurigkeit ist seit einiger Zeit aus ihrem Blick gewichen. Sie hat sich Enzo sehr angenähert, er ist jetzt ihr bester Freund. Der Junge ist ein Goldstück. Wir lieben ihn alle. Außerdem hat Louise Ella, die ihrerseits von den anderen abgeschoben wurde, ihre Schwäche verziehen.

»Sieh mal, was mein Lieblingsexnachbar mir gerade geschickt hat.«

Luna reicht mir ihr Handy. Ein Foto von zwei Männern, Arm in Arm. Ja. Das ist die Neuigkeit des Frühlings: Gustave hat sich verliebt. Schon seit einem Monat ist er mit demselben Typen zusammen. Er weiß gar nicht, wie ihm geschieht, und sucht sich zu verteidigen, doch sein Herz wurde eindeutig erobert. Seitdem textet er uns zu, damit wir daran teilhaben, wie er das Beziehungsleben entdeckt.

»Ich wusste, dass er nicht verschont bleiben würde.«

»Es ist doch schön für ihn«, freut sich Luna. »Wir könnten die beiden für morgen auch einladen, dann wirkt das Ganze nicht so formell.«

»Gustave und Ben?«

»Ja.«

»Au ja, Papa! Es wäre schön, wenn Onkel Gus dabei ist.«

»Ja, warum nicht.«

Ob es passend ist, meinen besten Freund zum offiziellen Kennenlernen von Lunas, Aurélias und meinen Eltern einzuladen? Ach, er gehört schließlich zur Familie, und auf eine Seltsamkeit mehr oder weniger kommt es auch nicht mehr an.

Die Eltern sind alle Lunas Charme erlegen. Es ist geradezu erstaunlich, wie vertraut Suzanne, Émile und Luna miteinander umgehen. Sie haben sich vorbehaltlos akzeptiert. Mit dieser Selbstverständlichkeit konnte man unter den gegebenen Umständen wirklich nicht rechnen. Luna hätte es unangenehm finden können, den beiden hätte es brutal erscheinen können. Doch sie mögen sich einfach. Deshalb dachten wir, wir gehen den nächsten Schritt in der Vorstellungsrunde, jetzt, da wir unter einem Dach leben werden.

Die Stärke, die uns alle verbindet, ist, dass wir unsere seelischen Verletzungen erkannt und überwunden haben. Als wären wir unvermeidlich und unaufhaltsam aufeinander zugetrieben.

Vor drei Wochen bin ich sechsunddreißig geworden, und ich weiß noch, wie Gustave und ich uns kurz nach meinem fünfunddreißigsten Geburtstag unterhalten haben. Verrückt, wie sich das Leben innerhalb eines Jahres verändern kann.

Louise hilft Luna, ihre Sachen im Schrank zu verstauen. Ich bin so froh, dass ihr einziger Streit weit hinter uns liegt. Louise gefällt es, dass Luna sie wie eine kleine Erwachsene behandelt. Sie haben ihren eigenen Umgang und ihre Sprache gefunden. Sie werden niemals Mutter und Tochter füreinander sein, doch sie waren dazu bestimmt, die jeweilige Lücke zu füllen, die das Leben ihnen beschert hat. Sie sind das »L-Team«.

35

Der Pelzige

Chanel springt mich mitten im schönsten Mittagsschlaf an. Ich hasse es, wenn sie das tut. Madame langweilt sich, also darf ich nicht in Frieden schlummern. Ich wehre sie mit einem Tatzenhieb ab, aber ohne Krallen. Die Zeiten, als ich sie anfauchte, sind vorbei. Ich habe gelernt, sie zu tolerieren. Um ganz ehrlich zu sein: Inzwischen schätze ich sogar ihre Gesellschaft.

Am Anfang konnte ich sie nicht ausstehen. Sie stolzierte arrogant über mein Parkett. Sie verströmte überall ihren Geruch, ihre Toilette beraubte meine der Intimität, sie schnurrte lauter, miaute tiefer, protzte damit, dass sie größer ist als ich, und ihre Haare verteilten sich in alle Ecken. Doch die Wochen vergingen, und ich erkannte, dass unter ihrem königlichen Auftreten ein guter Kern steckt. Außerdem ist sie schlau, unerschrocken und unterhaltsam. Es gibt Schlimmeres.

Und wenn die Menschen bei der Arbeit sind, vergeht die Zeit zu zweit zugegebenermaßen deutlich schneller. Wir liefern uns wilde Verfolgungsjagden, wärmen uns gegenseitig, schauen gemeinsam fern, vertreiben die Insekten, die sich in die Wohnung wagen, als wollten sie uns zum Sport zwingen, und lauern draußen den lebensmüden Nagern auf, die es in Paris in rauen Mengen gibt. Ja, ich kriege es kaum über die Lefzen, aber mein Revier ist zu *unserem* Revier geworden.

Chanel stört meine Beziehung zu Louise und Paul nicht. Sie stiehlt mir nicht den Platz, sondern hat ihren eigenen gefunden. Trotz ihres kräftigen Körperbaus ist sie letztlich sanfter als ich. Anpassungsfähiger und umgänglicher. Die Worte bleiben mir zwar fast im Halse stecken, aber es ist ihr sogar gelungen, mich mit dem rot-schwarzen Wirbelwind aus dem Nachbargarten zu versöhnen. Unglaublich, nicht wahr? Der Chihuahua ist jetzt quasi unser Freund. Er heißt Hector und bellt uns nicht mehr an, seit Chanel mit ihm eine Runde auf seinem schlecht gemähten Rasen gespielt hat. Spaß geht bei Chanel vor Artentrennung. Ich gehe nicht so weit, dass ich mich an seinen hysterischen Minikörper reibe, aber ich herrsche ihn nicht mehr an. Das ist bereits ein großer Schritt für mich, damit müssen sich alle zufriedengeben.

Ich werde nicht zum Heiligen, nur weil ich mit Mutter Teresa zusammenlebe.

Der joviale Charakter meiner neuen Mitbewohnerin hat zum Glück auch noch andere Vorteile. Als Henry, der Siamkater, vor einigen Wochen verschwunden ist, ging es mir ziemlich schlecht. Es hat mich kalt erwischt, denn wir standen uns nahe, wir drei Kater. Alphonse, Henry und ich. Deshalb hat es uns echt fertiggemacht, Fotos von Henry an der Straße aushängen zu sehen, ihn aber nicht mehr in natura zu treffen. Ich malte mir aus, dass ihn ein schreckliches Schicksal ereilt hat, so wie man es aus den Nachrichten kennt. War er Rassekatzen-Schmugglern in die Hände gefallen, an ein Tierversuchslabor geraten, in einem dubiosen Restaurant auf dem Teller gelandet, oder fristete er sein Leben jetzt gar in einem dieser Katzencafé-Puffs?

Alphonse und ich suchten ihn überall, und Chanel begleitete uns unverdrossen. Wir wagten uns zu weit aus unserem Revier, hätten uns fast verlaufen, kamen spät nach Hause und wurden ausgeschimpft. Aber dennoch ließen wir wochenlang nicht locker. Dann verließ uns langsam die Hoffnung, und seit ein paar Tagen suchen wir nur noch mit halber Kraft. Chanel tröstet uns so gut sie kann, und wir sind mit Alphonse enger zusammengerückt. Wir wollen ab jetzt gut aufeinander aufpassen. Und ich stelle mir vor, dass Henry mit Iris auf dem Land lebt, auch wenn ich natürlich weiß, dass das nicht stimmt. Ich versuche, mein Gehirn zu überlisten, um meinen Kummer zu lindern. Ja, Kummer. Ich mochte den Siamesen.

Lieber als Luna, zum Beispiel. Viel lieber sogar. Sie ertrage ich hauptsächlich für Louise, und ein wenig auch für Paul und Chanel. Sie alle scheint sie auf ihre Weise glücklich zu machen. Mir persönlich geht sie auf die Nerven. Auch ein halbes Jahr später habe ich die Sache mit der Baderei noch nicht verwunden. Schaum und kübelweise Wasser waren noch nicht alles. Nachdem Luna mich in einen tropfenden Putzlappen verwandelt hatte, sollte ich die Wohnung unseres pingeligen Chefkochs nicht nass machen. Da hat sie tatsächlich vorgeschlagen, mich zu föhnen. Die ist doch geisteskrank. Als ich das schwarze Ungetüm auf mich zukommen sah, sprang ich in den Schrank. Dort blieb ich erst mal sitzen. Starrsinnig, wie sie ist, wartete Luna davor, bis ich aufgeben würde, wozu es letztendlich auch kam.

Da schloss sie den Schrank *und* die Badezimmertür. Dann gab sie mir zu verstehen, ich solle mich gefälligst nicht so anstellen, Chanel ließe das schließlich auch mit sich machen. Ha! Denkste. Ich habe gekämpft wie ein Löwe, aber sie packte mich im Genick, sodass ich mich nicht mehr rühren konnte. Steif wie ein Brett ließ ich es über mich ergehen und war dann bis Weihnachten beleidigt.

Der Weihnachtsbaum hat einiges abgekriegt, das kann ich euch sagen.

Das Problem mit Luna ist, dass zu viele Ideen durch ihr wirres Köpfchen schwirren. Es hatte ja schon schlecht angefangen, weil sie ständig meinen Schwanz betatschen muss, als ob Pauls ihr nicht genügte. (Ich weiß, dass er mit meiner Länge nicht mithalten kann, aber trotzdem.) Nach und nach entdeckte ich all ihre anderen Fehler.

In einer Sache sind sie und Rachel sich sehr ähnlich: Sie sind furchtbar egoistisch. Keine lässt mich in Ruhe mit ihren Schuhen spielen. Ständig meckern sie über zerfetzte Schnürsenkel und Riemchen. Aber diese pendelnden Dinger sind einfach zu verlockend. Ich kann nichts dafür. Sie sollten lieber froh sein, dass ich die Krallen von ihren Pumps lasse. Immerhin habe ich Respekt für alles Schöne.

Man könnte meinen, damit sei das Maß voll, aber nein, es kommt noch dicker. Lunas letztes Steckenpferd hat allen anderen Unsinn in den Schatten gestellt. Madame pflegt sich, und ästhetisch gesehen spricht das ja für sie. Davon abgesehen sollte ihr aber mal jemand erklären, dass nicht alle ihre Ansichten zur Gesundheit teilen. Ist ja schön für sie, wenn sie glaubt, Monodiät und Fasten würden ihrem Körper wer weiß wie guttun. Aber dass sie Paul und Louise mit diesem Wahnsinn ansteckt, das geht zu weit.

Der Höhepunkt war erreicht, als sie das auf uns Katzen anwenden wollte. Ich habe es noch genau im Ohr: »Wir könnten Chanel und Harold auch einen Tag auf Diät setzen. Das würde ihren Organismus reinigen und kann ihnen nicht schaden.« Wir dachten, wir hören nicht recht. Chanel war sofort auf meiner Seite. Wir protestierten lauthals. Zum Glück dauerte dieses schändliche Experiment nur einige lange Stunden, bis Louise sich unserer erbarmte. *Puh!* Und Paul habe ich heimlich nachts essen sehen. Das war gewagt, aber er ist eben ein Genussmensch. Ein Glück. Luna hat in dieser Sache keine dauerhaften Anhänger gefunden.

So, jetzt, da das alles einmal raus ist, kann ich sagen, dass Luna auch ein paar verborgene gute Eigenschaften hat, sodass ich mich mit ihrer Anwesenheit abfinden kann. Sie bringt Louise zum Lachen, sie kann supergut mit dem Katzenlaser umgehen, auf den Chanel genauso abgeht wie ich, sie riecht gut, sie erzählt spannende Geschichten von ihrer Arbeit, sie hat längere Fingernägel als Paul, und sie sorgt für Aufmunterung, sobald die Stimmung sich mal trübt.

Aber ich warte lieber noch ab, was das langfristig ergibt.

*

Ich bin dermaßen aufgeregt, dass ich vibriere wie ein Zitteraal auf der Jagd. Ungeduldig tänzele ich vor der Tür herum. Ich kann nicht glauben, dass es wirklich wahr ist. Paul und mein Saxo haben sich bei verschiedenen Praxisbesuchen angefreundet (meine Durchfallepisode können wir getrost überspringen), und so hat Saxo dann mit seiner Familie in Pauls Restaurant gegessen. Das weiß ich, weil Paul so stolz war, meinen Arzt bekocht zu haben, dass er Louise und Luna tagelang damit in den Ohren lag. Offenbar hat es ihnen geschmeckt. Dann haben sie über mich geredet, und seine Frau wollte mich gern kennenlernen. Langer Rede kurzer Sinn: Sie kommen heute Abend zum Aperitif vorbei.

Wenn die Menschen sich ausnahmsweise mal intelligent anstellen, bin ich versöhnt. Das war die beste Idee des Jahres.

Chanel versteht nicht, warum ich mich so für einen Tierarzt erwärme, aber sie kennt Saxo nicht. Ich verzeihe ihr ihre Unwissenheit.

Sie kommen mit Champagner und einer neuen Angel für mich. Ich meine, für uns, natürlich. Seine Frau ist für ihr Alter ganz gut aussehend, und Saxos Haare sind ein gutes Stück nachgewachsen. Halleluja, es war also nur das Werk eines schlechten Friseurs.

Nach unendlichen Höflichkeitsfloskeln und der Bekanntmachung mit Louise wendet Saxo sich endlich mir zu. Er packt mich mit seinen großen Händen und wirbelt mich durch die Luft. Ich lasse es mir gefallen.

»Du hast wieder zugelegt, mein Guter.«

Hey, nun übertreib mal nicht, Instrumenten-Doc.

Er setzt mich ab und streichelt Chanel.

»Ein schönes Fell! Und die beiden verstehen sich?«

»Ja, sie sind ein Herz und eine Seele.«

»Sehr gut. Katzen haben ein ausgeprägtes Revierverhalten, deshalb klappt das nicht immer. Aber Harold ist ein guter Kerl, das habe ich gleich gespürt.«

Oha, wenn ich könnte, würde ich jetzt glatt rot werden.

36

Paul

Ich scanne Sophie mit den Augen auf der Suche nach einem Riss in der Fassade, aber es gibt keinen. Sie zetert nicht, sie setzt mich nur in relativ neutralem Ton von ihrer Kündigung in Kenntnis. Sie erträgt es nicht mehr, in meiner Nähe zu sein, deshalb geht sie. Ich versuche, sie davon abzubringen, doch das ist vergebens. Sie hat eine Liste mit drei möglichen Nachfolgerinnen zusammengestellt, die von ihr handverlesen sind. Sie wollte mich nicht in die Bredouille bringen und hat alles geplant. Dafür bin ich ihr dankbar, aber in meinen Augen sind wir ein Team, und das schon seit Jahren. Ich bedaure, dass sie uns verlässt, weil ich mehr für sie bin, als ein Chef sein sollte. Acht Jahre fast täglicher Zusammenarbeit, das verbindet. Doch sie meint, um mich vergessen zu können, muss sie Abstand zwischen uns bringen. Räumlichen Abstand.

Sophie und ihre ehrliche Direktheit.

Da mein Versuch, sie zur Vernunft zu bringen, zu nichts führt, gebe ich auf. Ich sage nur, sie solle wenigstens noch eine Woche über die Kündigung nachdenken. Doch sie meint, das sei nicht nötig. Sie müsse es sofort tun, gerade damit sie später keinen Rückzieher mehr macht. Sie hat in zehn Tagen ein vielversprechendes Vorstellungsgespräch. Bis dahin wird sie normal weiterarbeiten, und die Kellnerinnen, die sie ausgewählt hat, können sich schon ab morgen bei mir bewerben.

Ich bin zwar vor den Kopf gestoßen, aber ich bleibe professionell. Ich darf nicht weiter versuchen, sie umzustimmen, sonst würde sie darin eine versteckte Botschaft sehen, die es nicht gibt. Deshalb schlage ich ihr eine gütliche Vertragsaufhebung vor. Sie nimmt an.

Als die Neuigkeit drei Stunden später zu allen Kollegen durchgesickert ist, sinkt das Stimmungsbarometer um einige Grad. Sogar Natasha wirkt traurig. Véronique zeigt ihre Gefühle ganz offen, und die Jungs rätseln über die Gründe von Sophies Entscheidung.

Ich mag keine Abschiede und Lebewohls. Mein persönlicher und beruflicher Bekanntenkreis war schon immer ziemlich klein. Ich lasse mich nicht leicht auf Leute ein, aber wenn ich es tue, dann sind es meist Menschen, die mir wirklich wichtig sind und auch in meinem Leben bleiben. Ich bin furchtbar treu, das liegt in meiner Natur. Daher trage ich jetzt eine gute Miene zur Schau, bin aber nicht mit dem Herzen dabei.

Sophie wird eine Leerstelle hinterlassen, ganz egal, wer sie ersetzt. Aber gut, manchmal muss man andere zu ihrem eigenen Wohl gehen lassen. Jede Situation hat mehrere Facetten. Und von Sophies Standpunkt aus scheint diese Kündigung ein Befreiungsschlag zu sein.

*

Wir sitzen auf dem Sofa, Lunas Kopf ist in meinen Schoß gebettet. Da erhalte ich eine Textnachricht, die mich erschüttert. Mathieu schreibt, dass Noémie zwei Wochen vor dem errechneten Termin entbunden hat. Kind und

Mutter sind wohlauf. Es ist ein Mädchen. Sie wiegt 2,9 Kilo, und sie haben sie Aurélia genannt. Mühsam beherrsche ich mich. Ich bin schockiert. Damit habe ich überhaupt nicht gerechnet. Ich bin gleichzeitig gerührt und verstört von dieser Hommage. Aurélia war meine Frau, Louises Mutter, und jetzt trägt ein ganz neuer Erdenbürger ihren Namen. Diese Geste der Kontinuität hat einerseits etwas Poetisches, andererseits ist es eine Art der Enteignung. Zumal wir mit Mathieu und Noémie zwar eng befreundet waren, ich aber nie erwartet hätte, dass sie dergleichen tun.

»Alles klar? Du siehst irgendwie komisch aus.«

»Ja. Ich bin nur erstaunt. Noémies Kind ist etwas zu früh gekommen, und sie haben ihre Tochter Aurélia getauft.«

»Hm.«

Luna versucht genau wie ich, ihre Gesichtszüge unter Kontrolle zu bekommen.

»Das kommt überraschend, oder?«

»Ja, ziemlich.«

Es sind nur Worthülsen. Das wissen wir beide. Wir wollen Zeit gewinnen. In solchen Momenten wird uns wieder bewusst, dass wir eine Patchworkfamilie sind. Das bedeutet, dass die Vergangenheit des einen hin und wieder in unseren gemeinsamen Alltag hineinschwappt.

Ich spüre Lunas unterschwellige Eifersucht aufkeimen. Sie hatte gesagt, sie könne nicht mit einer verstorbenen Frau konkurrieren, die ich bis an mein Lebensende lieben werde. In vielen Gesprächen kam sie jedoch nach und nach zu der Einsicht, dass es hier keine Rivalität geben kann. Sie lebt, sie ist an meiner Seite, und die Tatsache, dass es dazu nicht gekommen wäre, wenn

Aurélia noch hier wäre, dürfen wir nicht hinterfragen. Das Schicksal hat es so gewollt.

Es ist keine einfache Situation. Wir müssen gleichzeitig mit zwei sehr unterschiedlichen Gefühlsströmen umgehen. Ich muss meine Erschütterung zügeln, weil ich mich bewusst für Luna entschieden habe. Und diese Entscheidung beinhaltet das Versprechen, nicht bei jedem Schock ins Wanken zu geraten. Deshalb möchte ich diesen Augenblick jetzt mit ihr gemeinsam bewältigen.

»Was sollen wir antworten?«

Sie lächelt, sie hat sich gefangen.

»Dass du gerührt bist, dass uns auf diese Weise ein Stück von Aurélia erhalten bleibt, und dass wir ein Foto wollen.«

»Luna, ich weiß, das ist für dich alles andere als selbstverständlich. Aber wenn es hilft: Ich möchte diesen Moment um nichts in der Welt mit jemand anderem erleben.«

Sie küsst mich.

Es war ein Stachel, aber er wird nicht sitzen bleiben. Mit der Zeit haben wir gelernt, die berühmten »Unwetter« abzuwenden.

*

Als hätte eine unsichtbare Macht vorgestern meine Gedanken belauscht, ist die Situation heute umgekehrt. Luna sitzt im Schneidersitz auf unserem Bett und erzählt mir, dass sie eine lange Mail von Erwann erhalten hat. Ein ätzend scharfer Text, von dem sie buchstäblich Ausschlag bekommen hat. Sie möchte es mir nicht vorlesen, sondern sagt nur, dass es extrem heftig war. Dennoch ist sie erleichtert, denn sie interessiert nur der Schluss: Er hat eine andere kennengelernt. Endlich. »Eine echte Frau, schön und intelligent, die ihm weit mehr bieten kann als Luna, die ja nur eine Scheinfrau ist.« Danach schrieb er noch, er wisse, dass sie eine neue Geschichte begonnen habe, und sie sei schließlich zu nichts anderem gut, als sich um die Kinder anderer zu kümmern.

Luna hat ihm nicht geantwortet. Sie liegt zitternd in meinen Armen, aber mir ist klar, dass diese körperliche Reaktion eigentlich Ausdruck eines positiven Gefühls ist: die lang ersehnte Befreiung.

Ich drücke sie fest und zärtlich an mich.

»Das ist das Beste, was passieren konnte. Jetzt ist es vorbei.«

»Ja, nur nicht für seine Neue.«

37

Der Pelzige

Chanel und ich, wir klettern gern in die Bäume an den Straßen im Viertel. Es geht darum, wer am schnellsten am höchsten kommt. Die Leute schauen uns belustigt zu, aber wir beachten sie gar nicht. Wir haben schon unsere Menschen zu Hause. Die anderen sind uns *schnurrz*.

Deshalb bin ich wie gelähmt, als ich nach einer unserer Kletterpartien plötzlich diese Gestalt vor mir sehe. Eigentlich sollte mich niemand mehr interessieren, wir fünf sind komplett. In meinem Kopf ist kein Platz für weitere Bewohner. Dennoch steht mir das Fell zu Berge, als ich *sie* wiedersehe. Caroline. Sie und ihre um zehn Jahre gealterte Freundin Lydie stehen vor einer Boutique. Wahrscheinlich machen sie »Überstunden-Abshoppen«, wie sie immer sagten.

Natürlich muss ihr Blick auf mich fallen. Warum begegnen wir uns jetzt? Prallen geradezu aufeinander? Nach all den Monaten, jetzt, da ich nicht mehr an sie dachte?

Manchmal lässt der Zufall sich aber auch einen Mist einfallen. Ich wohne in einem eindeutig zu gut besuchten Viertel.

Wir starren uns an. Lydie und Chanel merken gar nicht, was vor sich geht. Es ist ein flüchtiger Moment, voller Fragen und Zweifel. Also, für Caroline, nehme ich an. Denn ich könnte ihr Gesicht nie vergessen, auch wenn ich es mir wünschte.

Aber wir Katzen sehen für die blinden Menschen offenbar alle gleich aus. Besonders Mischlinge.

»Figaro? Lydie, das ist Figaro, sieh nur!«, ruft sie.

Sie kommt auf mich zugestürzt, und bevor die Nostalgie mich überrollen kann, denke ich blitzschnell nach. Ergebnis: Wenn Caroline mich fängt, lässt sie mich nicht mehr los. Sie wird mich mit zurück nach Yerres nehmen, zu Patrick und der Rotznase. *Igitt.* Vermutlich würde sie mich um Verzeihung bitten. Aber vor allem würde sie mich von Louise, Paul und Chanel wegreißen. Wenn sie mich in die Arme schließt, sehe ich die anderen nie wieder. Ich könnte ihr nicht mitteilen, dass ich jetzt Harold heiße und eine neue Familie habe.

Nein, es geht nicht.

Ich renne los und bedeute Chanel, mir zu folgen. Sie versteht nichts, macht aber mit. Das mag ich an ihr. Wir halten zusammen, unter allen Umständen.

Ich schaue mich kurz um. Caroline läuft uns hinterher. Sie wirkt so ergriffen. Sie brüllt meinen alten Namen und bittet die Umstehenden, mich festzuhalten. Ihre Stimme zu hören, katapultiert mich um Jahre zurück.

Dieser Vorfall wird mich tagelang beschäftigen. Wenn ich ihr doch nur erklären könnte, warum ich das tue. Warum ich sie nicht einmal an mich heranlasse, obwohl ich sie selbst auch gern spüren würde.

Aber sie hat schließlich auch keine Erklärung hinterlassen, als sie mich am Flughafen ausgesetzt hat.

Das Leben ist eine Reihe von Entscheidungen, und meine liegt klar auf der Pfote.

Wir beschleunigen und hängen sie ab.

38

Louise, Luna, Paul und Harold

Zwei Jahre später

Louise

Mathe nervt. Es ist leicht, aber nervig. Ich mag die Fächer Kunst und Französisch lieber. Und »Wissenschaft und Technik«. Und die Pausen, mit Enzo. Ich bin traurig, dass ich ihn nach den Sommerferien verlassen muss. Ich komme ein Jahr vor ihm aufs Gymnasium, und er macht erst noch die letzte Klasse an der Grundschule. Wir haben uns versprochen, dass das an unserer Freundschaft nichts ändern wird. Sie ist stark genug. Als ich eine Klasse übersprungen habe, wussten wir, dass das nicht leicht für uns werden würde. Ich war auch zuerst nicht einverstanden. Ich hatte Papa gesagt, dass ich von den Tests, der Hochbegabtenförderung und den Plänen der Lehrer nichts wissen wollte. Ich wollte bei meinem besten Freund bleiben. Aber Enzo hat mich ermutigt. Er sagte, wenn man so gut befreundet ist wie wir, dann könnte räumliche Trennung daran nichts ändern. Außerdem sei unsere Freundschaft von Dauer, weil wir uns sehr gern haben und wir durch die Macht der Feen für immer verbunden sind. Gut, das hat er nur mir zuliebe gesagt. Er glaubt da überhaupt nicht dran. Ich habe selbst früh gewusst, dass es den Weihnachtsmann nicht gibt, aber ich glaube an Feen, weil Mama eine Fee ist. Sie ist im Paradies und hält schützend ihre Flügel über uns. Ich hoffe, wenn ich groß bin, glaube ich das immer noch, weil ich sonst gar nicht weiß, wo meine Mutter sein könnte.

»Louise, bist du bei uns?«

»Ja, Madame Leclerc.«

Madame Leclerc mag ich nicht besonders. Sie bemerkt immer, wenn ich mit den Gedanken woanders bin. Sie ist noch nerviger als Ziffern und Zahlen.

Ich verstecke meine Zeichnung, sonst erwischt sie mich bestimmt gleich. Sie versteht nicht, dass ich mich beschäftigen muss, wenn sie redet und mich das nicht interessiert. Ich muss meine Hände beschäftigen. Papa sagt, ich sei hibbelig, damit hat er wohl recht. Ich flechte meine lila Strähne und versuche, nicht an mein neues Projekt zu denken, denn Madame Leclerc kann auch Gedanken lesen. Ja, ich schwöre. Sie hat magische Fähigkeiten, setzt sie aber nicht ein, um Gutes zu tun.

»Louise, wenn du weiter an deinen Haaren herumfummelst, binde ich dir einen Zopf.«

Für wen hält die sich? Die spinnt doch. Hoffentlich klingelt es bald. Ich habe die Nase voll davon, dass sie mich ständig beobachtet. Es ist doch nicht meine Schuld, dass meine Haare jetzt wieder lang sind, dass ich die lila Strähne als Erinnerung an alles, was ich durchgemacht habe, behalten durfte, und dass ich nun mal meine Finger beschäftigen muss.

Pff. Wenn das so ist, hole ich eben meine Zeichnung

wieder raus. Unauffällig, natürlich. Es ist nämlich für Gustave. Ich möchte eine Reihe von Bildern zu meinen Träumen und Albträumen machen. In der Schule fertige ich die Skizzen dazu an. Die Grundidee ist, durch Farben und Formen Gefühle hervorzurufen, aber ohne präzise Konturen. Also, nichts Konkretes. Alles abstrakt. Da ich das machen muss, solange ich mich noch an meine Träume erinnere, tue ich es im Unterricht, um nicht bis abends alles vergessen zu haben. Aber erklär das mal einer Madame Leclerc. Sie würde es nicht begreifen. Sie weiß nicht, dass es Gustave schlecht geht. Er war sehr verliebt in Ben, aber Ben ist ins Ausland gegangen und hat ihn verlassen. Onkel Gus war immer für mich da, wenn ich traurig war, deshalb will ich ihn mit einem Geschenk trösten. So kam ich auf dieses Projekt, denn er findet meine Bilder immer so toll. Außerdem träume ich oft von ihm. Wenn die Menschen, die mir wichtig sind, traurig sind, denke ich so viel an sie, dass sie mich bis in den Schlaf begleiten.

Ich will insgesamt zehn Bilder malen. Im kleinen Format. Die binde ich dann für Gustave als Heft zusammen. Es wird heißen: »Die Albträume siegen nicht über die Träume«. Am Anfang stehen fünf fiese Gefühle, und am Ende kommen dann fünf schöne.

Ich hoffe, das muntert Onkel Gus auf. Er hat es verdient, glücklich zu sein. So wie Papa. Onkel Gus braucht auch eine Luna, aber eben als Mann. Oder er muss eben Ben zurückgewinnen. Der ist schließlich nicht tot. Also ist noch alles möglich. Nur Tote können wir nicht zurückholen. Außer jemand findet irgendwann ein Heilmittel, aber Papa sagt, das gibt es nicht.

Und Papa weiß und kann fast alles. Er ist wie ein

Superheld im Menschenkostüm. Er kocht, er tanzt, er macht schwierigen Sport, er denkt sich Geschichten aus, er gärtnert, er bringt mir jeden Tag neue Sachen bei, er leitet ein Team, er putzt, er erfindet neue Spiele für Harold und Chanel, er fährt Auto, er erzählt lustige Witze (keine langweiligen wie Opa), und er findet für jedes Problem eine Lösung. Ich hoffe, wenn ich groß bin, lerne ich einen Jungen wie ihn kennen. Luna hat echt Glück.

»Louise, komm bitte an die Tafel. Vielleicht kannst du dich dann ja konzentrieren.«

Mist, ich habe keine Ahnung, worum es gerade geht. Zum Glück kann ich bald nach Hause zu den Katzen. Katzen sind tausendmal interessanter als Lehrerinnen. Und tausendmal liebenswürdiger, wenn sie auch stur sind.

Doch jetzt gehe ich erst einmal an die Tafel. In zwei Stunden ist es vorbei.

Wenigstens macht sich dieses Jahr niemand über mich lustig. Ich bin zwar immer noch größer als die meisten, aber der Unterschied ist nicht mehr so enorm. Außerdem respektieren die anderen mich, weil ich besonders bin. Statt mich auszulachen, weil ich eine Klasse übersprungen habe, bitten sie mich um Hilfe bei den Hausaufgaben. Das ist witzig. Ich bin zwar anders, aber jetzt ist das irgendwie etwas Gutes.

In den Pausen lassen Julia, Manon und die anderen mich in Ruhe. Ich bin nicht zu ihrer Freundin geworden, aber sie piesacken mich auch nicht mehr. Immerhin.

Jetzt habe ich nur noch ein großes Ziel: im Sport besser werden.

Luna

Nach einem nicht enden wollenden Meeting zu Marketing und Werbung für eine britische Band, deren Musik mich nie berühren wird, bin ich endlich wieder in meinem Büro. Jetzt habe ich zwei Stunden, die ich längst fälligen E-Mails und Anrufen und der Organisation des nächsten Showcases meines kleinen Schützlings widmen kann. Die Kleine ist inzwischen ganz schön groß rausgekommen. Ich arbeite sehr gern für sie. Es ist selten, dass ich die Künstler, die ich betreue, so gut leiden kann. Dennoch bin ich heute mit den Gedanken woanders. Ich lasse den Blick über die CD-Stapel und meinen schönen grünen Ficus abschweifen. Ich denke an Suzanne und unser Gespräch von gestern Abend. Ich schaffe es nicht, abzuschalten und mich auf meinen Tag zu konzentrieren. Wir waren zusammen im Garten eine rauchen – wir teilen diese Sünde –, und sie sprach plötzlich von Aurélia. Sie entschuldigte sich sofort dafür. Eine Welle der Erinnerung hatte sie gepackt. Ich bin froh, dass sie mir genug vertraut, um mit mir über dieses Thema zu reden. Natürlich fehlt ihr ihre Tochter jeden Tag, wie könnte es anders sein? Und auch wenn Suzanne mich mit offenen Armen empfangen hat, ist meine Anwesenheit in dieser Familie immer wieder ein Schmerzauslöser. Dass ich an Pauls Seite bin, erinnert noch stärker als die vorherige Leere daran, dass hier jemand fehlt. Und dieser Jemand war das Kind von zwei unglaublich tollen Menschen. Es heißt, es gibt nichts Schlimmeres, als ein Kind zu verlieren, und das will ich gern glauben. Für mich ist es schon hart zu akzeptieren, dass ich dieses spezielle Band niemals knüpfen werde, aber mein

Schmerz ist nichts im Vergleich zu ihrem unwiderruflichen Verlust. Was man nie erlebt hat, kann man gar nicht so sehr vermissen, wie etwas, das man gekannt hat. Ich erinnere mich noch gut an die Verzweiflung meiner Freundin Judith, als sie vor vier Jahren eine Totgeburt hatte. Ihr Schock angesichts dieser Undenkbarkeit hatte mich miterfasst. Sie hatte das Gefühl, ihr Baby bereits zu kennen, sie hatte eine Beziehung zu dem Kind in ihrem Bauch aufgebaut. Wenn man also einunddreißig Jahre Erinnerungen an seine Tochter hat, wie soll man dann weiterleben, ohne ein Loch im Herzen zurückzubehalten?

Es ist unmöglich.

Anfangs fand ich es schwierig, mit Aurélias unsichtbarer Präsenz umzugehen, doch mit den Jahren ist dieses Gefühl verblasst. Ich habe meine Eifersucht zum Schweigen gebracht und empfinde inzwischen fast so etwas wie Zuneigung für sie. Als wäre sie indirekt auch Teil meines Lebens. Und außerdem ist es ja nicht so, als würde sie plötzlich wieder auftauchen. Von ihrer Erinnerung, die ihre Lieben in Ehren halten, habe ich nichts zu befürchten. Ich fühle mich gesegnet, weil ich so eine gute Beziehung zu dieser wunderbaren Familie habe. Die kleine große Louise hat eine erstaunliche innere Stärke. »Onkel« Gustave ist unter seiner vorgeschützten Exzentrik ein sehr feinsinniger und gutherziger Mensch. Nathalie und André stecken mit ihrer positiven Energie jeden an. Seltsamerweise war unser Verhältnis am Anfang weniger selbstverständlich als das zu Suzanne und Émile. Wir verstanden uns gut, vor allem Nathalie und ich, aber es hat nicht sofort gefunkt. Dabei mag Aurélia für sie zwar wie eine Tochter gewesen sein, aber nichtsdestotrotz war sie ja Suzannes und Émiles Kind. Für die beiden war ich eine Chance, sich wieder um ein Wesen zu kümmern, das sie irgendwie an jenes erinnerte, das ihnen entrissen wurde. Bei mir haben sie, denke ich, keine Lücke gefüllt, sondern sich ihren ganz eigenen Platz geschaffen. Und dann ist da noch Clémence, die Schroffe mit dem Herzen aus Sahnekaramell. Mit ihr war der Start etwas holprig, aber dennoch ist sie eine interessante Person. Ich freue mich über die Vielfalt der Charaktere, so wird es nie langweilig.

Ich glaube, ich erledige die Mails und Anrufe morgen. Ich bin eine Meisterin der Prokrastination. Ganz anders als Paul. Ich mache alles auf den letzten Drücker, Paul packt immer alles sofort an. Ich schwebe häufig träumend auf einer Wolke. Und im Moment ist mein fliegendes Inselchen ziemlich voll. Die Ideen und Menschen drängen sich dicht an dicht, mit meiner Arbeit hat das natürlich nichts zu tun. Ich habe Lust, für Émile einige CDs zusammenzustellen, sein Musikgeschmack ist meinem nämlich sehr ähnlich. Dann würde ich Louise gerne sofort die Karten für das Katy-Perry-Konzert geben, aber ich muss mich noch bis zu ihrem Geburtstag gedulden. Sie wird bald zehn. Ich möchte Paul sehen, ihn in eine Ecke ziehen und mit ihm schlafen. Meine heimliche Fantasie ist, unserer Leidenschaft in seiner Küche freien Lauf zu lassen. Aber das würde ich ihm nie sagen. Nein, niemals. Diese paar Quadratmeter sind ihm heilig. Zwischen Herd und Töpfen ist er sehr seriös, auch wenn beim Kochen Partymusik läuft. Paul kann die verschiedenen Bereiche seines Lebens voneinander trennen. Er ist sehr organisiert und pflichtbewusst. Ich vermische alles, lasse die Bereiche ineinander übergehen, und tauche dann in das Chaos ein.

Ich weiß, warum ich mich ausgerechnet heute in diesem Gedankengewirr verliere. Dieser Wirbel verbirgt meinen innigsten Wunsch. Den, von dem ich Paul bisher noch nicht erzählt habe, der sich aber schon vor drei Monaten bei mir eingenistet hat. Seit einer Unterhaltung mit Louise beim Ponyreiten. Sie hatte begeistert erzählt, was Enzo für ein Glück mit seiner kleinen Schwester habe. Dann war sie verstummt, aus Furcht, etwas Falsches gesagt zu haben.

Seitdem sehe ich uns zu viert, und die Katzen natürlich. Ich habe mich über Adoptionsverfahren schlaugemacht. Aber Paul hat nie wieder davon gesprochen. Als wir uns kennenlernten, hatte er gesagt, eines Tages würde ein Mann diesen Weg mit mir beschreiten. Doch ist er jetzt, da er für mich dieser Mann ist, noch derselben Meinung? Ich weiß es nicht, und das macht mir Angst. Ich liebe ihn so sehr und habe mich noch nicht getraut, es anzusprechen, weil es unsere Beziehung zerreißen könnte. Ich bin gern Pauls Gefährtin und mit Louise zusammen das »L-Team«. Das Leben mit den beiden hat mir inneren Frieden gebracht, als ich nur noch Konfrontation, Misstrauen und Angst kannte. Doch jetzt habe ich den drängenden Wunsch, unserer Einheit ein weiteres Mitglied hinzuzufügen. Ich möchte Verantwortung für ein kleines Wesen tragen. Ich möchte ein Kind aufnehmen, das ein Heim braucht. Ich möchte seine Einsamkeit vertreiben, ihm Liebe angedeihen lassen und es auf seinem Weg begleiten. Louise, Paul, Harold, Chanel und ich haben gemeinsam den Widrigkeiten des Lebens getrotzt. Unsere Wunden sind geheilt, weil wir uns begegnet sind.

Jetzt flüstert mir täglich eine leise Stimme zu, dass einer fehlt. Dass irgendwo ein Wesen darauf wartet, dass wir ihm auch helfen. Und dass dieses Wesen ein Kind ist.

Okay, es ist beschlossen, ich werde heute Abend mit Paul reden. Bis dahin muss ich noch ein Showcase vorbereiten. Ich habe eine Stunde bis zum nächsten Meeting.

Paul

Ich bringe die beiden Erdbeer-Pistazientörtchen selbst in den Seychellen-Salon. Meine Eltern haben sich für ihr romantisches Mittagessen heute das bunte Inseldekor ausgesucht. Ich freue mich, sie so zu sehen, voller Leben, fröhlich und genießerisch. Meine Mutter hatte uns vor einem halben Jahr einen Riesenschreck eingejagt. Wir saßen bei uns zu Hause mit Lunas Eltern und Louise bei Tisch. Ich hatte ein Pot-au-feu mit Ravigote-Soße gemacht, einen einfachen Eintopf. In die Zubereitung des großen Macarons mit Rosencreme und Himbeeren hatte ich mehr Energie gesteckt. Doch als Mama ihr Dessert kosten wollte, griff sie sich plötzlich ans Herz und kippte fast vornüber in ihren Teller. Luna sprang sofort auf und rief den Notarzt, während ich meine Mutter auf das Sofa bettete. Sie konnte nicht mehr atmen, es stach wie ein Dolch in ihrer linken Brust, und der Schmerz zog bis in den Arm. Sie schwitzte, Louise begann zu weinen. Die Sanitäter kamen zum Glück sehr schnell. Papa fuhr mit ins Krankenhaus, Michel und Catherine passten auf meine Tochter auf, und Luna und ich folgten dem Krankenwagen auf dem Roller. Die Panik schnürte mir die

Kehle zu, ich sah mich in die Situation zurückversetzt, als ich Hals über Kopf zu Aurélia ins Krankenhaus raste, weil sie in ihrer Praxis zusammengebrochen war. Ich erlebte denselben inneren Terror noch einmal, außer dass ich damals »nur« sehr besorgt gewesen war. Keine Sekunde hatte ich geglaubt, Aurélia würde zwei Tage später tot sein. In der kalten weißblauen Atmosphäre am Bett meiner Mutter sitzend, sah ich Aurélia wieder dort liegen. An jenem Tag hatte ich den Ernst der Lage genauso wenig ermessen wie meine Frau, bei meiner Mutter habe ich dafür überreagiert. Ich kann es mir nicht verzeihen, dass ich Aurélia nicht mehr sagen konnte, wie sehr ich sie liebte, dass ich mich nicht von ihr verabschiedet habe. Daher verlor ich bei meiner Mutter völlig die Fassung. Ich wollte mit allen Ärzten sprechen, nervte die Krankenschwestern, bestand darauf, dass mehr und genauere Untersuchungen gemacht würden. Nichts konnte mich beruhigen. Nun ist mit einem Herzinfarkt zwar nicht zu spaßen, aber dieser war nicht lebensbedrohlich. Meine Mutter muss langfristig nur weniger Salz essen, sich etwas mehr bewegen und ein paar Kilo abnehmen. Und mittelfristig muss sie ihre Medikamente nehmen und sich ausruhen.

Luna war mein Fels in der Brandung. Sie verstand sofort, dass sich bei mir die Situationen übereinander geschoben hatten, dass mein Verhalten eine Spätfolge meines Traumas war. Sie handelte, ohne mich einzuengen, sie sagte nicht, ich solle mich beruhigen, sie unterstützte mich, indem sie meine Mutter überzeugte, mich machen zu lassen. Sie zeigte genau das richtige Einfühlungsvermögen. Und Stunden später, als ich wieder runtergekommen war und zugänglicher wurde, war sie für mich da und versicherte mir, dass alles gut werden würde. Dass meine Mutter mit dem Schrecken davongekommen sei. Man müsse ihren Zustand zwar beobachten, aber wir hätten gut reagiert, und sie würde sich schnell erholen.

Luna fand die richtigen Worte und umhüllte mich mit ihrer Sanftheit. Ich erlangte einen kühlen Kopf und eine normale Gesichtsfarbe zurück. In zwei Jahren Beziehung lernt man, mit Krisen umzugehen.

Luna weiß nicht, wie schwach und elend ich nach Aurélias Tod war. Wie sehr ich mir vorwarf, sie überlebt zu haben, wie wütend ich auf die ganze Welt war. Ich wusste nicht, wie ich ohne meine treue Gefährtin Louise ein Vater sein sollte. Ich mied Suzanne und Émile, weil sie mich zu sehr an Aurélia erinnerten. So verstärkte ich einige Monate lang ihren Schmerz noch, bis ich mich wieder halbwegs im Griff hatte, aber sie zwangen mich zu nichts. Sie waren verständnisvoll und freundlich, während ich junger Witwer nicht fähig war, meine Trauer zu bewältigen und die der anderen zu berücksichtigen. Es war die schlimmste Rolle meines Lebens, und ich spielte sie grottenschlecht.

Nein, Luna kennt diese Details nicht. Doch manchmal habe ich das Gefühl, sie ahnt es. Sie hat einen sechsten Sinn, mit dem sie versteht, wie ich ticke und was ich früher erlebt habe. Luna ist ein Baum. Mein Baum. Und je weiter ihre Missbrauchs-Vergangenheit hinter ihr liegt, desto stärker wird sie. Sie streckt ihre Wurzeln tief in die Erde und breitet ihre Äste aus.

Manche Leute wecken einer beim anderen die schlimmsten Seiten, aber wir lassen zusammen das Beste von uns erblühen. Unser gemeinsames Voranschreiten dämpft unsere Schwächen und stärkt unsere Kraft. Wir sind nicht einfach nur Krücken füreinander. Nein. Wir sind, wie Gustave immer sagt, das Yin und das Yang. Natürlich antworte ich ihm jedes Mal, dass das ein albernes Bild ist. Aber tief im Inneren weiß ich, dass er recht hat.

»Das Erdbeertörtchen ist himmlisch, mein Liebling. Iss doch ein Stückchen mit uns.«

Früher hätte ich Nein gesagt. Ich hätte gesagt, dass ich der Chef bin, dass man so etwas nicht tut, dass ich nicht zum Faulenzen hier sei. Aber das war früher.

»Gerne, Mama. Ich hole mir ein Törtchen.«

Oriane, die ihre Ohren immer überall hat, sagt, sie kümmert sich drum, ich könne mich hinsetzen. Ich danke ihr. Sophie ist seit zwei Jahren nicht mehr bei uns, und Oriane hat sich inzwischen gut eingelebt. Am Anfang war es nicht leicht. Sophies Energie und Temperament, die hier alle auf Trab hielten, fehlten mir. Aber dann war es wie mit allem, man gewöhnt sich daran. Sophie besucht uns hin und wieder, und sie hat sich mit ihrem neuen Chef verlobt. Sie hat offensichtlich ein Faible für Köche. Endlich hat sie den Richtigen gefunden. Sie strahlt eine so große Zufriedenheit aus, wie ich sie bei ihr vorher noch nie erlebt habe. Ich freue mich für sie.

Das war übrigens nicht der einzige Personalwechsel. Ich verlor auch Gaël, der aufsteigen wollte und in ein Sternerestaurant ging. Er wurde von Arthur ersetzt, einem Zweiundfünfzigjährigen, der es auf dem Arbeitsmarkt schwer hatte. Als dieser Herr das *Décalage horaire* betrat, wusste ich sofort, dass er mein neuer Kellner wird. Er würde sich bestens mit Véronique verstehen und uns eine Menge beibringen können. Ich verstehe nicht, warum Arbeitskräfte ein Verfallsdatum haben sollen. So wie Frauen angeblich. Im Gegenteil, mich fasziniert die Lebenserfahrung. Was wir von Arthur lernen, ist unbezahlbar. Ich liebe es, ihm zuzuhören, wenn er dem Team seine Anekdoten erzählt. Denis war ein wenig gekränkt, seine Position als Ältester einzubüßen, aber dafür gewann er einen Verbündeten gegen die Jugend.

Mir ist klar geworden, dass unsere Restaurantfamilie nicht ihre Seele und ihren Kern verliert, nur weil sich die Zusammensetzung ein wenig ändert. Die Menschen, die zu uns gehören, kommen immer wieder, und die neuen bringen ihr eigenes gewisses Etwas mit ein. Es ist so ähnlich wie bei uns zu Hause. Nur dass Aurélia nicht wiederkommt. Aber dafür lebt sie in uns allen weiter.

Harold

Mal ehrlich, wem, wenn nicht mir, steht das Schlusswort dieser Geschichte zu?

Ich sitze ganz oben auf unserem riesigen neuen Kratzbaum und kann jede Ecke des Wohnzimmers überschauen. Paul und Luna spielen Schach, Gustave zeigt Louise, wie man Detoxsäfte macht. Chanel ruht sich aus, und die Kleinen toben durch den Raum. Mit »den Kleinen« meine ich Katzenjunge. Ja, *verkatert* noch eins, ich bin Papa geworden. Ich, der ich so auf die Zwerge geschimpft habe, habe jetzt eigene. Sie sind zweieinhalb Monate alt und haben offenbar Sprungfedern eingebaut.

Paul und Luna fielen aus allen Wolken, als Chanel trächtig war. Die Schlaumeier hatten sich nie über die Zeugungsfähigkeit ihrer Katzen ausgetauscht. Also echt!

Zwei Stubentiger Tag und Nacht zusammenzulassen und sich nicht über diese Sache zu informieren ist wirklich eine Glanzleistung.

Gut, zugegeben, als wir die ersten Male kopulierten, dachten wir auch nicht darüber nach. Aber wir folgen einem tierischen Instinkt. Wir haben eine Ausrede.

Na ja, so wurden aus uns fünfen jedenfalls neune, quasi im – Schwanzumdrehen. Zuerst war ich schockiert. Als das Quartett da war, musste ich das erst einmal verarbeiten. Ich bin es nicht gewohnt, mich um jemand anderen als mich selbst zu kümmern, auch wenn ich immer auf Louise und Chanel achtgebe. Aber die beiden sind selbstständig. Bei unseren Kätzchen ist das ganz anders. Die Wohnung ist nicht mehr dieselbe, die Nächte sind der Horror, sie maunzen im Chor und fordern Zuwendung.

Dennoch habe ich sie ins Herz geschlossen. Ich bin stolz auf die kleinen Scheißerchen. Die Mischung könnte daneben sein, aber stattdessen ist sie originell, passend zu dieser verrückten Familie.

Ja, verdammt, ich bin Vater von Charlie, dem Unerschrockenen, Marley, dem Verträumten, Fripouille, der Quaktante, und Léon, dem Charmeur. Der kommt ganz nach mir. Er ist eindeutig der Schönste und weiß das auch.

In allen Namen kommt ein »L« vor, und sie beginnen mit einem Konsonanten. Das war Louises Idee. Weil wir alle irgendwo ein »L« haben. Louise, Paul, Chanel, Luna, Harold und die Knirpse.

Charlie kommt zu Nathalie und André, Marley zu Michel und Catherine, Fripouille zu Suzanne und Émile, und Léon bleibt bei uns. Chanel wollte alle behalten. Ich nicht. Solange sie bei Verwandten wohnen, sind sie nicht zu nah und nicht zu weit weg. Saxo hat Louise zur Vernunft gebracht. Denn sie wollte sich natürlich auch nicht von den Kleinen trennen. Er sagte, dass zu viele Katzen zusammen unter einem Dach unglücklich wären. Er erklärte ihr, dass wir Mutter- und Vaterschaft nicht so wie die Menschen erleben. Da sie ein schlaues Kind ist, hat sie das verstanden. Sie meinte, unser Glück sei wichtiger als alles andere. Und die Alten haben sich gefreut. Sie waren schon ein wenig neidisch auf diesen Katzenhaushalt. Jetzt bekommen sie jeder ein eigenes Kätzchen.

Auf meinem beigen Thron sitzend lege ich den Kopf zwischen die Vorderpfoten und muss mir eingestehen, dass das Leben doch ganz gut eingerichtet ist. Wenn man mich heute vor die Wahl stellte, in mein altes Leben zurückzukehren oder hierzubleiben, würde ich, ohne zu zögern, sagen, dass ich in jeden noch so widerlichen Zug steigen würde, um hier zu landen.

Caroline habe ich übrigens nie wiedergesehen. Chanel und ich gingen die ersten Wochen nach diesem unangenehmen Vorfall weniger raus und mieden sorgsam die Straßen rund um die vermaledeite Boutique. Wenn man eine Entscheidung getroffen hat, muss man auch dazu stehen. Ich hoffe, Caroline lernt diese Grundregel auch eines Tages.

Ein Sonnenstrahl streicht sacht über mein seidiges Fell, der perfekte Moment für ein Nickerchen. Ich werfe einen letzten Blick auf mein Reich und schaue mir Louises neuestes Bild an, bevor ich die Augen schließe. Es zeigt uns alle zusammen. Ganz oben schwebt Aurélia mit ihren Flügeln in den Wolken. Darunter sieht man Paul,

Luna, Louise, Chanel, die Kleinen und mich. Links steht Gustave in Regenbogenfarben. Rechts die Nanny, die mit einem Mann Händchen hält. Die olle Raucherin ist endlich auch unter der Haube. Und ich muss sagen, dass sie eine gute Wahl getroffen hat, ihr David ist ein Netter. Dank ihm ist sie sogar etwas rundlicher geworden. Dadurch ist sie in meinem Ansehen ein wenig gestiegen.

Alles ist gut.

Gute Nacht.

Plötzlich reißen mich Stimmen aus dem Schlaf. Dass man in diesem Haus aber auch nie in Frieden schlummern kann! Paul und Luna unterhalten sich am Fenster neben meinem Kratzbaum. Ja, schon gut, neben *unserem* Kratzbaum. Ich lausche und fürchte, in einem Albtraum gelandet zu sein. Ein was? Ein Kind? Ein Baby oder Kleinkind adoptieren? Sie wollen die Familie vergrößern? Was? Nein!

Doch.

Sie sind sich einig, sie werden einem weiteren Leben zu Hilfe eilen. Sie rücken aneinander heran, wie zwei verliebte Wellensittiche, und küssen sich. Ich glaub', ich spinne. Dann sind wir nicht mehr neun, sondern zehn? Warum nicht gleich fünfundzwanzig, wenn wir schon dabei sind?

Und wie oft muss ich noch sagen, dass ich keine Kinder mag? Ich liebe Louise, weil sie anders ist, und meine Sprösslinge, weil ich ihr Vater bin. Aber den Nachwuchs anderer? Nein, danke!

Was, wenn es ein normales Kind ist? Ein Gör wie alle anderen? Oder, schlimmer noch, eins wie das von Caroline und Patrick?

Igittigitt.

Der Wahnsinn dieser Familie kennt wirklich keine Grenzen. Aber mir ist das *schnurrz,* in meinem Herzen ist kein Platz mehr. Wenn der Neue da ist, tue ich einfach so, als gäbe es ihn nicht. Und basta.

PS: Und ich hatte gehofft, euch ein Happy End bieten zu können. Tja, das war wohl nichts.

Dank

Danke an alle Katzen, die mich auf meinem Lebensweg begleitet haben und mich zu diesem Roman inspirierten. Besonders an Harold, aber auch an Abysse, Élite, Lips, Vicci, Alceste und Canto. Ich wünschte, ihr wärt noch hier und würdet über meine Bücher, Blätter und die Tastatur spazieren.

Das Schreiben dieser Geschichte ließ mich den Schmerz des ewigen Abschieds erneut durchleben und zwang mich, mich den Klauen des Verlassenwerdens zu stellen. Außerdem führte es mich zurück zu den Qualen der Grundschule, die ihre ganz eigenen Schwierigkeiten birgt. Und zu dem stechenden Vermissen, wenn ein geliebtes Wesen nicht mehr da ist. Doch inmitten all dieser ernsten Themen war es mir eine Freude, der kleinen Louise und dem großen Paul sowie dem sehr lebendigen Kater an ihrer Seite Leben einzuhauchen. Mit ihnen und für sie habe ich meine eigene Hoffnung wieder zum Blühen gebracht. Diesen Schritt hätte ich nicht ohne meine Lektorin Florence gehen können. Ohne dich, ohne dein Vertrauen, dein tröstliches Lachen und dein offenes Ohr. Und auch nicht ohne meine Caro (der Pelzige trinkt ein Bier auf deine Gesundheit) und meinen Schatz Émilie (auf was für Ideen man in einem Schwimmbad nicht alles kommt).

Außerdem ließ ich mich frei von Doktor Trompette inspirieren, der für den Roman die Trompete im Namen gegen ein Saxophon eingetauscht hat.

Bei einigen Zeilen habe ich ganz fest an Aurélie-doubi gedacht. Schlaf nie zu weit von zu Hause weg, Maïtika.

Und schließlich war es großartig, einen Blick in die Küche des Restaurants *Le Picotin* (75012 Paris) von Chefkoch Romain zu werfen. Danke für den herzlichen Empfang, und liebe Leserinnen und Leser, sollten Sie einmal dort vorbeikommen: Das Essen ist einfach und gut, ein bisschen wie bei Mama.

Danke an meine Katzen, meine Familie, Cocotte, meine Freunde, das Team von Pygmalion und Mondadori für die Unterstützung bei diesem Buch, und an meinen Hund, den Harold viel zu sehr verspottet.

Welch ein Abenteuer!

Im Gespräch mit Laura Trompette

Der Protagonist Ihres Romans ist ein Kater. Wie kamen Sie auf die Idee, ihn zum Sprechen zu bringen?
Katzen fand ich schon immer geheimnisvoll und faszinierend. Ich hatte Lust darauf, mich in eine hineinzuversetzen, mir ihre Gedanken und ihre Sichtweise auf die Menschen und die Welt vorzustellen. Ich dachte mir, dass ihre frechen Charakterzüge zu lustigen Situationen führen würden, und so war es auch tatsächlich. Das Schreiben hat wirklich sehr viel Spaß gemacht.

Haben Sie eine Katze?
Mein Vater ist Tierarzt und meine Eltern lieben Katzen, daher bin ich mit ihnen aufgewachsen und kenne ihre Eigenschaften und Besonderheiten sehr, sehr gut. Heute lebe ich mit einem Chihuahua namens Diego zusammen, der als Nebenfigur übrigens auch in dem Roman auftaucht (der Wirbelwind der Nachbarin!).

Würden Sie gern mit Tieren sprechen können?
Natürlich! Ich fände es toll, verstehen zu können, was sie fühlen und was sie denken. Weil ich Tiere so liebe, beobachte ich sie sehr genau und versuche herauszufinden, was sie mitteilen wollen. Mich beschäftigt sehr, wie wir Menschen mit Tieren umgehen. Und da wir nicht mit

ihnen sprechen können, will ich ihnen in meinem Buch eine Stimme geben.

Paul, eine weitere Hauptfigur in Ihrem Roman, ist Koch. Kochen Sie gerne? Was ist Ihre Leibspeise?
Ich koche liebend gern, vor allem für Gäste! Essen weckt die Sinne und man kann wundervolle Momente erleben, wenn man gemeinsam um einen Tisch herumsitzt. Ich mache gern Gerichte in kleinen Gläschen, das verdoppelt das Vergnügen: für die Augen und für die Geschmacksknospen! Mein Lieblingsgericht ist Risotto, in allen Varianten. Und als Dessert liebe ich Windbeutel.

Erzählen Sie uns ein wenig über das kleine Mädchen, von dem Ihr Roman handelt.
Diesem kleinen Mädchen wollte ich schon lange eine Stimme geben, denn irgendwie lebt ein Teil von ihr in mir selbst. Ich hatte eine schwierige Zeit in der Schule, Kinder können sehr gemein sein, wenn man anders ist als alle anderen. Wahrscheinlich war es diese Einsamkeit, die mich zum Schreiben gebracht hat, und das Schreiben hat mir sehr geholfen. Als ich mir Louise vorgestellt habe, wollte ich all das erzählen. Louise, die ihre Mutter verloren hat, wird zum Gespött ihrer Klassenkameraden, weil sie besonders begabt ist und weil sie sich durch ihre Zeichnungen in eine fremde Welt flüchtet. Doch wenn dann etwas Positives geschieht – es kann eine Kleinigkeit oder ein glücklicher Zufall sein – verändert das im Leben eines Menschen viel …

Die Geschichte spielt in Paris. Haben Sie einen Lieblingsort in der Stadt? Was mögen Sie an ihr am meisten?
Es ist nicht leicht, sich bei so einer facettenreichen Stadt für einen einzigen Ort zu entscheiden. Besonders mag ich die Gassen des 5. Arrondissements, die Parks für lange Spaziergänge, das Montmartre-Viertel, das Leben rund um die Plätze Bastille und République, die Abende an den Ufern der Seine, den Ausblick über die Stadt von einer Panorambar, die Läden im Weihnachtstrubel … Ich liebe die Architektur von Paris, die Lichter der Stadt, ihre Energie. Ich liebe es, dass sie nie schläft und einem immer die Möglichkeit bietet, etwas zu unternehmen, egal zu welcher Zeit.

Sie schreiben schon seit Ihrer Kindheit. Wo schreiben Sie heute und worauf können Sie dabei nicht verzichten?
Ja, ich habe angefangen zu schreiben, als ich acht Jahre alt war, in einem Schulbus. Seitdem begleitet mich die Leidenschaft fürs Schreiben. Heute schreibe ich meistens zuhause, in meinem Wohnzimmer oder Garten. Manchmal auch auf Reisen, wenn mich die fremden Landschaften auf neue Ideen bringen. Und ich liebe es, am Meer zu schreiben! Wasser war schon immer eine wichtige Inspiration für mich. Auch beim Duschen kommen mir neue Ideen …
Musik darf niemals fehlen. Davon eingehüllt ziehe ich mich in meine eigene kleine Welt zurück und konzentriere mich am besten auf meinen Text.